大油坊

白天光 著

春风文艺出版社
·沈阳·

图书在版编目（CIP）数据

大油坊/白天光著. --沈阳：春风文艺出版社，
2025.1.--ISBN 978-7-5313-6767-3

Ⅰ. I247.5

中国国家版本馆CIP数据核字第2024FG2143号

春风文艺出版社出版发行

沈阳市和平区十一纬路25号　邮编：110003

辽宁新华印务有限公司印刷

责任编辑：姚宏越　周珊伊　　　责任校对：于文慧

封面设计：黄　宇　　　　　　　幅面尺寸：142mm × 210mm

字　　数：191千字　　　　　　印　　张：9

版　　次：2025年1月第1版　　印　　次：2025年1月第1次

书　　号：ISBN 978-7-5313-6767-3

定　　价：48.00元

目　录
CONTENTS

1 关东第一油坊

雁县原来是一个驿站，这里距松花江只有十里，江两岸到处都是草甸子。清朝李鸿章北巡，到了雁县驿站就停下了，只见草甸子臭气冲天，草甸子的尽头与郁郁葱葱的森林衔接。森林多为雌性（清代学者古奉隶称，大山有雌雄，其中北方的山多为雄性。雄性山奇石狰狞，树木稀少。而雌性山不见奇石，却见林木丛深，幽险无测），便认定这山林里必有匪患，匆匆地将马车掉头，奔了远处的宁县。当日晚，李鸿章在《关东杂记》中写道："雁县是非而非，藏龙卧虎，若干年，山下喧嚣，通达鼎盛，乃是关外人之福地。"

果然若干年以后，这里便开通了通往奉天京都的官道，大批关外人涌来，相继出现了高楼大集市、雁县贸易十字街、兰县私塾十字街等。当年关东人有些排外，生人来了，如有钱财，定夺了性命。关东人很杂，大都是强悍者。明末清初的叛臣流放到这里，也有剽悍的达斡尔族、鄂伦春族人，还有一部分是明初从中原流徙而来的逃荒者（当代学者陈源道，明初中原流徙而来的逃荒者，要挑担行走三千多里，历经两个季节。逃荒者多在途中毙命，能达到关东垦荒者必是强悍者）。这里冬天严寒，老树在某一夜被冻得砰的一声响，裂了。男人小溲不过片刻，过了片刻便被冻得僵直。后来关东人无聊，觉得人越多，天地间就越热乎，就对关外的来人宽容得多，直至施舍到关东讨饭的关外人。只要进了某一家的院子，不管穷富，这家人总会给你盛上一大碗热乎乎的黏稠的苞米楂子粥，用筷子在屋门口的酱缸里挑出一根酱黄瓜，让你吃得一头汗，肚子滚圆。

民国元年（1912），大清工部侍郎边厚德因新政被赶出京城。边厚德的老家在直隶，直隶离京城太近，不是适合他避难的地方，就赶着三挂马车出了山海关，直奔东北。走了七天七夜，落脚在哈尔滨东的雁县。边厚德觉得在这儿落脚很合适，他的堂侄在护国军当团长。护国军的驻地和雁县只一江之隔，边厚德在这儿落户也算有了依靠。此时的雁县人烟稀少，但交通便利，水陆都通畅。边厚德自通阴阳八卦，也通山川风水，觉得江北的一块地界可以让他在这儿安居乐业。于是花上万两银子买了百余垧地，把地买下，刚要盖宅院，就有人来劝他，说，此地乃江鳖藏身之地，我也刚买了几十垧地，与您为邻，正犯愁在不在这儿盖房子呢。来人个子矮小，一口河南口音。边厚德说，有鳖在此藏身，那此地更是宝地。俗话说千年王八万年龟，在此安居乐业，乃是千年不撼，万年不移。河南的小个子就连连点头，听说您是个大人物，在朝廷伺候过皇帝。我不听您的听谁的。我姓周，大号周保仓，人叫周矬子，早年在河南洛阳开过大车店。这几年洛阳大旱，天灾人祸都让我赶上了，就在此落脚。与您为邻，我是沾了您的福气。

数月后，边家大院就拔地而起，相邻的周矬子也盖起了十间瓦房，重开了大车店，道边上竖的牌匾是十间房大车店。周矬子本以为边厚德从朝廷拎回的银子几辈子都花不光，想不到边家大院的房子举架高，是楼又不是楼，是阁又不是阁，便犯嘀咕，这边大人定要在此边关做大事情。边厚德从京城逃过来，这三挂马车上装的不都是银子，一车装的是书，一车装的是夫人和十六岁的儿子，还有一车是金银财宝等一些细软。夫人常年有病，一到关东就哮喘。一日她对边厚德说，你在此安家落户，得准备续个弦，我活得不会太久。孩子也到了娶亲的年龄，如果我能看见儿子娶上媳妇，也就放心了。边厚德对夫人很疼爱，这夫人也是直隶人，十三岁就嫁给了边厚德。边厚德盖完了房子，就给夫人煎药治病。这里距雁县县城只十几里，他便到县里的药堂给夫人抓药。雁县最大的药堂是普生药堂，掌柜的何九如在关东名气很大，他的哥哥何七如曾是朝廷御医。边厚德每隔三两天就到普生药堂抓药，也和何九如成了朋友。边厚德的夫人得的是肺痨，何九如扶脉说，此病过不了秋天。但何九如精心地给边厚德的夫人开药，有时候亲自煎药，让儿子何三炼把药送到边家大院去。如此，边厚德的夫人竟然多活了几年。

夫人死后，边厚德没有续弦，也没急着给儿子娶亲，却将儿子送到了离佳木斯不远的郭大憨油坊学榨油。郭大憨和边厚德也有交情，郭大憨曾是朝廷发起的洋务运动的受益者，曾经随幼童出洋预习班去英国学习工业技术，但不到一年就回国了。郭大憨为人精明，被边厚德看好。边厚德想把他留在京城，成立京都第一榨油厂，但郭大憨对当时的皇帝感到厌恶，对朝廷也是不予理睬，就回了老家佳木斯。临回佳木斯的时候，是边厚德派工部的衙役把他送出了山海关……郭大憨把边厚德的儿子留下了，把自己学到的技术也都教给了他。边厚德的儿子原叫边成梧，郭大憨把学成技术的边成梧交给边厚德的时候说，侍郎大人，你的孩子德行好，志向宏远，大孝而敬轩辕。儿子回到边家大院，边厚德便将儿子改名为边孝轩。

边家大院几座像楼阁的房子里面竖起了榨油的木器。此时何九如给边孝轩提亲，姑娘是汤原高知县的女儿，家族很大，在关东亲戚遍地。这也是边厚德最满意的家族，做生意需要的就是红火，人气旺。就在边家榨油作坊开工的当天，边厚德也操办了儿子的大婚。

边厚德给儿子成家立业，做得很圆满，但前来道喜的何九如和儿子何三炼看出了破绽。何九如说，你一个朝廷的工部侍郎，在乡野间办了个作坊，也不能没有个字号。

边厚德这才恍然大悟，可不是？字号也是商号，是边家的脸面，也是我边家油坊产品的标识。多亏九如兄的提醒，既是你看出了我生意的瑕疵，那你就给我这边家油坊取个商号吧。

何九如看着儿子说，我一生只读药书，我儿子却读了七年私塾。他的学问要比我高。那就让我儿子帮你取一个吧。

何三炼四周看了看，走出边家大院，见有一头硕大的老牛在田野上悠闲地走着，回头便说，就叫"牤字号"吧。

边厚德不语，也不作答。显然对这"牤"字有些不解。

这时边孝轩说道，三炼兄弟赐的字很好。我在读私塾的时候，读过《清稗类钞》，说一条牤牛被宰牛者引到了胡同，这胡同很窄，牤牛是进不去的。宰牛者认为牤牛死到临头了，谁知牤牛却挤进了胡同，宰牛者持刀进胡同，牤牛大哞一声，两面墙倒塌了，宰牛者被墙石砸死了，牤牛踩着倒塌的石头悠然地走了。牤牛的奇妙在于它气力积蓄于体内而不张扬，忍而不屈，不该忍时便孤注一掷。

边厚德笑了，生意场也不寻常，靠的也是力量的积蓄，靠的是忍而不屈——就叫牤字号了。

侍者备了宽半丈、长三丈的樟子松横匾，用辣椒油渗透，涂了黑漆，边厚德写下了"牤字号"三个大字，又有小题款：势如牤水，人鉴牤德。落款是：边厚德。

边家的牤字号作坊越来越红火。原来这个作坊只有十几个杂役，后来觉得人手不够，便在大门口贴了招工告示，一下子就招了二十多个杂役。边家认为生意乃大德造化，便也收留了一些吃不上饭却能干活的逃荒者。

边家的牤字号很快就在江南江北出了名。雁县有个骡马大集，集市上有个一丈高的木架子，上面铺了厚厚的一层木板，便成了草台班子唱戏的地方。莲花落子戏王刘大鲇鱼，看谁的生意好，哪个财主有钱，就领着草台班子在这戏台上唱谁。那日刘大鲇鱼和他的草台班子唱了一整天：

没有地哪能看到天

没有雨水哪能看到丰田

没有河哪能看到扬帆的船

咱这福地雁县

哪能没有大慈大悲的老爷边孝轩

边老爷一笑天就晴

边老爷在雁县走一遭就好事连连

人活着离不开柴米油盐

更离不开牤字号的油啊香到天边

关东第一油坊

就在咱这雁县

关东第一油坊

就是天下造福的神仙

　　牤字号的杂役中有听到了刘大鲇鱼唱词的，回油坊唱给边孝轩听。边孝轩就让杂役给刘大鲇鱼扛去一桶新榨的豆油，并传口信，啥时候断了油，就来牤字号取。

　　刘大鲇鱼唱牤字号，一唱就是两年多。也不知道是他油吃得腻了还是什么原因，某一年离开了雁县。但刘大鲇鱼的唱词已让雁县的百姓背得滚瓜烂熟。

　　边孝轩造福雁县的百姓，也是出了名的。但是边孝轩也有他的不幸，他的妻子高蕙兰是名门闺秀，识文断字，把边孝轩也照料得很精细。可是她跟边孝轩过了许多年，只给边孝轩生了仨闺女。边孝轩心里不痛快，嘴里却也从不说绝户的话。高蕙兰是知道深浅的女人，老爷一话少郁闷，便知道为何事而烦。此时她在想，边家的香火不能断在她高蕙兰的手里，该给老爷纳个妾，便在自己的亲戚知己中筛选。这个人不能太精明，长得也不能太漂亮。于是她就想到了她的两姨妹子赵寒梅，赵寒梅比自己小了几岁，看着又像个孩子。姨父死得早，姨又改嫁到南方，一走就是十几年，是死是活都不知道。赵寒梅很小便被送到哈尔滨的教会学校接受西学教育，这孩子家境贫寒，逢年过节的时候，高蕙兰便把她接到自己家里，走时又给她许多银圆。这孩子能说善讲，说的都是一些西方的事情，满脑子里根本就没有乡村、庄稼和作坊，让人一看就知道是一个没有心计的城里丫头。赵寒梅长得不漂亮，但也不让人厌烦。就在这年中秋节，高蕙兰对她说，你在外面这些年也是待腻了，换换地方，再换个活法吧，我们老边家还真缺你这么个人。

赵寒梅说，我也看出来了，你们边家缺我这么样的人。咱这油坊虽然在农村，却又不是农村的产物。这里有英国的工业文明，也有西方文化的痕迹，我要是去了，能帮姐姐做许多事情。

高蕙兰说，妹妹真是说到了骨子里。

赵寒梅说，没到骨子里。说到骨子里的应该是下一句，那就是说，我得给边家生个儿子。

高蕙兰就使劲拍着赵寒梅，姐儿俩在一起东倒西歪地笑着。

高蕙兰把给边孝轩纳妾的想法跟边孝轩说了。

边孝轩摇头，不同意，说，这孩子像一匹野马，在边家怕是拴不住。我还有一个担心，我这几个闺女和她也差不了几岁，怕让她给带坏了。我的闺女都是读过私塾的，懂得礼仁孝。我对西方的东西也知道不少，我父亲当年就是洋务运动的拥护者。可我父亲也说过，洋人的技术可学，洋人的礼俗不可学。

高蕙兰说，赵寒梅还没到那个份儿上，我听赵寒梅说，她们的教会学校其实就是洋人办的孤儿院。学啥？除了识字也没有什么别的可学。寒梅头脑简单，做事体面，辅佐你经营作坊也难得。

边孝轩笑了，她辅佐我，还不如我的仨闺女。不过耐不住高蕙兰的再三提念，边孝轩择了日子纳赵寒梅进门，而后果然有了儿子。牝字号后继有人，县民都说高蕙兰的贤惠、边老爷的有福。

2　边家子女

松花江水肥了又瘦，瘦了又肥。牤字号油坊和商铺没有因为松花江水的肥瘦而大起大落。十几年过去了，牤字号仍然兴旺着。

转眼间边家的三个大姑娘都出落得鲜灵起来。大闺女边半夏，二闺女边栀子，三闺女边沉香。这三个闺女的名字是边孝轩的朋友，江北普生大药堂掌柜何三炼给起的。高蕙兰生养的三个闺女，小时候身子都有些弱，都是何三炼出的哺儿丹，将她们调养得鲜活起来。何三炼给这仨丫头把脉，既把出了病源，也把出了这仨女孩子的脾气秉性，便从《四百味歌括》找出阴性本草，给这仨女孩子起了名儿。边孝轩原本不拿这三个丫头当回事，可这仨丫头一个一个鲜活起来，个头都比她们的爹妈高，便也开始喜欢她们了。半夏温中有刚，做事精细，记忆力尤其惊人。这年底，边孝轩和账房先生一块儿算账，拨了一夜的算盘，念出：本年榨油一千八百桶，豆饼一万零四十二块，净利润三万七千块大洋。半夏却说，本年榨油一千七百四十六桶，豆饼九千九百四十六块，净利润三万五千三百三十二块大洋。这让边孝轩大吃一惊。第二天账房先生夹着算盘走人，此后半夏帮着父亲打理商号的往来账目，不出丝毫差错。

栀子不善言语，脸上也很少有笑容。她跟姐妹之间也不交流，喜欢骑马和兵器。边家牤字号是大作坊，作坊围在三丈高的石墙里面。墙的四角有炮台，边家养了四个炮手，十二个家丁，六个家丁护院，六个家丁押运。家丁的领头叫佟小斧子，腰间常别两把斧子。前面的是钝斧子，后面的是扁斧子。佟小斧子在双城佟家习武堂练过武术，佟家习武堂的人大都是关东有名商号的镖头。佟小斧子在边家每年要拿三百块大洋。后来佟小斧子回去给父亲办寿，途中遭绺子偷袭，让乱刀砍成重伤，成了瘸子。边家仁义，没有辞退小斧子，还让他继续领头，押运没过出事。这年的腊月，牤字号商铺出了点小事，一天晚上，商铺不远的柴垛被人点了火，火势要殃及商铺，家丁很快将火扑灭了，却不知道纵火者是谁。佟小斧子觉得很没面子，就要退三百块大洋，离开边家。栀子就对佟小斧子说，把北街段麻子馃子铺的段麻子杀了，你就有面子了。段麻子是一个很恶毒的商人，他在雁县有馃子铺，常年用牤字号的油。有一年他在油桶里发现了一只蟑螂，就要牤字号赔他十桶油。牤字号这么多年还没出现过这样的事情，账房先生聂晓蒲说，是段麻子使诈。边孝轩不想跟这小人计较，就让人给段麻子馃子铺送去了十桶油。段麻子得寸进尺，没过多少日子，他又拎着半桶油来找牤字号，说在油里发现了耗子。这次，边孝轩没理他，对他说，我牤字号的油每天要走几十桶，十几年了，上万桶油出去了，还没有在油里发现活物的，你这点小伎俩就算是笨蛋也能看得出。过了几天，牤字号商铺不远的柴垛就着了火。佟小斧子听了栀子的话，就把段麻子给砍了，拎着人头却不知如何报官。栀子从兜里掏出一支黄玉嘴银锅的烟袋说，这是段麻子的烟袋，也是证据。此后牤字号安然无恙。边孝轩看出了栀子的心计，就对佟小斧子说，你把她领到佟家习武堂习武去吧。栀子很愿意习武，当晚就和佟小斧子骑着两匹白马奔了双城。

沉香是个爽快的姑娘，胸有大志，却因自己是女人，没有机会走出去。在牤字号里她没有多少乐趣，她总想到外面的世界闯荡。娘说沉香的心有点野，干不了大事。边孝轩却说，你可小看了沉香。哈尔滨马克西姆大街有洋人开的娜塔莎餐厅，不光经营西餐，还烤列巴，每年要用一百三十多桶油。洋掌柜叫安德烈，赵寒梅在教会学校读书的时候认识他的妻子娜塔莎，于是边孝轩就让赵寒梅和沉香去安德烈那里谈生意。想不到安德烈很快就同意要用牤字号的食用油，并用最好的伏特加烧羊排招待了赵寒梅和沉香。从哈尔滨回来，父亲就让沉香当牤字号商铺的掌柜。

赵寒梅的儿子长得很结实，但都不如高蕙兰生养的三个闺女聪明。儿子十二岁，很有力气，能挪动一桶豆油，却不喜欢读书。这孩子很会玩，喜欢玩狗，冬天的时候他驾着狗爬犁满院子跑。边孝轩把商号的希望寄托在儿子的身上，给他请了三个私塾先生，一个教他习字，一个教他算术，还有一个教他国学。这孩子却很不上心，不到一年，三个私塾先生都走了。这孩子从落地长到十二岁没得过病，何三炼给他把脉也把不出什么来，却也给他赐了一个名字，叫虎杖。

边孝轩让大夫人的三个闺女管起了忙字号的全部家当，让赵寒梅心里很不平衡。早知现在如此被冷落，还不如不嫁给他。嘴里不说，心里却总是犯堵。高蕙兰是能够看透表妹心里所想的，就对她说，将来闺女们都会嫁出去，这院子还不都是这只虎的。到时候三个姐姐回来讨口饭，这只虎不冷落她们，咱姐儿俩就放心了。

赵寒梅笑道，有我活着，不管是虎还是狼，我都能驯服他。其实言外之意是在说，姐姐，将来你怕是驯服不了他。

3 对 弈

半夏已到年龄，按理早就应该上媒人提亲，但提亲的人都畏惧牮字号的声威，不敢踏进边家的门槛。半夏整天在油坊里监工记账，管理油坊的大事小事，好像不把自己的婚事放在心里。高蕙兰这天去了油坊，在豆饼子仓库里秘密地跟闺女交谈。

高蕙兰说，半夏，该到嫁人的时候了。你爹不着急，有你管着油坊，他省了事，也省了请账房先生的钱。你咋想的？

半夏说，该嫁人肯定得嫁人。我不愁。

高蕙兰问，那你想找个啥样的？我去找媒人。

半夏说，我想找的人不能出边家大院。油坊的榨油工十六个，都是老实规矩，为牮字号实心实意做事的好小伙子。牮字号商铺有八个小伙子，都识文断字。加在一起二十四个，就没有我半夏挑的？

高蕙兰瞪大了眼睛，这哪行？他们都是下人。

半夏说，现在是下人，等我成了他们的媳妇，他们就不是下人了。无论是皇帝还是大臣，许多都是下人出身。朱元璋还贩过猪，努尔哈赤还赶过驴车……

高蕙兰长叹一声。

半夏说，我这么做，您也别心疼我。我要这么做，心里头高兴的是我爹。我那弟弟将来撑不起边家的家业。我这么做，我姨妈心里肯定不乐意，那她是傻。等我们干不动了，我那个弟弟正是干大事的时候。有这些姐姐帮扶他，他就是傻子也能变得精明。

高蕙兰说，也是这么回事。你在这二十四个人当中看好了谁？

半夏说，压头一板的油匠，薛子良。他从小没爹，他娘把他养到十五岁就送到油坊来了。后来他娘嫁人了，他的根也就落在了忙字号油坊。他没读一天私塾，却识得两千三百多个汉字。他不喜欢诗词歌赋，却在江北宝仁书局买了一本《棋弈秘籍》。他下了工，自己下盲棋，破解了许多经典残局。我喜欢这种男人。

高蕙兰想了想，这薛子良倒是很仁义，却很胆小。去年杀年猪，让他绑猪腿，他吓跑了。

半夏说，如果他是我丈夫，绑猪腿的事就不归他了。

高蕙兰笑了，我这大丫头还真有主意。

高蕙兰把半夏的心事说给了边孝轩。边孝轩摇了摇头，说，薛子良不行，我相中了商铺的聂晓蒲。听何三炼说，他爷爷是江北的举人聂逢源，聂晓蒲七岁就能读《千家诗》，他父亲聂文桐抽大烟，把家产抽光了，媳妇也卖给了紫苑楼的窑子，后来也死了。聂晓蒲十一岁讨饭，是我收养了他。他对咱们边家忠心耿耿，而且是书香门第之后，现在在铺子里干的是账房先生的活儿，也无差错。只是这孩子个子长得矬点，现在十九岁，将来还能长。

高蕙兰说，这晓蒲也行。你有空也跟半夏说说。

边孝轩说，不用说，就这么办吧。

高蕙兰第二天就把边孝轩的意思说给了半夏，让半夏拿主意。半夏说，三天后再定。

这天晚上，前院的铺子关门了，半夏也让油坊提前收工。她把薛子良和聂晓蒲都留下了，说还有点零活儿让他们干，把他们领到装豆饼的仓库。半夏在白天就备了四道菜：雁镇范家楼的苏子烤鱼，吴老太的麻油烧鸭腿，郑老坦儿的五香豆腐干，九香园的酱菜，还备了一坛子三磕巴老烧。半夏将酒坛子的木塞抠开，将三只黑瓷碗倒满酒，对薛子良和聂晓蒲说，今天的活儿就一件，陪我喝酒。

两个男人都很精明，没有受宠若惊的感觉，都慢慢地端起酒碗，轻轻地咂了一口酒，等着掌柜的发话。

半夏看出了两个男人的沉稳，就忍不住说，本掌柜的已经二十一了，到了嫁人的时候。我跟我爹说过，我嫁人也不能走出牤字号，就是说我要在咱们这院子里选女婿。你们两个我都看好，只是我拿不定主意该嫁给谁。

薛子良笑了笑，不紧不慢地说，还是嫁给晓蒲吧。晓蒲在商铺里做着细活儿，该是咱们牤字号的上等人。你和他般配。

聂晓蒲说，我身高不足四尺，长得有点像油桶，跟掌柜的不匹配。你子良在咱们下人堆里也是匹骏马，你和掌柜的那才叫金童玉女。

半夏使劲摔着酒碗，看来你们俩都没相中我。是，我们老边家三个闺女，我不算最丑，可也不算最俊。我身板宽点，颧骨高点儿，可眼睛见了日头，也能睁得很大。你们是不是惧我的身份？我是掌柜，平时没有笑脸，可我嫁给你们，脸上就能温和了。如果你们两个都不愿意娶我，那我这辈子也就不嫁人了。

聂晓蒲给半夏又斟满了酒，说，从心里说，我们能够娶了掌柜的做媳妇，那得前辈子积多少德，我和子良打心眼儿里都愿意娶你。咋整？抓阄儿吧。

薛子良摇摇头，抓阄儿那成啥事啦？这对掌柜的也不公。我一向认为人光靠运气不行，《棋弈秘籍》上说，开局三步，一步摆阵，二步自固，三步急击也。人刚生下来还没有摆阵，婚姻大事是开局摆阵。这摆阵要摆不好，会一步错步步错，我看倒不如我和晓蒲下一盘棋。

聂晓蒲说，论下棋，恐怕江北没人敢和你比。

薛子良说，咱们俩先下着，我等你说话。你说我没步了，然后咱俩换位置，我下你的残局。胜了，我娶掌柜的。输了，你娶掌柜的。

半夏说，这是个好主意。不过这盘棋要我们仨人下。我要给你们每一个人支三步棋，好棋坏棋你们都得认。谁赢了不算，谁输我嫁给谁。

聂晓蒲说，行。听掌柜的吧。

半夏让薛子良找一副棋来。半夏知道薛子良有好几副棋。薛子良没动身，就从大衣内襟里掏出一副牛骨象棋来。

他把汗衫脱下来，铺在桌子上，那汗衫的里子竟绣着一张棋盘。半夏就笑了。

三个人开始下棋。一盘棋下了一个多钟头。聂晓蒲三局两输。看来他娶半夏是娶定了。

半夏笑了，我早料到是这样的结局。

聂晓蒲问，为啥？

半夏望着薛子良，笑了，我们心里都明白。

薛子良有些尴尬，半天才说，掌柜的，您别生气。我一下棋就什么都忘了。我这些年下棋还没输过。

半夏说，是啊。这些年你都是把自己赢了。

4 戏园子

　　江北建起了戏园子和二层阁楼，是从外地来的文人侯
乃殊置下的产业。侯乃殊是关东有名的才子，善写大戏，
更善写喜剧。九幕拉场戏《嫦娥下凡寻关公》《红线穿堂》
都是他的大作。后因写《绿楼梦》，剧中有戏文：清风拂面
清风软，清风翘趄清风瘫。因文字狱被关押两年，后发配
关东。后来清朝灭亡了，原保定府知府派人从关东把他接
回直隶，但他在直隶只待了半年就又到了雁县。侯乃殊虽
然下过文字狱，却也积蓄了不少银子。在雁县落脚，盖起
了仿京都楼阁一座，又在松花江的支汊鸟河入口建了个戏
园子，就叫小河园。侯乃殊每年立春、立夏、立秋、冬至
都让戏班子来唱戏。来的戏班子不是草台班子，都是直隶
乐亭、塘沽正宗的戏班子。侯乃殊高价聘戏班子来小河园
唱戏，门票却卖得很低，收入和支出持平。侯乃殊要的是
热闹，要的是雁县百姓念他的好。戏子进雁县，侯乃殊要
发出十八张爷桌票，给雁县有头面的人物。爷桌就是戏园
子里的头一排，太师椅前要有八仙桌子，有沏好的冻顶乌

龙茶、十年以上的普洱茶，银盘子装的干果，这也看出侯乃殊的狡黠。他既让百姓高兴，也让地方豪绅舒坦。

逢着开戏，侯乃殊当然要差人给牤字号送爷桌票。这年立夏，侯乃殊送给牤字号三张爷桌票，是让边老爷携两房太太一块儿看戏。

给爷桌票是必须看戏的，不去就是不给侯乃殊面子。接了爷桌票，边孝轩就将这三张票交给了高蕙兰，让她安排谁去看戏。高蕙兰看了看戏票，说道，今天这戏我不看了，你带着寒梅和虎杖一块儿去。这也是让寒梅露脸，更让人知道边家牤字号还是把长子放在第一位的。

边孝轩笑道，你这当大的就是有胸怀，我没看走眼。

高蕙兰就到西厢房赵寒梅的住处坐下。赵寒梅嫁到边家跟表姐就不是太亲，时间长了，姐妹俩自然就有了隔阂。但姐妹俩总是客客气气，有大识小。赵寒梅正在用铜烙铁熨衣服，见姐姐进来，就放下活计，请姐姐坐下。赵寒梅还从瓦罐里捞出一碗糖泡李子。高蕙兰吃了一个糖泡李子，叹道，我妹妹真是好手艺。跟谁学的，我姨妈？

赵寒梅说，是跟教会学校我的老师安娜学的。我还会做洋点心。嫁到边家这么些年，我还没露过我的手艺。

高蕙兰说，八月初六是孝轩的生日，那天都由你来操办。

赵寒梅说，那行啊，我听姐姐的。

坐了一会儿，赵寒梅忍不住问，姐姐，你可好几天没到我这厢房里来了，不会是有事？

高蕙兰说，县街小河园来戏了，又送来了三张票。今儿晚上你和孝轩带着虎杖去。

赵寒梅说，这怎么行？你是老大，出头露面的事当推你啊。

高蕙兰说，家里头吃苦的事我当然要往前赶，今年立春我不是和孝轩看戏去了吗？往后陪孝轩看戏都你去。寒梅，姐姐可不是让你露脸，我是让咱们的儿子虎杖露脸。孝轩和你领着虎杖看戏，图的可不是热闹，是让雁县的百姓知道，将来老边家当家做主的是虎杖。

赵寒梅有些感激地说，还是姐姐疼虎杖啊。

高蕙兰说，晚上打扮得俊点。把出嫁时穿的那身紫红苏州缎子旗袍穿上。一会儿我再从我的细软里给你挑出两副银钗。虎杖的衣服我都备了，京都庞氏杭缎庄双面缎子对襟夹袄，藏青色的山羊毛锦织裤裙，黑色的奉天西瓜帽，上边的红琉璃纽扣换掉，钉上和田鸡血石纽扣。这小少爷谁看都能看出高贵来。

赵寒梅说，咱儿子让你这一捯饬，可就像太子了。

高蕙兰说，虎杖可不就是太子。

姐妹两个就哧哧地笑。

晚上，边孝轩和赵寒梅要携虎杖起身。牤字号离小河园只三里路，但管家还是为他们备了洋胶皮轱辘大车，换上湛蓝色的篷布，篷布的三面是锦绣的福禄寿篆体字。三个人上了大车，后面有六个家丁尾随。一上官路，就引得街面上的人注目观望。

边孝轩和赵寒梅携虎杖到了小河园戏园子，下了车，就见侯乃殊在门口迎候。边孝轩和侯乃殊抱拳问候。边孝轩又让家丁给侯乃殊送了薄礼，是一个礼匣子，里面放着两瓶子用俄罗斯产的琉璃瓶子装的豆油。

赵寒梅说，恭请侯先生收下。这豆油是苏联驻哈尔滨总领事馆的专用油，每年只生产十八瓶。

侯乃殊就哈腰，大礼，真是大礼。

侯乃殊没有冷落忙字号的人，又给六个家丁和马车夫在最后一排找了座位。侯乃殊坐在了爷桌的正中央。邻桌的是雁县伪满洲国县府的秘书和普生药堂的何三炼，侯乃殊分别和他们打招呼。何三炼知道边孝轩携二太太和大公子来的目的，就冲边孝轩点了点头，又说，这虎杖可是越来越出息。

赵寒梅早就教虎杖怎么说客套话。虎杖这天也显得很规矩，抱拳说道，谢大爷夸奖，本公子不才。惹得邻桌的豪绅都哈哈大笑。

今天小河园也是唱大戏。台柱子是红角儿翠菱角（艺名。翠菱角原名叫齐凤珠，为莲花落子艺人紫菱角的弟子之一，唱青衣，生于1911年，卒于1959年）。剧目是拉场戏《追泥鳅》，说的是老丈人过生日，傻姑爷和媳妇去办寿。老丈人愿意吃泥鳅，傻姑爷就到河里去捉。泥鳅跑，他也跑，从宁州府一直追到泰安府，终于把泥鳅捉到了。傻姑爷追泥鳅，从去到回用了六年的时间，等他到老丈人家时，老丈人已经死了，媳妇也改嫁他人。

开场戏是媳妇的唱段，翠菱角一嗓子喊出去，戏园子里就鸦雀无声——

天下河里都有鱼

有鲤鱼鲫鱼大鲇鱼

有名的鱼是龙王爷的嫡系

没名的鱼是龙王爷的侍人和奴隶

泥鳅也是鱼却不是龙王爷的亲戚

溜边儿嚼草根吃淤泥

泥鳅想上岸变成草里的兔子林子里的狐狸

…………

我爹想吃泥鳅鱼

说泥鳅钻豆腐能上满汉全席

我当家的今天要下河里去捉泥鳅鱼

却见万里无云风和日丽

我当家的说

什么样的泥鳅我都能捉到我老丈人的盘子里

当家的——

让大伙儿看看你这是英俊威武还是傻了吧唧

…………

　　一段唱下来，爷桌的豪绅开始往台上抛大洋。虎杖抓了十块大洋扔到台上，台下一片叫好。

　　傻姑爷的戏以丑为主，唱功浅，丑做得也不到火候。台下便有人说话。

　　边孝轩说，寒梅，今儿个你该乐和了吧？这几年你一直不乐和，尤其三个丫头替我支着牤字号，我知道你心里有些犯堵。今天你应该明白，我边孝轩心中只有儿子。

赵寒梅说，这话听着顺耳。我姐在咱们牤字号里是最有心计的。她让我和虎杖跟你来听戏，这也是她在做戏。你也不要小看我赵寒梅，你们背着我已经将半夏和聂晓蒲把亲定了。啥时招姑爷入赘啊？

边孝轩说，要不我也想把这事跟你说了。我招多少个姑爷在牤字号，也都是伙计辈的，哪比得了虎杖？

赵寒梅说，从小看大，虎杖是个实诚的孩子，长大了也不会用计谋使坏。我心里有数。将来牤字号有好戏看，三个姑爷将来都混在牤字号，怕是咱这油坊毁在他们手里。我不在乎。我也不想让虎杖继承边家的家业，等有一天你死了，我领着儿子离开牤字号。孩子没心计，可有力气，我饿不死。我只是心疼大姐，将来她可要操心啊。

边孝轩瞪大了眼睛看着赵寒梅，他心里在说，这女人表面看着寡淡，论心计，不比高蕙兰差。

赵寒梅捅了捅边孝轩，别说话了，听戏，听戏。

傻姑爷在唱：

泥鳅没长腿却能在水里飞
我长了两条腿只能使劲追
追啊追，我豁出了老命
非得让你这泥鳅变成我老丈人拉出来的大粪一堆

这时，戏园子又有叫好声。

5 夜 马 车

街上的段麻子馃子铺还开着，经营铺面的是段麻子的儿子段小麻子。段小麻子也不是等闲之辈，他不善经商，原来在西街口甄书翰的私塾里做先生。段小麻子伪国高毕业，甄书翰老先生是他的舅舅。段小麻子叫段祺坚，国文教得好，拿手的是宋词。他还善画，酷爱张择端的画，临摹过长卷《清明上河图》。他父亲死后，就不教书了，回馃子铺做点心。他的用意并不是为了袭承父业，而是想告诉雁县的人，段麻子馃子铺永远不会黄摊儿。段麻子死了，县城的人没看出段小麻子有一点悲伤。他还说，死就死了。要是在大清，纵火也得菜市口凌迟。然后又笑，老东西是发了昏了，为几桶油值得放把火吗？

牤字号做事并不小气，是非分明，善恶有度。段麻子被佟小斧子给砍死以后，边孝轩派人送去一副樟子松棺木，又给段小麻子送去十桶上好的豆油。段小麻子欣然接受，还给边孝轩的管家抱拳作揖说，给边老爷回话，老人家辛苦了。

段小麻子经营馃子铺，是大撒手经营，让他的姐姐段玉蓉掌管。他整天泡茶馆，到邻县木兰的戏园子听戏，还到哈尔滨香坊看洋人开的赛马场。有时候还到马迭尔俱乐部看苏联人设的拳击擂台，每天都很自在。但他做事干净，不抽大烟，不赌博，不进窑子，也不喝大酒。段小麻子虽然受到的是伪国高的教育，却认可西学。他穿洋服，打领结，戴礼帽，喝酒也喝水酒，俄产的格瓦斯。英语、法语、俄语都能说几句。

这天，段小麻子在哈尔滨看了一场拳击，一直看到天快黑了。他想坐洋车回家，却不见洋车路过。天黑下的时候，一辆五马胶皮轱辘大车从身后过来，他就拦住了。车停下，他说道，我是雁县的段祺坚，到哈尔滨办事情，晚了，没车了，能不能捎我一程？

车老板子说，不行。车上是我们的掌柜，谁也不能上车。你没看车后还有六个家丁，他们都跟着小跑，怎么能让你上车？

这时大车的篷布帘子掀开，露出一张女人的脸，说，是段先生，请上车吧。

段小麻子上了车，道了一声谢，才问，听贵小姐的声音这么熟？

女人说，牤字号的。我是边栀子。

段小麻子吓了一跳，站起来又坐下了。

栀子说，段先生，我们一直觉得对不住您。我的家丁佟小斧子做事鲁莽，事后我们也骂了这小子。都是街面上住着，谁惹了谁，使点小计谋也是应该的。油坊再值钱也没人命值钱啊。

段小麻子说，我爹是自己作的，老爷子一辈子就小心眼儿。你不知道，我娘就是让我爹气死的。我娘回我姥姥家，我表舅赶车把我娘送回家，他硬说我娘和我表舅不洁净。我娘就跟他吵，他就把我娘吊起来打，第二天我娘上吊死了。那年，我才十一岁啊。我爹让佟小斧子砍死了，也是他自找的。他杀了我爹，也给我解了气，也让我那可怜的娘在九泉之下能叫个好。

栀子说，段先生当是真正的孝子。

段小麻子问，佟小斧子咋没押车？

栀子说，他腿有了毛病，也干不了押运了，只能在牤字号看家望门。不管咋说，他给我们老边家干了十多年。现在人家有毛病了，咱不能一脚把人家蹬出去。

段小麻子说，这佟小斧子也是个好人，可不能不善待人家。

栀子说，你段先生也是个善人啊。

一路上，一向不说话的栀子和段小麻子说了不少话。快到雁县了，段小麻子就说，啥时候二小姐抽闲，我陪您去哈尔滨，去香坊的跑马场，再去马迭尔俱乐部看看拳击。我知道二小姐喜欢男人做的事情。

栀子说，好啊，到时候我跟你一块儿去。

半夜的时候，大车到了雁县。段小麻子下车了，对栀子连连道谢。车走出很远，他还望着大车。

大车到了牤字号，家丁开启大门，大车就进了院子。大门闭上，栀子下了车，让家丁赶快将马车的后箱打开，佟小斧子从后箱灵巧地跳了出来。栀子说，你去歇着吧，这一路上你可是受了罪。

佟小斧子说，只要二小姐安全，受多少罪也值。

栀子把佟小斧子送到东厢院，见四处没人，她小声对佟小斧子说，你得想法把段小麻子给杀了，他是个诡计多端的人。

佟小斧子说，二小姐有眼力。

栀子往自己的厢房里走，见厢房的灯亮着，不觉有些疑惑。推门，见大姐半夏坐在炕上，一边嗑瓜子一边在等她。

栀子说，快后半夜了，姐咋不回去睡？

半夏说，等你。今儿晚上跟你一块儿睡。

栀子洗漱完毕，也上了炕。姐妹俩躺下，扯开一床薄被，盖在身上。栀子问，姐，这么晚还等我，定是有急事。

半夏说，也算急。明儿个咱爹妈要给我定亲，八月初八就结婚。

栀子说，是谁？是聂晓蒲还是薛子良？

半夏说，你猜呢？

栀子说，应该是薛子良。你们两个般配。你有耐性，细致，薛子良有心计，不善言辞。你们是天生的一对儿。

半夏说，我要嫁给聂晓蒲。为啥没嫁给薛子良？我是想把薛子良让给你。你智勇双全，但勇大于智。而薛子良足智多谋。牤字号靠的是铺子支撑，往后还得指望你们两个把牤字号经营得更发达。

栀子说，姐姐的心意我领了，不过我没相中薛子良。

我心中也有人了。

半夏说，是谁？不会是那瘸子小斧子吧？你在习武堂习了两年武，可能满耳朵听到的都是小斧子的传奇。你可千万别耳根子软，小斧子是一介莽汉，你跟他将来是要受罪的。

栀子说，我心里有数。我嫁给小斧子是铁定的了，怕是咱爹咱妈不同意。他们可能认为我嫁给小斧子丢了他们的面子，但我会让小斧子做出一件大事情来，让我们边家对他报恩。那时候，我嫁给他就顺其自然了。

半夏说，你这死丫头，把我都有点说糊涂了。

栀子说，慢慢你就明白了。

6 夜 饮

这年夏天风调雨顺，松花江水肥瘦相当。江两岸的庄稼墨绿着，近看庄稼叶子泛着油。大豆秧子也长得壮实，豆荚饱胀。边孝轩没事喜欢到庄稼地里溜达，主要是看大豆秧的长势，看了大豆秧的长势，他就能预测到半年后的油价是涨还是落。现在他站在大豆地里，叹道，油价要落啊！

边孝轩回到忙字号，就找三丫头沉香。沉香显得很轻松，客户盈门，她该应酬的应酬，该回避的回避，没事就躲到铺子后的香线阁里。她不做针线，而是听戏，哈尔滨娜塔莎西餐厅的女主人娜塔莎给了她一架摇把子唱机，还有几张洋唱片。她没事就听唱片。洋唱片让她听腻了，她就托人在北平买了几张马连良的唱片，一下子就喜欢上了京剧。她正听得兴致勃发，爹进来了。她把唱机闭了，见爹的脸色不好。

边孝轩说，三儿，人光能说会道不行。你在忙字号，眼睛不能光盯着库房里的油桶，还得盯着外面客户库房里的油桶。你还得看天有没有雨，看地有没有尘土。做大生意的人，要走两步看十步。今年大豆长势很好，半年后油价定落无疑，现在库存多少？

沉香说，库存还有二百六十桶。两个月内要销出三百一十桶。再生产九十桶，总体算来库存不会积压。

边孝轩说，我倒不担心库存，我担心的是半年后库存的积压。你得赶快走出去，把下半年的合同低价订出去，收回百分之四十的抵押金。毁合同者，押金不退。主要是三个大户：双城堡的丰裕米栈，护国军三师的军需处，还有哈尔滨的娜塔莎西餐厅。三师军需处不用收抵押金，副师长边孝和是你堂叔，也算是咱自家人。丰裕米栈我出面，娜塔莎西餐厅你去周旋。娜塔莎西餐厅每年的用量是一百三十桶，也是不小的数字。

沉香说，明天我就动身。

第二天一大早，沉香就起身去哈尔滨，晚上就赶回来了。回来以后她脸色不悦，进门就找爹说事情的经过。这天大姐定亲，来了不少客人，爹也喝多了。见了三丫头，他一句话也听不进去，一个劲儿地说，去，给你大姐道个喜。你娘给你备了一对玉镯子，你送给你大姐，别让你大姐挑礼。

沉香觉得事情很急，就到娘的屋里去。高蕙兰问，今儿个去哈尔滨咋当天就回来啦？以往你都住两天，逛洋行买点衣物，今儿个咋见你空手回来的？

沉香说，洋人跟中国人不一样，有点喜怒无常。这回我去，对我很冷淡。我跟他谈签订合同的事，安德烈爱搭不理的，好像不想跟我们签合同了。中午娜塔莎也没有招待我吃午饭。

高蕙兰说，这一定是又有油坊和娜塔莎西餐厅合作了。

油价肯定要低于咱们。能是哪家呢？松花江两岸，方圆五百里，有近百家油坊。都是小作坊。能数得上的是宾州镇侯三奎油坊、方正大集的龚大脑袋油坊、兰溪县马占秦油坊，这几家油坊的老板和你爹都有交往，称你爹为老大。他们惧你爹，主要还是惧你七叔边孝和。三师跑马占荒，一天一夜就能平一个油坊……

沉香说，这里边肯定有事。

这时大姐半夏进来了，她好像听见了几句高蕙兰和沉香说的话。沉香急忙站起来，说，大姐，我刚要去你厢房给你道喜。

半夏说，道啥喜，都是牤字号里面的人，往后晓蒲还得叫你三小姐。不管他的身份变没变，咱老边家的姑娘永远是牤字号当家做主的人。

沉香笑了，我愿意听大姐说这样的话。

半夏说，今年我定亲，明年该轮到你二姐了。也许明年你和你二姐都能定上亲。

沉香问，早晨我出去得早，大姐定亲摆了多少桌？

半夏说，原本是要在镇上泰和酒楼办的，二姨妈不让，说那样显得不够红火，就在咱院子里办的。一共摆了二十六桌。杀了一头猪，二十六只鸡，二十六条江汉子的鲇鱼，三盘豆腐……都是二姨妈亲自操办的。

沉香说，二姨妈可真是上了心。

高蕙兰说，你们得知道，你们二姨妈可是我的亲表妹。

沉香问，二姨妈平时不吱声不言语的，为了我大姐的婚事，早就上了心。

高蕙兰说，可不是？前几天她还特意去了哈尔滨，给你大姐买了一副廖家金店做的金镯子，花了三百块大洋，都是从她自个儿腰包掏的。

沉香问，二姨妈去了哈尔滨？我们咋都不知道？

高蕙兰说，要不我咋说你二姨妈心细呢？

沉香一怔，不说话了。

半夏就拉着沉香说，走，你还没吃饭，到我厢房里吃点。定亲宴席上的每道菜我都给你留了一盘，还有一瓶好酒。

沉香说，好。今儿晚上咱姐儿俩多喝点。

姐妹俩走了，高蕙兰嘱咐，别喝多了。你们俩今天也都累了，也该早点歇着了。

姐妹俩在半夏的厢房里喝着酒。端起酒碗，便不再提定亲的事了。半夏问，在娜塔莎西餐厅谈得咋样？

沉香说，看样子娜塔莎西餐厅不和咱们订合同了。现在江北的四大家油坊都各有算计。听说七叔的三师要换防去吉林，咱们的靠山也要没了。

半夏笑了，我不担心那三家油坊。娜塔莎西餐厅肯定还得跟我们订合同。不过，咱们姐儿俩去谈合同不好使。

沉香说，咱爹要去，怕是更不好使了。

半夏喝了一口酒，说，咱家有一个人去，这合同就订上了。

沉香也喝了一口酒，恍然大悟，还是大姐能看透事理，你就是咱们牤字号老板的料。

7 街　上

　　虎杖很少走出边家大院。和爹娘看了一场戏，在家里就有些待不住。大姐定亲，高蕙兰把虎杖抱到了主宴席的座位上。这也是高蕙兰让表妹赵寒梅高兴。平时虎杖很少受管教，在宴席上也要跟大人一块儿喝酒，把边孝轩气得够呛，伸手要打他。高蕙兰用一碗糖水把一碗酒换下来，虎杖才老老实实地坐下来，没等吃完，就从座位上下来，到处找他娘赵寒梅。赵寒梅是半夏定亲宴席的知客，忙得脚打后脑勺子，虎杖就拽着赵寒梅说，娘，今儿晚上我还要和你看戏去。

　　赵寒梅哄他，明天我跟你去。

　　虎杖不干，就坐在地上哇哇地哭，赵寒梅就给了他一巴掌。高蕙兰把虎杖抱走了，小声对赵寒梅说，孩子在家也是憋得慌。明儿你领虎杖到街上去，给他买点零嘴儿，要看戏就看一场，小河园这几天黑天白天都有戏。

　　第二天，吃完早饭，赵寒梅梳洗打扮，就要领虎杖去街上。刚要动身，边孝轩从大堂里出来，问，干啥去？

赵寒梅说，虎杖非得闹着还要去看戏，戏园子不是谁都能进的，尤其是看白天的戏，都是下人。我领虎杖到街上溜达溜达，要不这孩子也不消停。

边孝轩说，等一会儿，我收拾收拾和你们一块儿去。这几天我有些着凉，也让何三炼给我熬几贴膏药。

赵寒梅说，那好啊，你要跟着我们娘儿俩去，我们在大街上走也提气。

这时高蕙兰也从屋子里走出来，说，别忘了给孩子买些零嘴儿。

一会儿，马车套好了。三个人上了车，两个家丁尾随，就出了边家大院。

大车走远了，高蕙兰愣在那里。这几天她有些身心疲惫，不是因为操劳大闺女的婚事，而是越来越看清楚牤字号的不平静。当初也是她小看了赵寒梅。小时候，赵寒梅常在她家，晚上姐妹俩睡在一床被子里。小时候高蕙兰像个假小子，愿意干偷瓜摸枣的事。一干这种事，高蕙兰总是站在瓜地旁或者是枣树林子周围四处看人，让赵寒梅去偷，赵寒梅就听姐姐的。高蕙兰后来出嫁了，几年以后，赵寒梅的父母都死了，赵寒梅就进了教会学校。这期间，高蕙兰总是托人给赵寒梅捎去衣服和银圆，逢年过节还差人去哈尔滨接她。过完年节，姐妹俩分手，总是哭得跟泪人儿似的。可自从高蕙兰把赵寒梅接到边家，做了边孝轩的姨太，两个人就觉得越来越有些隔生……思来想去，还是这些孩子闹的。边家家业庞大，人一躺在钱财上，就淡了亲情。原来头脑简单的赵寒梅心眼儿也越来越多了，这是高蕙兰始料不及的。但这也是没办法的事，她并不认为把赵寒梅接来是引狼入室，只是赵寒梅还不知道她的一片苦心。高蕙兰越加感到赵寒梅是个贪心十足的人，既然已经看透了她，就不能任其所为，她得为三个闺女着想……

大车走远了。高蕙兰也在忧郁中醒过来。她脸上有笑，让边孝轩陪她们娘儿俩去街上，也是她的主意。昨儿晚上她把沉香去哈尔滨的经过跟边孝轩说了，边孝轩半信半疑。这些年过日子，边孝轩大都是听她的。这次，他还得听她的。他要打探赵寒梅是不是像半夏说的那样……

大车到了雁县的街上。边孝轩和赵寒梅牵着虎杖下了车。家丁要尾随，边孝轩一摆手说，你们都在大车这儿等着，吃晌午饭的时候去泰和楼接我。

边孝轩对赵寒梅说，你想买啥就吱个声，我兜里的银圆带足了。

赵寒梅说，想给三个丫头扯点棉布，再买几斤棉花。眼见得快入秋了，得把她们御寒的衣服做出来。这姐儿三个在咱们牤字号可是最受累的，我这当二姨的得多替我姐想着点。

边孝轩说，好啊。你姐也常夸你，待人总是知冷知热的。可你也不用总惦记她们，你姐嘱咐我到街上得给你买东西。

赵寒梅说，要买就买两双皮面夹鞋，我和我姐一人一双。

边孝轩说，好，那你就买去吧。说完就从兜里抓一把大洋给她。

赵寒梅说，孝轩，你买点啥？

边孝轩说，买啥都行，你领着虎杖溜达，给他买些零食，日上三竿的时候到泰和楼，咱们一块儿吃泰和楼的三鲜馅饺子。我去普生药堂。

赵寒梅领着虎杖走了。

边孝轩去了普生药堂，一进门就看见了何三炼。何三炼起身，惊讶地说，孝轩兄，来了也不提前打个招呼，我好去接你。

边孝轩说，这些日子你也不到我忙字号去坐坐，我闺女定亲你派人送去了大礼，真是让我们边家荣耀之至。但我还得挑你的礼，你该去喝酒。

何三炼说，不瞒你说，我昨天一大早就被人接到哈尔滨了，给一个洋人看病。今儿早晨才回来，要不然我能不去给你捧场吗？

边孝轩说，你这名医能被接到哈尔滨给洋人看病，那是洋人看好了你。

何三炼对账房先生说，你在药堂支撑着，我和边老爷到后屋大堂喝茶，没事别找我。

边孝轩随何三炼去了后屋的大堂。

边孝轩坐下，何三炼让他站起来，然后又请他坐下说，孝轩兄定是两肩风湿，渗透腰下，只是小恙。夏秋交替，湿热酿小毒，吃两剂风湿去毒丹，再贴追风透骨膏，三日就可愈。

边孝轩笑道，三炼贤弟真是眼毒啊。

何三炼说，我眼毒，看的是肌肤。孝轩兄眼毒，看透的是沧桑人世。牤字号二十年不败，靠的不是勤劳，而是胆识。

边孝轩说，过奖了。

丫鬟送来茶水，给两个人斟满又退下。

何三炼压低了声音说，我去哈尔滨给洋人看病，你道是啥洋人？可不是俄国人，也不是法国人和犹太人，而是日本人。现在时局有了变化，日本人将溥仪立为伪满洲国的新皇帝，现在日本人开始殖民中国关东了，先来的是开拓团。我给看病的这个洋人叫加藤一矢，是日本大谷开拓团阿部高善的副手。啥叫开拓团？就是要在咱们关东开荒种地，长期在这儿待下去。

边孝轩说，这事不小。日本人既然要长期在这儿待下去，就会挤对咱们的商铺店号。

何三炼说，咱们得加小心。日本人就是当年的倭寇，他们有许多人通武士道，为人不善。

边孝轩说，不怕，历来是邪不压正。

何三炼和边孝轩喝了两壶茶，何三炼给边孝轩拿了十服去毒丹，又在肩膀和腰眼子上贴了膏药。何三炼要请边孝轩吃饭，边孝轩说，二太太和我儿子还在街上，买完东西我们得赶快回去。牤字号我得盯住。

何三炼说，有空就到我这儿来喝茶。

边孝轩说，这不公平，你得到我那儿去。

赵寒梅本是要先去棉布庄买布，虎杖这孩子拽着她的胳膊非要去戏园子看戏。赵寒梅拗不过他，就随着他去戏园子。她想糊弄虎杖说戏园子不开戏，刚到小河园的楼前，却见侯乃殊从一阁楼的朱红大门走了出来，看了一眼赵寒梅，说，这位夫人我好像见过。

赵寒梅笑了，侯先生心思都用在了写戏文上，哪会记得我这平庸女人。我是边孝轩的二太太。

侯乃殊一拍大腿，得罪得罪，要是记不住牮字号的人，那可是大不敬，快请到阁楼里歇息片刻。

赵寒梅说，我儿子虎杖非得要来看戏。虎杖正在家里读私塾，他爹不让他出来乱走，我让他出来放放风儿，片刻就得回去。

侯乃殊说，今天白日演的都是杂戏。翠菱角的弟子们练台，今儿个演猴戏。我差人抱小少爷进屋看个乐景，看够了再出来，二太太请到阁楼里吃点心。

赵寒梅看天色还早，就随侯乃殊进了阁楼。阁楼里有两个丫鬟在收拾文房四宝，侯乃殊就说，上四盘点心，一壶好茶，我要跟这位夫人谈戏。

茶点上齐了。侯乃殊说，这也真是缘分。我早就想去牮字号拜访边老爷和夫人，只是没有理由。当然，这不是高攀。边老爷是松江两岸有名的商人，而我侯乃殊当年也是直隶第一支笔，我们两个应该平起平坐。

赵寒梅就笑了，也看出了这文人的不卑不亢，说，牮字号随时恭候侯先生。想必侯先生到牮字号不仅是拜访，可有其他指教？

侯乃殊说，有道是大文人当是作文刁滑，做人耿直。我就是。我在戏文里可以把一件小事写成十幕戏，可我在戏外能把天大的事情当小事来说。我到牮字号不是想谈生意，是想求亲，我相中了你们家的二闺女栀子。我一介文人，一生寂寞，身边没有一个闹的人，活得有些腻味。栀子是我需要的女人，她打打杀杀的那个劲儿，她那行侠仗义的作风，一派的穆桂英的劲头，让我痴迷，我是真相中她了。今天看见了您，我不能错过这个机会，请您转告边老爷我的意思……

赵寒梅说，我一定转告。我也觉得你和我们家栀子一文一武，真是匹配。

侯乃殊说，夫人也是开明的女人，听说你读过教会学校，接受过西学，一看就与众不同。

赵寒梅笑了，我是与众不同。

8 燕子悲秋

晌午，赵寒梅和虎杖到泰和楼，店小二在楼前候着，他认得边家二太太，就哈腰说，边老爷在二楼风雅阁候着太太和少爷。赵寒梅和虎杖随店小二上了楼，进了风雅阁。风雅阁里只有边孝轩，赵寒梅以为边孝轩会吃请，不是何三炼就是别家商号的掌柜，却见边孝轩一个人冷清地坐在梨木椅子上打瞌睡。

赵寒梅和虎杖坐下，边孝轩就说，你们娘儿俩点菜吧。

赵寒梅说，你吃啥我们就跟你吃啥。

边孝轩对店小二说，戏水鸳鸯菜，一荤一素一汤，蜂蜜果饯一道，奉天麻圆四个，三鲜馅饺子一盘，贝勒爷莜面一碗，四方台烧酒一壶，俄产格瓦斯一坛……

赵寒梅说，孝轩，点这些东西吃不了，扔了就白瞎了。

边孝轩说，我还从来没领你们下过馆子，这些年也是苦了你们了。点这些菜也是让虎杖开开荤，长些世面的见识。

泰和楼掌柜亲自来送菜，又敬献一盘子麻油炸马哈鱼。这道菜也是泰和楼的当家菜，看得出泰和楼掌柜对边孝轩的恭敬。边孝轩也不推让，只说，泰和贤弟，有空得到我牤字号上坐一坐。我可有一瓶好酒，是袁大总统最喜欢喝的古井贡。

泰和掌柜哈腰说，一定去拜访。便退出。

赵寒梅说，牤字号在雁县当数老大，你这牤字号的老板在街面上一走就惹人眼，往后咱们还是少到街上逛。

边孝轩说，一辈子汗流浃背，一辈子吃苦受累，讨的是别人的一时恭维，现在这牤字号也把我压得喘不过气来。

赵寒梅说，现在你可以松口气了。半夏、栀子和沉香为你撑着牤字号的天，你还有啥担心的。

边孝轩说，这仨闺女本事倒有，但牤字号出现了危情，她们也无力回天。毕竟她们还是孩子啊。

赵寒梅说，听你这话，牤字号是有了啥危情。大姐也没跟我说过，边家人也没跟我说过。这么些年我清闲度日，也是享足了福，却不知苦了你和大姐，还有这仨姑娘。我本想也要帮助一把，可又觉得有些碍事。

边孝轩笑了，你心里在想啥我知道。论本事，你不比你大姐差。你大姐做事有头有尾，心里也能装事，但她脑子陈旧。她是知县的女儿，九岁就读私塾，脑子装的都是四书五经。这怎么行？现在世道变了。我和我父亲都崇尚洋务运动，厌倦土地，喜好工业，更喜好经商。我这辈子不想拥有多少土地，但我想拥有资本。这话也是我跟我爹学的。工业能消除贫困，工业也能救国。我要让牤字号走出关东，进入中原……可是工业不同于种地，有土地的人可以靠天吃饭，干工业的人却要靠计谋吃饭。现在牤字号资本稳固，却也小有危情。不过，最终会转危为安。

赵寒梅说，今年风调雨顺，油价下调是肯定的。库存积压不尽快甩出去，以后进新机器，增产量，肯定受阻。

边孝轩说，当务之急，就是要尽快把油销出去。牤字号的人谁有本事谁出山，我这当老板的心里有数。将来谁有能力把握住牤字号的大局，我就把这牤字号交给谁。沉香还嫩……

赵寒梅说，别发愁，哈尔滨娜塔莎西餐厅能买我们一多半的库存，余下的我找一个人物，他能把余下的全部销掉。

边孝轩说，在哈尔滨，你有很多朋友和同学，我不怀疑你的能力。你刚才说到的那个人物是谁？

赵寒梅说，远在天边，近在眼前。刚才我跟虎杖在小河园溜达，侯乃殊请我喝茶。我已经知道了他的根底，他有背景。他当年是直隶保定知府宋甲奎的文书，也是宋甲奎的干儿子。宋甲奎现在已弃官经商，在天津卫茂源商行做掌柜。茂源商行主要经营粮油调味品，全国各地都有分号。侯乃殊过几天准备去天津卫，给他干爹过寿辰，这是个机会……

边孝轩非常惊讶，半天才说，我早就听说过天津卫的茂源商行，想不到侯乃殊和这茂源商行有这层关系。我们一定要把这侯乃殊拉过来，只是……

赵寒梅笑了，只是机会到了。侯乃殊原本是想拜访你的，他怕你瞧不起他。他今天能请我喝茶，既是巧遇，也是他盼来的机会。他跟我说他相中了咱们家的栀子，想向边家求婚。

边孝轩一拍桌子，这事我同意。

虎杖开了荤，将四个麻圆吃光了，又吃了半盘饺子。

赵寒梅说，咱们光顾说话了，快点吃饭，快点回去。别让大姐惦记咱们。

边孝轩喊来店小二，说，给我装二十个麻圆，一会儿带走。

赵寒梅说，再装两盘果饯，几个丫头得意甜的。

太阳西沉的时候，大车出了街。边孝轩心里很痛快，就哼起了莲花落子：

　　燕子南飞冬天要到了
　　雪花飘舞秋天悲伤中也不含笑了

　　　　　　　　　　（莲花落《燕子悲秋》）

其实边孝轩这种痛快不是因为赵寒梅给牤字号找到了出路，而是高蕙兰让他打探赵寒梅令他有了意外的收获。两个太太虽然是姨表姐妹，互相猜疑，互相斗智，他更欣赏的还是赵寒梅。赵寒梅虽有小计，却也能说实话。而高蕙兰表面温和待人亲热，心里却也藏有小恶。姐妹两个相差岁不多，但表面上高蕙兰显得更苍老，赵寒梅却显得非常年轻。边孝轩的意外收获是知道了赵寒梅的能力是比三个姑娘要强，将来牤字号交给虎杖，也不必担心。牤字号应该姓边。

9 酒 殇

从街上回来，高蕙兰让伙房为边孝轩、赵寒梅和虎杖备了晚饭。高蕙兰是一个精细的女人，边孝轩、赵寒梅和虎杖喜欢吃什么她都心里有数。晚饭备的是边孝轩喜欢吃的绿豆黄米粥，放了核桃仁和冰糖，赵寒梅喜欢吃的三合面发糕，虎杖喜欢吃的芝麻糖饼，还有炸的江沿白漂鱼，黑豆研磨的老豆腐……

赵寒梅也让大姐惊喜了一下，她拿出了二十个麻团，两盒蜜饯，说，把孩子们都叫来，闺女们喜欢吃甜食，这蜜饯是专门为她们买的。高慧兰就打发丫鬟去叫闺女们一块儿来吃饭。

这顿饭吃得很喜庆、热闹。闺女们都夸二姨让她们解了馋，赵寒梅的心里比她们还甜。孩子们散去，边孝轩让丫鬟把门关上，高蕙兰知道，边孝轩是要喝茶，喝茶的时候要说事，高蕙兰便叫丫鬟们为老爷上乌龙茶。

边孝轩向来话语很吝，但说出话来句句有分量，说事的时候也是滴水不漏。他对高蕙兰说，今天在街上的普生药堂听何三炼给我透露了一个重要的事情，天津卫最大的商行茂源商行的老板宋甲奎是街上秀才侯乃殊的干爹。侯乃殊的本事很大，他到雁县办戏园子并不是为了赚钱，而是为了取乐。侯乃殊写戏写上了瘾，苦于没人演他的戏，他到雁县来，既过了看戏的瘾又过了写戏的瘾。他相中咱们家栀子了，如果侯乃殊成了边家的姑爷，那牤字号就会更发达……

高蕙兰一怔，看了一眼边孝轩又看了一眼赵寒梅，心中又升起蹊跷。想了半天她才说，二闺女秉性火暴，如果她看不中这侯秀才，咱们要是硬撮合，这死丫头说不定会离家出走，投奔哪个山头当土匪。

边孝轩说道，没那么邪乎。闺女的事我不便插手，这就得看你这当妈的能否说服她了。如果栀子为咱们牤字号着想，她就该答应这门亲事。

高蕙兰说，现在世道多变，连皇帝都总是变，天津卫的洋行也不见得是一棵大树，再说侯乃殊又不是咱们这儿土生土长的人，对他不是又知根又知底，怎么能拿咱们闺女做赌注？

赵寒梅说，大姐说得也是，我们对这侯乃殊不知根知底。我看咱们可以让他露露本事，现在库里的油让他帮助销出去，如果销出去了，再提婚事。

高蕙兰说，现在时候没到，只要我们牤字号不亏，每年利润不增也不减就够了。双城的米栈、哈尔滨的娜塔莎西餐厅，每年能销我们一半的产量，把两家关系处好，再慢慢地寻找几家米栈就够了。

边孝轩说，今年风调雨顺，大豆长势出奇地好，油价往下落是定下来了，我们不能眼睁睁地看着库存积压，还有一个半月新大豆就入仓了。

高蕙兰说，时间不等人，得下手了。

边孝轩对高蕙兰说，明天你和我一块儿到小河园听戏，我们给这侯秀才一次机会……又对赵寒梅说，你明天去哈尔滨，沉香在哈尔滨遭了冷落，你得把局面扭回来。

赵寒梅说，我得领着沉香一块儿去。

边孝轩笑了，你们这两个女人要是合了手，我边孝轩还有啥办不成的事！

油坊每天的产量开始减少，库存的大豆不多，也不再进大豆了，再有十天八天，大豆就用光了。半夏对外说，榨油的支架要换，如原来的柞木换成从南方进来的檀木。松花江两岸这几年粮食不见减价，大豆价格却常年忽高忽低，农户心里明白，牤字号是等着大豆降价。这也是没办法的事，这一带种大豆的农户要靠牤字号吃饭。

油坊一轻松起来，半夏就让栀子到油坊去和她做伴。半夏自从和聂晓蒲定了亲，就开始当家做主。油坊内外的事她都支使聂晓蒲去干。这天晚上半夏让聂晓蒲到江汉子买几条鲇鱼，让伙房炖了，又让丫鬟把鲇鱼端到油坊的仓库里。半夏找出一坛子酒，三个人就喝了起来。喝了一会儿，半夏对聂晓蒲说，去把薛子良叫来，和咱们一块儿喝。栀子说，四个人喝还是没意思，把佟小斧子也叫来吧。半夏看着栀子，觉得二妹子越来越不好对付，但她也没说什么，只是让聂晓蒲再找两只酒碗和两双筷子。

一会儿，薛子良来了。栀子问，小斧子咋没来？

薛子良说，小斧子在炮台上守夜，今儿个是农历初四，没有月亮，皇历上说，今日万物小动，鬼怪窥视，边老爷让家丁守好夜。

栀子来了火气，家丁炮手都在守夜，还差他一个瘸子吗？把给我叫来，就说本小姐让佟小斧子到油坊的仓库守夜！

半夏就乐，二妹子要是发了火我爹都惧她三分。

薛子良说，我再去叫一趟。

一会儿，佟小斧子来了。他一脚门里一脚门外问道，大小姐二小姐有何吩咐？

栀子一摔酒碗，说，陪我们喝酒！

佟小斧子一坐下，薛子良给他倒酒，边倒酒边说，小斧子，你的武功我是真佩服，但是你这个死心眼儿也真让人头疼。我都跟你说了，是大小姐二小姐请你。

佟小斧子说，我的师爷跟我说过，武者，不得旁心侧眼。对搣时一心不可二用，武者，易仗义，不易交易也。

聂晓蒲笑了，佟武师也是好文采。

半夏让大家举起酒碗，她说，在咱们牤字号，找不出比你们三个更出息的爷们儿了。我和栀子在家里没什么事滴酒不沾，今天请你们三个在一块儿喝酒，也是我们姐儿俩对你们三个人高看一眼。

栀子说，你们三个人也不是一般的人。薛子良在油坊里是排得上号的好手艺，榨油从来没出过岔儿，是咱们油坊的头一榨。油坊里有说道：头一榨榨精髓，二一榨榨油脂，三一榨榨水分。油坊的油香不香，要看头一榨。这些年油坊的头一榨一般不换人，当年我爹亲自做头一榨，榨油的手艺我爹教给了佳木斯请来的师傅范德祥，范德祥又把这手艺传给了薛子良，这也能看出我们边家忙字号是把薛子良当成了人物。聂晓蒲就更不用说了，双手拨算盘哗哗乱响。我爹说是聂晓蒲拨天地七个珠子，其实是摆弄乾坤。聂晓蒲是忙字号的半个掌柜的，现在又成了我的姐夫。小斧子身不在油坊，也不在商铺，但小斧子却登在边家大院的墙上。边家大院有风吹草动靠的是小斧子，这些年小斧子保家护院，贼人和土匪没敢碰过咱们边家的石头墙。小斧子也为咱们边家除了一大害，杀了馃子铺的段麻子……

聂晓蒲说，二小姐，今天咱们在一块儿喝酒，也没什么大事，只是让你们姐儿俩高兴。既是高兴的事，就不妨该嬉笑怒骂小戏一场。二小姐，晓蒲给你出难题了。我们三个男人你认为谁在你心中占地方？

栀子笑了，姐夫这话问得有点愚蠢了。咱们边家大院后边是菜地，有茄子辣椒土豆，你说哪个好？这要看人的喜好。我可能喜欢茄子，也可能喜欢土豆，我大姐和小斧子可能喜欢辣椒。

薛子良说，既是游戏，就不能弯弯绕。还不如这样问：二小姐，如果让你选女婿，你看我们三个男人谁和你最般配？

半夏也笑了，子良这话问得好。栀子，你说说看。

栀子说，我看我跟晓蒲最合适。我是忙字号看家守院押运保镖的，我天性是个假小子，我要想当个好女人，得有个好男人把我调教成女人。晓蒲做事心细又有耐性，他成了我的丈夫，岂不正合适。可惜，晓蒲娶了我姐，那就没我的事了。

晓蒲笑道，二小姐真是拿我开心。你是拿我做挡箭牌，还是没说心里话。

薛子良说，还是我替二小姐说了吧，其实你心里是想嫁给佟大哥。你们一块儿习武两年，早就有了情意。莲花落子的戏文中有一句：桃花梨花，分不出能结什么果，我要的不是甜酸苦辣，我要的是志同道合（莲花落子《张生枕黄粱》，为莲花落子小生曲小溪创作并演出。曲小溪艺名小青鱼，生于1892年，卒于1940年）。我说得没错吧？

栀子说，这是你下棋的阴招。趁人不备，跳马占士。

佟小斧子说，这是不可能的。我是边家大院的家丁，在边家看家护院，就是为了讨工钱，家里有老母亲靠我养活。在我十四岁的时候，我娘就已经给我定了亲，我的未婚妻就在家里伺候我娘，这些二小姐都知道。所以，子良你下棋只顾过楚河汉界，却看不到身后危机四伏。

栀子说，啥也别说了。这种嬉闹也挺没劲的，还是喝酒。

五个人喝了两坛子酒，也看不出谁高兴谁不愉快。见天色不早，半夏说，不早了，都回去歇着吧。

大伙儿散了。半夏有心要留栀子说几句话，可栀子有些喝多了，踉跄地走出油坊，回厢房歇着去了。

薛子良不胜酒力，走出油坊仓库就坐在了院子里的一棵枣树下。半夏走过去，说，今天的酒是为你备的，你得把眼神给栀子递过去。有我帮扶你，就看你的了。

薛子良说，佟小斧子今天说的都是假话。他家根本就没有未婚妻，他娘在他大哥家，日子过得富着呢。今天我看出来了，小斧子挺阴的，如果栀子嫁给他，她受罪的日子在后头。

半夏说，你的眼睛挺毒，这《棋弈秘籍》你没白看。我相信栀子是你的。

薛子良笑了，错了。你是我的。

半夏说，你喝醉了。

10 娜塔莎西餐厅

大清早，赵寒梅和沉香上路了。这次上哈尔滨，她们没有坐马车，而是去了鸟河码头。她们要坐船去哈尔滨。夏天和秋天交替的季节，江显得有些瘦。江上有两种船，一种是当地人靠帆驱动的红松轿子船，很宽很大，主要是下人乘坐，船舱上堆放着一些乱七八糟的粮食和牲畜。另一种船，当地人叫洋船，用的是马达驱动，只有两艘，都有字号，一艘叫"伊万"号，一艘叫"索菲亚"号。坐洋船的都是富豪，船上的乘客着装也都能够看得出来是商人和士绅，当然大部分都是洋人。

赵寒梅和沉香上了"索菲亚"号。"索菲亚"号有咖啡座和阳伞，赵寒梅和沉香坐到二层船舱上的咖啡座。赵寒梅用俄语和船上的侍者说话，不一会儿侍者就端来了两杯咖啡。沉香喝不惯咖啡，就把咖啡杯推到赵寒梅跟前，说，二姨，都你喝吧。

赵寒梅就亲昵地瞪了她一眼，说，不会喝也得做出样子来，要不然洋人会瞧不起咱们的。无论什么时候，都不能让人觉得咱们土气。

喝过咖啡，赵寒梅开始盘问，沉香，上回你去娜塔莎西餐厅，是谁接待的你？

沉香说，开始是西餐厅的管家，一个叫彼得的小伙子。小伙子很有架子，嘴里叼着雪茄烟，说话的时候雪茄烟也叼在嘴里。我有点看不惯，就亲自找安德烈。安德烈也是端着架子，我说是雁县牤字号的，他好像没听说过，都把我们牤字号忘了。我跟他说了很多好话，他根本就没往耳朵里听。可能我去得不是时候，那天安德烈也在接待一位朋友。这位朋友好像是个日本人，说话满嘴的叽里呱啦……

赵寒梅一怔，日本人？娜塔莎西餐厅很少有日本人光顾。娜塔莎很讨厌日本人，在教会学校的时候，有个日本人到学校去找他的私生子，校长把他赶走了，但这个日本人找来了很多武士来教会学校滋衅闹事。娜塔莎也找来了俄国拳师留道夫，把几个日本人给赶跑了，这件事她至今没忘。

赵寒梅喝完了一杯咖啡，这时有一个女人走了过来，盯着赵寒梅，说，你是小梅特？（赵寒梅在教会的小名叫梅特。）

赵寒梅认出了这个女人，梁蓓，小骨朵儿！

这个小骨朵儿是赵寒梅在教会的同学。她是一个混血儿，父亲是中国人，母亲是犹太人。赵寒梅说，真是巧了，我们能在船上见面，算起来我们有十年没见面了。你这是……

小骨朵儿说，到乡下看我的奶奶。我奶奶在雁县的石桥镇，我给我奶奶过寿辰。

赵寒梅问，你现在在哪儿？早就嫁人了吧？

小骨朵儿说，还在哈尔滨。结婚干啥，结婚是罪恶。我家住在高加索大街十六号。你这是去哈尔滨？如果不忙的话，到我那儿玩几天。

赵寒梅说，好啊。

小骨朵儿看着沉香，问，这是……

赵寒梅说，是我的外甥女。这次去哈尔滨也没什么大事，我外甥女叫沉香，哈尔滨有我们的客户，我们一块儿谈生意。

小骨朵儿说，你嫁给了一个油坊的掌柜？哪个油坊？

赵寒梅说，牪字号。

小骨朵儿惊讶道，松花江两岸都知道牪字号，那可是大商号。高加索大街上的米栈卖的都是牪字号的油。梅特，你可成了阔太太了！

赵寒梅说，啥时候闲着到雁县去玩几天。

小骨朵儿说，闲时一定去。在哈尔滨遇到啥难事找我，哈尔滨黑龙镖局的镖头黄大蝎子是我干爹。

赵寒梅笑了，想不到你这小骨朵儿在哈尔滨也是有一号。

小骨朵儿说，肯定有一号。她叫船上的侍者，说，这两位是我的朋友，咖啡座的钱就不要收了。一会儿再上两盘果饯。小骨朵儿又说，我奶奶还在包厢里歇着，我得去照看她。你们先喝咖啡，一会儿咱们再聊。

小骨朵儿走了。

沉香说，二姨，有你跟我去哈尔滨，我心里就有底了。

船到哈尔滨，已经是中午了。沉香说，我们先吃点东西再去娜塔莎西餐厅吧。

赵寒梅说，就到娜塔莎西餐厅吃去。

她们在码头租了一辆俄产轿车，直接奔娜塔莎西餐厅。

娜塔莎西餐厅白天的生意很冷清，洋人大多喜欢晚上到这里来吃西餐。赵寒梅和沉香进了西餐厅，侍者急忙过来安排座位。赵寒梅点了几道西餐厅最贵的羊排和烤马哈鱼，又要了一瓶威士忌，两人就边吃边喝起来。喝完了一杯酒，赵寒梅对侍者说，请把娜塔莎叫来。如果她不在，让安德烈来也行。

侍者问，您是……

赵寒梅说，告诉他们，是贵客。

一会儿，娜塔莎从楼上下来了。侍者把她领到赵寒梅跟前，说，这是我们的老板娘。

娜塔莎看着赵寒梅，说道，是寒梅女士，你可有些日子没来了。

赵寒梅说，我是中国资本家的夫人，和外国资本家的夫人不一样，没有多少自由。先生让我们干什么，我们就得干什么。

娜塔莎说，我倒非常欣赏中国的资本家。这时娜塔莎看见了沉香，说道，这位是……

赵寒梅说，是我外甥女。我们忙字号边老爷的三闺女，也是商铺的掌柜。

沉香笑着说，前几天我来过……

娜塔莎做出惊讶状，哦，我想起来了。好像前几天你的外甥女来过一次，那时我正忙，招待不够，请多原谅。

赵寒梅说，我们有生意关系，也应该有来有往。你没机会到我们牤字号，那我只好来拜访了。今天我请娜塔莎夫人喝威士忌。

娜塔莎说，边夫人真是客气。我知道你们是为生意来的，上次安德烈已经跟你的外甥女说过了，我们西餐厅为了能做出正宗的西餐，以后要用苏联本土产的油来做。很抱歉。

赵寒梅说，苏联本土产的商品进入哈尔滨有两个渠道，从远东过来的商品必须经过黑河口岸，也就是你们说的阿穆尔河。在阿穆尔河驻防的是护国军四师，师长叫李万达，和我小叔子边孝和是兄弟。听说现在海关紧张，日本人也要插手，让四师全权代理，恐怕你用的苏联本土产食用油难以运到哈尔滨。江南江北四个大油坊，你肯定是看好了其中一家。买家卖家各有自由，如果娜塔莎夫人不想和我们合作，我们也不强求，大家仍然是朋友，每个月我都要到娜塔莎西餐厅来喝威士忌。咱们由认识到做朋友，也就是半年的光景。说完，赵寒梅让侍者再拿一个酒杯来，斟满酒，放到娜塔莎面前说，娜塔莎夫人，我们干一杯。

娜塔莎喝了一口酒，坐下了，说道，谢谢边夫人的诚意。朋友我们是一定要做的，苏联产的油我们西餐厅也要用，至于怎么运到哈尔滨我就不管了。我们从远处进货，由黑龙镖局承办，镖头黄大蝎子和安德烈是朋友。

赵寒梅说，也真是巧了，今天我们在船上就见到了黄大蝎子的干女儿梁蓓，也叫小骨朵儿。今儿晚上我们就想住在黄大蝎子那儿。

娜塔莎笑了，边夫人，你是我见过的最精干的中国女人。安德烈下午回来，我们一起请你吃饭。现在我决定，往后我们娜塔莎西餐厅还要继续用忙字号的油。

赵寒梅说，光说不行，这几天我们就把一百桶油给你们送来，一手交钱一手交货。今年冬天还得给你送来一百桶。

娜塔莎脸色有些不太好看，这怎么行？

赵寒梅说，这怎么不行？如果你用不了的话，江北还有四家油坊，送给他们，让他们帮着代卖。如果他们不帮着代卖，护国军三师在撤防的时候就把他们的油坊收了，这也是对护国运动的支持。

娜塔莎说，这……这就有些难了。

沉香这时说话了，不难。安德烈先生是我们中国人的朋友，当年安德烈先生在江北被呼兰的胡子绑架，哈尔滨市长亲自过江北和胡子谈判，安德烈先生被放了……这是我从我堂叔边孝和那儿听说的。卖几桶油的事对安德烈先生来说，实在是小事。

赵寒梅又举杯，娜塔莎夫人，Желания вы счастливо（祝您愉快）！

11　神秘的侯乃殊

　　边孝轩又领着虎杖去了雁县的街上，先到小河园看今天的戏牌。戏牌上的字看着让人眼生，有折子戏《屎壳郎娶亲》，有大浪张、小浪张演的荤戏，有拉场戏《知州府吊孝》，由小生小虎牙儿主演，侯乃殊客串，有大戏《杨六郎偷瓜》，由丑角刘大嘴主演。这些戏都是侯乃殊写的戏文。戏园子还用一丈二的米黄色杭绢介绍侯乃殊：

　　　　山中大王数老虎
　　　　朝中皇帝数汉武
　　　　地洞里最凶的是硕鼠
　　　　华夏笔杆子最刁的要数侯乃殊

四行大字的旁侧又有密密麻麻的蝇头小楷：

　　　　戏文大笔侯乃殊，可与关汉卿媲美。侯之戏文，被誉为珍珠文字。民国大总统曰：乃殊之宣泄，如洪荒之慨。乃殊之戏，可移东瀛，泣天下之鬼神矣。

看着这些吹牛文字，边孝轩就想笑。他开始怀疑侯乃殊和天津卫茂源商号的宋甲奎掌柜是不是有很密切的关系。让他销售积压的一百多桶豆油，是不是难为了他。重要的是，栀子嫁给他，能不能过上好日子，栀子能不能看好这个不着调的秀才……

戏园子门口有卖糖炒栗子的。虎杖要吃糖炒栗子，边孝轩就对身后的家丁说，把炒好的栗子都装到车上，别讲价，要多少钱给多少钱。卖糖炒栗子的认得边孝轩，就说，边老爷，不要钱了，这是孝敬少爷的。

边孝轩理都不理他，给他扔过去五块大洋。戏园子门口两个把门的也认得边孝轩，一个对另一个说，快去告诉侯老爷，又有大人物来看戏了。另一个把门的走过来说，边老爷，您是来看戏还是来闲溜达？

边孝轩指着戏牌说，这《屎壳郎娶亲》一定很热闹。大浪张和小浪张是不是当年在哈尔滨三棵树戏园子唱戏的姊妹俩？

把门的说，这大浪张和小浪张可不是草台班子里的角儿，是侯老爷从奉天大帅府后堂的神怡园戏园子高价请来的。说是请来的，其实是侯老爷买来的。今天白天是练把式，晚上唱大戏。

边孝轩说，一会儿我就要看这姊妹俩的戏。这场子我包了。爷桌我占，别的座位谁进来谁坐。告诉侯秀才，这场戏我出一百块大洋。

正说着，侯乃殊出来了，显得很激动。掸了掸衣襟，抱拳说道，边老爷，昨儿晚上我做梦，头上有顶红日头，昭告我今天要来贵人。这梦是真准。边老爷请上二楼喝杯茶。

边老爷就笑了，好啊，我正口渴着呢。

边老爷随侯乃殊进了戏园子。侯乃殊让戏园子里的侍者背着虎杖，虎杖太胖，侍者很瘦小，有点背不动。侯乃殊就蹲下来说，我来背小少爷。侯乃殊背着虎杖上了楼。虎杖从侯乃殊的背上下来，见茶屋里有很多稀奇古怪的东西，感到很好奇。他看见掸瓶上插着一把虎尾巴掸子，就爬上桌子去拿，在拿掸子的时候一下子把掸瓶碰掉了。掸瓶摔在地上，碎了。侍者说，哎呀，这可是明朝官窑的玩意儿，是侯老爷从直隶带来的。虎杖吓得直哭，侯乃殊说，小少爷别哭，一只破瓶子算什么，少爷就是把我这戏园子烧了我都高兴。

边孝轩显得很镇静，说道，我家里有万历年间的官窑彩陶掸瓶，画工也好，明天我让家人送来。

侯乃殊说，这怎么行？

边孝轩说，我是商人，不配摆这种雅玩意儿，摆到你这儿才合适。

侍人端来茶，边孝轩喝了一口，说道，这可是好茶。大概是十一二年的普洱。

侯乃殊笑了，边老爷的嘴是真刁，就是十一年的普洱。

边孝轩说，听说你请来了奉天的大浪张和小浪张，我想听听她们的戏。

侯乃殊说，边老爷有如此雅兴，也是我孝敬您老人家的机会。头一场就给您唱。不过在这戏园子里唱显不出我对您老人家的敬重，这个月初六上你边家大院去唱。不光大浪张小浪张去唱，整个戏班子的人马全都去，给您老唱戏得有点名堂，这名堂就是关东第一商号牤字号建号二十二年志庆。

边孝轩一怔，你咋知道得这么清楚？

侯乃殊说，牤字号不光名扬关东，也撒播中原大地。我干爹宋甲奎有全国一百家名商号志，其中就有牤字号。

边孝轩很兴奋，侯先生可真是个心细的人啊。

侯乃殊说，我得为牤字号的商号志庆写上二十二句戏文，聊表心意。边老爷，您看怎么样？

边孝轩说，真是受之有愧，我该如何酬谢你？

侯乃殊说，我看好了你家二闺女栀子。

边孝轩又一怔，心里说，这秀才该含蓄的时候含而不露，该露骨的时候一点也不掖着藏着。便说，你对我家栀子了解有多少？

侯乃殊说，我的戏文《求婚》中有一句，我看你是花丛中一点红，我看你是绿叶丛中一缕青，红是红，青是青，红青相映，千古绝唱唱的就是这一见钟情。我和栀子没有来往，但我在双城堡佟家习武堂见过她。我有个女戏子演武生，到佟家习武堂练功底。谁都知道女戏子不能演武戏，可我这个女戏子武艺高强，到佟家习武堂只是探个虚实。她跟栀子交过手，十几个回合下来，是我的女戏子占了上风。后来女戏子又回到戏园子，这栀子几个月后到戏园子找这女戏子练把式，还是输了。我和这女戏子请栀子吃了一顿饭，在这顿饭上我一眼就看中了栀子。有人说栀子身上有男人的气节，我却不这样认为。我认为栀子是女人中的女人……

边孝轩很喜欢豪爽直性的人，就说，容我和栀子商量商量，不过她要是不同意，我也没办法。雁县的人都知道我边孝轩一向开明，好的生意人都应该这样。我的开明不光在经商上，处理家事也是如此。

侯乃殊说，我也是个开明的文人。人家不喜欢我，咱也不能强求。

边孝轩想了想，说，你要领着戏班子到忙字号唱堂会，这也是我求之不得的。不过最近我的生意正处在节骨眼儿上，仓库里还有一百多桶油，现在是生意旺季，我得亲自走出去。

侯乃殊笑了，边老爷，这实在是小事。这一百多桶油我给您包了。

边孝轩问，你一介文人，怎能做得了生意？

侯乃殊说，这您就不用细打听了。您按正常的价格给我，把这一百桶油拉到长春的茂源商行分号，运费我出。茂源商行总部在天津卫，在全国有十六家分号，长春的茂源商行是第九分号。茂源商行是有背景的，老板宋甲奎是直隶保定知府，也是我的干爹。原来茂源商行由袁大总统的亲戚操纵，后来日本人掌了权，宋甲奎投靠了过去，茂源商行有日本人做后盾，别的商行都不敢得罪茂源商行。不瞒您说，我缺钱了，就到长春的茂源商行去拿，连账都不记。原本我干爹是想让我做十六分号的掌柜，我不愿意经商，就让我弟弟侯乃寻做了掌柜……边老爷，懂我的意思了吧。

边孝轩连连点头，听懂了，听懂了。

边孝轩离开小河园，又去了普生药堂。何三炼正在捣药，见边孝轩进来，就一怔，孝轩兄，这几天到街上来得勤，啥事让你上了瘾？

边孝轩说，秀才侯乃殊看中了我们家的栀子，我一时还拿不定主意。你得帮我做主。

何三炼边捣药边说，这个侯乃殊在咱们雁县人眼里是个神秘人物，他的一举一动都让人捉摸不透。平时看不见他，他每天鸡叫就起来，站在小河园的桥头上练嗓子，发出的声音很瘆人，但他又不唱戏。他吃的东西也怪，喜欢吃十字街老齐太太摊的煎饼，老齐太太是个乡下人，脸和手都是黑的，做出的煎饼都是卖给下人吃的，有扛麻袋的、车老板子，还有掌鞋的，侯乃殊竟然吃她的煎饼。他浑身上下不穿绫罗绸缎，都是土织布。不过有一点挺让我佩服，这家伙不抽大烟，不喝酒，不逛窑子……栀子嫁给他，享不了什么福，可也遭不了什么罪。

边孝轩想了想说，我看他在笑的时候有点不太一样。该笑的时候他不笑，不该笑的时候他笑得又很欢。大清保元堂书局出过一本书，叫《推背图》，说人之大险恶、大富贵，均被笑掩藏。侯乃殊表面看着很文气，说话也很直截了当，却不知这小子的智慧有多少。

何三炼说，诗词歌赋曲剧虽都是文人作出，却人品文品异样。诗者癫狂，词者雅致，歌者逸兴，赋者藏典，曲者打趣，剧者藏奸。不过这写戏的侯秀才可与众不同，他有来头。

边孝轩问，那你说栀子当嫁不当嫁？

何三炼说，当嫁。

边孝轩问，为啥？

何三炼说，将来他也许能为牤字号遮风挡雨。

12 段小麻子登门

牤字号在雁县一直是平静的。牤字号虽然是一个大商号，但边孝轩也绝不冷落周边的百姓。店铺既善待大客户也善待小客户，尤其是附近的村民。店铺还专门为附近村民设了小铺子，叫利民油栈。附近村民每年春节都到牤字号领油牌，油牌上盖着边孝轩的名戳，现在的油牌上盖着的是边沉香的名戳。村民凭这张油牌可以半价买到五斤油，如果谁家急着用油，手头又不宽绰，可以在这油栈里赊欠。但牤字号有多年不变的规矩，那就是从来不对外借钱，哪怕是一块大洋也不借。

这天，段小麻子敲牤字号的大门，家丁开门，见是段小麻子，就往外推他。这时栀子正在院子里练双节棍，见是段小麻子，就对家丁说，段掌柜登门做客怎能拒之门外，请进。

段小麻子进了院子，见栀子手里握着双节棍，便说道，二小姐，这玩意儿不适合您练。双节棍是近打，女人操武行，以远打为宜。我倒认为二小姐应该练飞镖。哈尔滨有个小镖局，叫飞镖党，玩飞镖玩得那个溜，我也跟他们学过几个月。说完他就从兜里掏出几支飞镖来，说，二小姐，用不用看看我的功夫。

栀子笑了，本小姐领教了。

这时，天上飞过麻雀，段小麻子就往天上抛一支飞镖，那麻雀就落了下来。

栀子说，想不到段掌柜几个月就身怀绝技了。段掌柜来本府有何贵干？是和我切磋武艺，还是……

段小麻子说，我想把馃子铺兑出去，想在本县开个习武堂，以教习飞镖为主。我想把这馃子铺兑给你们老边家……

栀子说，这事不小，我做不了主。

段小麻子说，我也知道您做不了主，可我知道您能帮助我说话。因为您是习武之人，知道武者载大德。您替我跟边老爷说说，边老爷不会不听。

栀子问，想兑多少钱？

段小麻子说，我想便宜点把它兑出去。五千块大洋，这是做点心的技术出兑。另有房产六间，我要两万大洋。

栀子说，把房子都兑出去了，你到哪儿去开习武堂？

段小麻子说，在你们忙字号后村北。习武堂不是商铺，不需要临街。如果二小姐想学飞镖，随时随地可以去，我还可以聘您做我们习武堂的武师。

栀子说，你的主意不错。容我和父亲、老妹子沉香商量商量再给你话。

段小麻子就抱拳说道，那好，那我就听二小姐的信儿了。

段小麻子走了，栀子在想，这段小麻子打的什么主意？

赵寒梅回来了。回到家里，她并不张扬，进了院子就洗脸洗脚，让伙房为她煮二米水饭和咸鸭蛋。沉香却沉不住气了，见到她娘就喋喋不休地说道，想不到我二姨跟外国人打交道还真有办法。昨儿晌午我们喝了一瓶洋酒，晚上安德烈又请我们吃饭，还把我们请到二楼上听洋曲子，跳舞。想不到我二姨还会跳舞。

高蕙兰问，油的事定下来啦？

沉香说，一百二十桶油，娜塔莎西餐厅全部收下，一手交钱一手交货。

高蕙兰问，你二姨用的啥法子？

沉香说，没用啥法子，跟娜塔莎和安德烈提了几个人名儿就把他们镇住了。先提我堂叔，又提护国军四师师长李万达，还有哈尔滨镖局的黄大蝎子。

高蕙兰问，你二姨认识黄大蝎子？

沉香说，黄大蝎子的干女儿叫梁蓓，和我二姨是同学。我二姨在哈尔滨教会的同学都是有头有脸的人物，在哈尔滨做事，她就像走平道似的，没沟没坎儿。

高蕙兰脸色有些难看。

沉香说，妈，你咋不高兴？

高蕙兰说，在咱牤字号，谁有多大能耐就干多大事。我还指望你能在哈尔滨打天下呢。

沉香说，有二姨领着我，不就行了吗？

高蕙兰脸上愁云稍霁，半晌露出些许微笑，是啊，有你二姨领着你，不愁我三姑娘在生意场上做不了大事。

正说话，赵寒梅进屋了。坐在炕上，又从兜子里往外掏一些小玩意儿给高蕙兰，说，都是在秋林洋行给你挑的洋首饰。往后大姐你也得打扮打扮。老爷出头露面，还得你陪在左右。

高蕙兰说，我不行了，我老了，往后就得靠你了。

赵寒梅说，你老了，我也不年轻了。这次从哈尔滨回来，一路上我都想好了，往后我要带着沉香，把我在哈尔滨的关系都介绍给她，哈尔滨的天下让她去打。我也有大事，我得替你和老爷把虎杖侍候好，这才是正事。

高蕙兰说，不是还有我呢吗？你的孩子和我的孩子写不出两个边字，这虎杖跟我比跟你还亲呢。

赵寒梅说，可不是？

两个女人嘎嘎地笑了。

栀子到仓库找大姐半夏，跟她说，刚才段小麻子来了……大姐，你说他是啥意思？

半夏想了想，说，只有一层意思，想敲诈我们牤字号的钱。在我们房后设个段家习武堂，那是让村人看的，是他给咱们老边家眼罩戴。我们想赶走他，又不能和他动硬的。他参死在咱们老边家手里头，如果咱们和他动硬，村民会说咱们以大欺小，以硬欺软。他知道咱爹做事和为贵，肯定会给他钱，让他离开牤字号，离开牤字号的后村。

栀子说，他的胃口不小，张嘴就两万五千大洋。

半夏说，我跟咱爸说，给他三万。

栀子说，没有必要，三天之内小斧子就会砍了他。

半夏说，做不得，这么做太愚蠢。我知道你让小斧子干啥他都能干，这也是我瞧不起他的地方。一个老爷们儿，光懂武艺不懂智谋，早晚也会成为刀下鬼。栀子，十个小斧子动心计也抵不住一个薛子良。

　　栀子说，小斧子为人讲义气，我喜欢。

　　半夏说，讲义气的男人当然都有善良的一面，可大部分讲义气的人都带一些傻气。姐劝你，半年之内要把小斧子打发走，不然将来他会给咱们老边家惹麻烦。

　　栀子不作声了。

　　一直不说话的聂晓蒲说道，你姐说的不是没有道理，小斧子一条腿被砍伤了，这在武行里是犯了大忌，叫掉脚。

　　栀子说，我早晚也有掉脚的时候。

　　半夏说，不，如果你的身边有个影子的话，你就不会掉脚，这个影子是你的一半。他就是薛子良。

　　栀子说，他有那么大的本事？

13　栀子香

夜晚，边孝轩翻来覆去睡不着觉。高蕙兰就给他揉了太阳穴，说道，你还有啥犯愁的，寒梅不是帮你把库存的油销出去了吗？半夏也把亲定了，家里的一切事都顺了。

边孝轩坐了起来，让高蕙兰给他装一袋烟。高蕙兰给他装好烟，点着递给他说，有啥憋气事不愿跟我往出倒？

边孝轩说，想不到最让我操心的是栀子。这孩子长得漂亮，又像个愣小伙子，想不到这么招风。

高蕙兰说，招啥风？我看出了二闺女的心思，她是相中了小斧子，但我是不能让她嫁给小斧子的。在咱们家，这老二长得最漂亮，怎么能嫁给一个瘸子，还比她大不少。图的是啥？

边孝轩说，佟小斧子我倒没把他当回事，我一句话就能把他打发走。油坊的头一榨薛子良让半夏给撮合得也看好了栀子，薛子良有心计，我倒是挺看好他，可栀子对他没意思。谁知道半路上又杀出了个神秘人物。街上小河园的秀才侯乃殊也看上栀子了。这个人物可不能小看。

高蕙兰说，说大了，他是戏园子的掌柜，说小了，就是个写戏文的下三烂文人。怎么小看不得？

边孝轩说，你可说错了，我已经把侯乃殊的身世打听清楚了。你以为他到雁县开戏园子是为了做生意？他是来玩的，大生意人在他的身后。中国能排得上号的茂源商行的老板宋甲奎是他的干爹。宋甲奎在全国有十六家分号，第十六家分号的掌柜是侯乃殊的弟弟侯乃寻，他每年要销上千桶豆油……

高蕙兰说，这可是个大人物，咱要能跟他攀上亲算是忙字号的大红运来了，却不知道这侯乃殊的人品咋样。

边孝轩说，他来雁县才几年，又不与此地人交往，我怎么能知道他的底细？不过他跟栀子认识，在双城的时候还在一起吃过饭……

高蕙兰说，先交往一阵子再说。

边孝轩说，这个月初六他带戏班子来边家大院唱堂会，还有四天的时间。你说当请不当请？

高蕙兰说，送上门的戏，别不识抬举啊。

第二天，高蕙兰和栀子一块儿上街。这些年栀子很少和娘一块儿上街，一大早，娘就告诉她梳洗打扮，陪自己一块儿上街。栀子和娘不是太亲，娘小时候喜欢半夏和沉香，原因是栀子小时候太淘，总惹祸，高蕙兰也总用扫帚疙瘩抽她。但后来栀子懂事了，知道娘也是疼她。栀子不会梳洗打扮，头上扎一蓝色包布，换一双绣花布鞋，就跟娘上路了。大院套了一挂篷布大车，拉着这娘儿俩奔了县城。走出几里，栀子从车上跳了下来跟着车走。栀子不喜欢坐车，喜欢走路。这次上街没有家丁陪护，栀子身上暗藏两把短刀，腰间又系了一条很细的双节棍，就是遇到打劫的，栀子也能对付。栀子走了几里路，车就停下了。娘喊她，栀子，你给我上来。让娘一个人在车里憋屈着，你得陪我说话。栀子就跳上车。栀子上了车，坐下就说，娘，有话就说吧。

高蕙兰说，这些年娘很少上街上去，娘岁数大了，跟你爹一块儿出去有点拿不出手了。这些日子我总想到街上清闲清闲，到徐老呔儿的馄饨铺吃碗馄饨。徐老呔儿馄饨铺里的蘑菇山菜野鸡肉馄饨，那是真好吃。再买几张老齐太太摊的煎饼一块儿吃，香得要命。

栀子说，馄饨倒是好吃，可老齐太太的煎饼您也敢吃？那老齐太太齁儿气喘的，手背上有很厚一层皱，贵人谁吃她的煎饼？

高蕙兰说，咋没人吃？听你爹说小河园戏园子的秀才侯乃殊就专吃她摊的煎饼，侯秀才能不算是贵人吗？

栀子笑了，侯乃殊，我知道他。一个人长了两个脑袋，一个脑袋是疯子，一个脑袋是文人。他尽干一些疯子干的事，当年在双城，他陪着一个女戏子在习武堂习武，相中了习武堂堂主佟保凯的姐姐佟秀花。这佟秀花快五十了，长得又丑又老。侯乃殊说看好了佟秀花的那双兰花指，有一天他抓住佟秀花的手就啃，让佟保凯好一顿胖揍。

高蕙兰自言自语，这侯乃殊也真是个怪人。

高蕙兰和栀子在徐老呔儿馄饨铺吃着馄饨，高蕙兰又吃了一张老齐太太的煎饼。栀子忽然想起今天该吃点段麻子的点心，就让店小二到街东的段麻子馃子铺买点心。正等着店小二回来，不料段小麻子亲自送来了一个馃匣子，里面装着四样点心：炉果、槽子糕、八裂酥、牛舌头条糕。栀子就笑了，咋惊动了段掌柜？

段小麻子说，徐老呔儿馄饨铺从来没到我的点心铺来买点心，那定是贵人在那儿吃饭。既然有贵人，我这当掌柜的就得亲自送来。也是赶巧儿了，让我在雁县的街上看见了二小姐。

栀子说，既然也是个缘分，就坐在一块儿吃吧。

段小麻子说，那我就不客气了，这顿饭得我请。说完，就让店小二给他端来一碗馄饨。

高蕙兰有些不知所措，她给栀子使了眼色，说道，我吃饱了。

栀子说，娘，你可再吃一碗。段掌柜请咱们，咱们能不给面子吗？

高蕙兰站起身说道，我去对面的布庄看看花布，你就和段掌柜在这儿吃吧。不过你得快点吃，咱们还得往回赶路。

高蕙兰出去了。段小麻子把馃匣子拉开，露出了牛舌头条糕。栀子就拿出来，大口地吃着。

段小麻子说，怎么样，段家的馃子地道吧。

栀子说，地道是地道，可是不如原来你父亲做的地道。

段小麻子说，这就怨佟小斧子了，他要是不把我爹杀了，段家的馃子铺能变味吗？

栀子半天不说话，见段小麻子狼吞虎咽地吃着馄饨。

馄饨的碗快见底了，栀子才说，你想在我们商号的后村建习武堂是假，想敲诈我们点钱是真。说说吧，你这狮子能张多大的口？

段小麻子笑了，你错看我了。我不缺钱，我也不会向你们牤字号张嘴了。我爹死了，你们得赔偿不少。再说如果我爹一把火把这牤字号烧了，牤字号也就完蛋了。牤字号的油很纯，见火就着。就是从牤字号院里捡出一根木头，碰上火星子，也会着得很旺。说起来我这爹也是够狠的了，斗智斗勇，我段小麻子都不是你们边家的对手。我在你们家后村开习武堂，另有意图，现在不能跟您说，总有一天您会知道的。把馃子铺兑给你们边家，是我看中了你父亲的信誉，他给我多少钱我都认，他不想要就算了。

段小麻子吃完了馄饨，擦了擦嘴，叫店小二结账，结完账就起身走了。走到门口一抱拳说，二小姐，失陪了。

段小麻子走后，栀子的脑子里就生出了谜团，心里在想，这段小麻子的目的究竟是啥？

栀子也走出了徐老呔儿馄饨铺，见对面娘正等她。娘问，这段小麻子都跟你说啥啦？今儿个真是晦气，怎么能遇见他。

栀子笑了，是我想见他。

高蕙兰说，饭也吃了，我这花布也扯了。这天还早，是不是该陪娘去小河园看场戏？

栀子又笑了，其实娘领我到街上的真正目的，还是让我跟侯乃殊见面。昨晚上您跟我爹说什么，我都偷听到了。现在我栀子成了咱们边家的香饽饽，算起来得有两三个男人看上了我。我还是那句话，我谁也没相中，除了小斧子，我谁也不嫁。我爹可能会把小斧子赶走，那我就追他去。

高蕙兰说，你嫁给小斧子，会让牤字号丢了脸面，你爹往后也不好做人。既然你已经知道了侯乃殊有来头，你和他的婚事不光是成全了你们俩，更成全了咱牤字号。往后咱们就不用让沉香到处找客户了，有这长春的十六分号就够了。你得好好想想。

栀子说，既然你们已经看中了侯乃殊，今天您又把我领到街上，我也不能不给面子。一会儿我陪您听戏去。

14 德国撸子

佟小斧子觉得忾字号对他越来越生疏，但他又割舍不掉对这个老宅院的记忆。原本他是要离开这里的，边老爷每天跟他见面，他都要给老爷施礼道个安，边老爷也会微笑着对他点点头，有时还跟他说些话。但这半年，老爷对他已经没有笑脸了，也很少和他说话了。半夏有时候也不拿他当家丁的头，让他到仓库跟下人们一块儿抬豆饼。两个太太有时候还叫他到后厨帮着丫鬟们择菜。尤其虎杖，早上吃完饭还得让他背着顺着院墙跑学马叫，为这个，栀子还揍过虎杖。在这个院子里，只有栀子把他当人待，也是栀子让他对边家大院恋恋不舍。佟小斧子虽是习武之人，心却很细。他知道边老爷看好了薛子良。薛子良为人很刁钻古怪，他虽然每天都在下棋，却也是在对弈中给自己找出路……佟小斧子相信，栀子不会嫁给他的。

边家大院看着很平静，院子里飘着的油香，浮在松花江水上，弥漫在不远处的山林里，佟小斧子却隐约嗅出这油香中焦煳的味道。边家大院的忾字号并不挺壮，忾字号可以和沿江的许多商号比势力，将来的牤字号可能不会被别的商家吞掉，但牤字号可能毁在自家人的手里。大太太和二太太表面亲热，但各怀鬼胎。四个孩子里只有一个儿子，等儿子去料理牤字号，边老爷恐怕也等不到那一天。边老爷最担心的是一旦他不能动了，这牤字号谁来替他接管。其实人们看得很清楚，这牤字号将来是这三个闺女的。三个闺女倒是很和睦，但是三个姑爷未必能在一个大勺里搅和。大小姐半夏很精明，她将来会成为大当家。沉香好口才，但心计不如半夏。头脑最差的要数栀子，如果栀子跟他走，回双城再办一个习武堂，日子会过得不错。可栀子又是一个讲义气的女人，在牤字号不帮助两个姐妹一把，她觉得心里不忍。栀子跟他说过，咱们不能离开牤字号，咱们要给老边家做一件光彩的事，到那时候咱们要是走了，也理直气壮，就是不走，我们在牤字号里也算是有了脸面……

还有一桩心事没有了却，他应该帮助栀子除掉段小麻子。段小麻子为人也很狡猾，除掉他的时机不成熟。现在段小麻子找上门来要开习武堂，是明目张胆地在向栀子挑衅。

佟小斧子见栀子和她娘去了街上，他也出了边家大院，顺着院墙往北走，走出半里路，就到了周矬子瓦房店。佟小斧子走进了瓦房店，见屯子里仍然破烂不堪，七间瓦房都有些倾斜，瓦上长着零星的稗草，屯子里有几条癞皮狗，有气无力地叫着，鸡鸭鹅都躲在柴火垛边上打瞌睡。屯子里的十几个壮小伙子都在牤字号的油坊里卖力气，还有一些屯子人到雁县的街上做一些个小买卖。瓦房店没有一点生气。

看到这情景，佟小斧子乐了，他觉得他虽然不是薛子良的对手，可他还是能降住这段小麻子的。

小河园白天没大戏，丑角刘大嘴带了几个徒弟在台上练嗓子，练戏功，东一耙子西一扫帚，逮着啥戏唱啥戏。高蕙兰领着栀子走到小河园戏园子门前，因为白天没有大戏，只有一个老眼昏花的老头在把门，卖瓜子、烤地瓜、糖葫芦、糖炒栗子的，把戏园子门前占满了。还有几个光着膀子的男人在戏园子的台阶上玩牌九，一个汉子看见了栀子，把手中的牌一扔，说，哪儿来的这么俊的姑娘，我在雁县街上十几年，也没见着过这么俊俏的姑娘。

几个小子把手中的牌扔下，围了过来。一个大脑袋小子说，大妹子，看戏的钱我出了，戏园子里的爷桌我包了。

高蕙兰拦住这几个小子，说道，你们也不睁眼瞧瞧我们是谁，我们是牤字号的人。

大脑袋说，别说是牤字号，你就是皇娘来了，哥哥我照样不买她的账。

把门的老头走过来，对几个小伙子说，你们快走吧，别惹事了。昨天每人都给了你们五块大洋，今天还来闹。

栀子对把门的老头说，进戏园子，禀报侯秀才，就说大小姐在门口等他。

把门老头说，大小姐，对不住了，侯老板正在睡午觉。

栀子上去就给把门老头一嘴巴，让你叫你就去叫！

把门老头急忙进戏园子找侯乃殊。几个小伙子把栀子娘儿俩围住了，要动手，栀子却护着娘。这时侯乃殊出来了，他认出了栀子，惊喜地搓着手，哎呀，栀子小姐，你真是贵客登门啊。

栀子对他说，找几个人，把这几个青皮给我废了。

侯乃殊对这几个青皮说，你们这几个兄弟真让我操心。我在小河园图的是心静，不想打打杀杀的。这么些年了，我连个蚂蚁都没踩死过，今儿个我可对不住几位兄弟了。说完，侯乃殊从兜里掏出一把德国撸子，朝天上放了三枪，就把几个青皮吓跑了。

栀子说，你啥时候会玩枪的？

侯乃殊说，才三年的时间，喜欢的话哪天也给你整一把。

栀子说，玩枪算不得习武，也不是习武堂操练的范围。真正的武家应该是十八般兵器样样精通。

侯乃殊说，错了，你说的是民间的习武堂。官办的习武堂已将洋枪作为头一个兵器。天津卫的白家习武堂是最早使用洋枪的，当年大总统的几个侍卫都是白家习武堂出去的神枪手，一把德国撸子可以撂倒六个操刀的人。现在不用洋枪就要等着挨打，如果二小姐想过洋枪的瘾，我可以教给你打枪，还可以把你领到天津卫的白家习武堂……

栀子说，我真想跟你见识见识。啥时候走？

侯乃殊说，还有个大事没办，办完了就陪你去。初六我得领戏班子到你家为牤字号二十二年店庆唱堂会，唱完堂会就走。

栀子说，到我们牤字号唱堂会？我咋不知道？

侯乃殊说，我跟你爹定的。他老人家没跟你说？

栀子诡秘一笑，既然我爹都定了，那你就去吧。

15　输棋和赢棋

　　边孝轩到油坊看伙计们榨油，头一榨薛子良正在用绳子捆绑榨油的木桩子，在油槽子上挪动着磨盘石。这要看手脚的功夫，两手缠木桩子，两脚蹬盘石，用的力气要匀。见油槽子渗出油来，他便对伙计们喊，收手！六个伙计在不同的位置脚踏木桩子，这得需要一袋烟的工夫。这期间伙计们的劲儿不能松懈下来，要唱活儿。这唱活儿由薛子良唱头一句，伙计们唱下一句，唱得匀了，油渗得也匀了。这唱词不是薛子良编的，是老油匠几十年传下来的：

　　　　天上有雨万条线
　　　　地上油香飘满天
　　　　万物成精靠雨水
　　　　满天油香出神仙
　　　　豆油成河米成江
　　　　神仙万物造人间

伙计们唱下句：

　　榨油的汉子搬动半个天
　　一榨天地动
　　二榨喜寿落
　　三榨福禄全

　　歌声渐渐地歇了，伙计们仍不疲惫，大口地吸着油香。
　　边孝轩也和伙计们一样，大口地吸着油香。见老爷来
了，伙计们停下来。边孝轩说，我们榨油可不是完全从英
国引来的技术。郭大憨老先生说，咱们油坊承传了关东第
一油匠郭大憨的绝技，现在郭家油坊已经不存在了，郭大
憨的儿子也去了奉天，到少帅的手底下当官去了。前几年
我去佳木斯，已经见不到郭家油坊了。你们可知道，郭家
油坊的榨油绝技是从金代传下来的，金代皇帝完颜阿骨打，
在朝廷的不远处建了油坊。据说完颜阿骨打喜欢吃油炸的
东西，所以这个油坊有百名工匠研究榨油的方法，榨出的
油没有豆腥气。刚出榨的油拌着生狍子肉，是完颜阿骨打
领兵前必吃的东西。这油坊的榨油秘技不许透露给民间。
郭大憨的祖宗就是这个油坊里的头一榨。后来金代灭了，
油坊里的工匠也都被杀了，郭大憨的老祖宗从现在的阿城
逃到了京都，后来在京都建了油坊，由是郭家人代代袭承
了金代的榨油秘技。后来郭老先生去国外学习，把英国的
榨油技术和郭家的榨油技术结合起来，才使郭家油坊的招
牌不倒。郭家的榨油秘技是无价之宝，你们给我边孝轩榨

油，必是我的亲信，或者是我信得过的人。你们这些人，都是我信得过的人。因为只要你们进了油坊，就已经知道了我榨油的一半的奥秘，将来有一天，你们离开了我的油坊，用我的技术，都能吃饱饭。所以，你们要明白我边孝轩的恩德。

伙计们扑通一声都跪下了，齐说，谢老爷恩德。

伙计们跪下了，薛子良却没跪下。他走到边老爷跟前，说，老爷，能不能给我抽袋烟，让我喘口气。

边孝轩就把烟袋和烟荷包给了他。抽完了烟，薛子良又对边孝轩说，老爷，有没有闲情逸致跟下人下一盘棋？

边孝轩笑了，我跟你下过几十盘棋，还从来没赢过。人要下棋总不赢，就没得兴致。

薛子良说，今天我跟老爷下这盘棋，肯定能让老爷赢。但必须把话说清楚，我不是故意让着您，哄着您高兴，而是让您知道，怎么能把我这盘棋下赢。

边孝轩笑了，这倒是件好事。

说着，边孝轩就和薛子良进了油坊的仓库。仓库里放着一张八仙桌子，桌子上，一盘残棋已经摆好。两个人对面坐下。刚落座，边孝轩又站起来，说，咱俩得换换位置。

薛子良说，老爷随便，愿意坐哪边坐哪边。

两人下了起来。走了七八步，边孝轩渐渐地趋向败阵。这时，薛子良说，老爷，您知道您为什么要输吗？您走了七步，其中有五部是攻棋，只有两步是防棋，而我这七步棋，没有一步是攻棋，全是防棋。我一般要走三十步到三十二步，其中有二十七八步都是防棋，而最后两三步，也是在防中渐渐地见攻，最后一步不给对手留下一步空当。这是清朝京都棋王陶高寿的棋技，陶高寿是个厨子，大名叫陶高寿，字扁桥，外号叫陶大舌头。他的棋法后被收入清朝的《大对弈全书》中。

边孝轩恍然大悟，说道，我明白了。

薛子良说，老爷，我们用不用再下一盘？

边孝轩说，不用下了，这局可能是平局。

薛子良说，这一局您很可能还输，但是在跟别人下十局的时候，您至少能赢五局。对老爷来说，您已经胜了。

边孝轩站了起来，狠狠地拍着薛子良说，好小子，你是个大智者！

这时薛子良把仓库的门又关了关，走近边孝轩，说道，我跟老爷下棋，并不完全是为了让您赢棋，我还想让您知道牤字号能怎么赢。

边孝轩说，多退几步。对吗？

薛子良说，对，只有退，才能进。怎么退，我不告诉您，我得通过栀子的嘴告诉您，可我不知道栀子能不能给我这个机会。另外我还告诉老爷，今年秋天新榨出的油不但不能降价，还得涨价。原因很简单，我敢说，当年边老爷跟郭大憨学榨油，郭大憨肯定留了一手。现在郭家油坊已经不存在了，所以我们牤字号可以成为关东第一油坊。郭家油坊不存在了，不等于说当年郭大憨留的那一手也不存在了，他肯定还有传人。不过郭大憨留的这一手也未必就是什么榨油的绝技，一个人如果要是榨了五年以上的油，就能从榨油器里找到新的榨油秘技。

边孝轩也抽了一袋烟，抽完以后，对薛子良说，你能把郭家油坊的奥秘告诉沉香吗？

薛子良想了想说，我等的就是这句话。其实边家真正相中我的是半夏，而半夏把我让给了栀子。谁知道栀子并没有看好我，而我也觉得和栀子不般配。我跟沉香倒是最合适。

边孝轩笑了，你退了两步棋，要的是最后这步胜棋，我估摸着你能赢。

从仓库出来，边孝轩见半夏也进油坊了。

半夏问，爹已经有好几天没来油坊了。今天咋想起来看看？这是最后一批了，库里的豆子不够榨了。岭东又拉来了四车豆子，咱收还是不收？

边孝轩说，你是油坊的掌柜，你说了算。

半夏说，想收，但每石要减十块大洋，和秋天收的豆子价格一样。

边孝轩想了想说，别减价，今年的豆子虽然长势好，也不能降这么多。这村前村后的农人不容易，这些年他们没有给咱们牤字号拆台，他们的豆子不往别的油坊送，只给咱们，还不是看咱们牤字号的仁义？做生意，什么时候都不能忘了仁义。

半夏说，那我们也不能赔啊。

边孝轩说，赔不了。说完，他看着身后的薛子良。薛子良笑了，说道，有大小姐做掌柜，怎么会赔呢？

半夏疑惑地看着薛子良。

16 堂 会

　　初六这天，天上下起了毛毛雨。快到晌午了还没见雨停。侯乃殊一大早就把戏班子的人马带到了边家大院，戏台子搭上以后，侯乃殊就让戏班子操家什的人上台子。锣、鼓、镲、二胡、板胡、柳琴、琵琶、唢呐，一刻也没停过。

　　原定日上三竿就开戏，天上有雨，不知道日上了几竿。边孝轩就对侯乃殊说，今儿个天儿不好，让角儿们在我们大院歇一天，一会儿杀猪宰羊，角儿们高兴了，啥时候唱都有戏。

　　侯乃殊说，那不行。啥都能改，唱戏的时辰不能改。别说这毛毛雨，就是瓢泼大雨也得唱。堂会是为店庆来的，咋能不按时呢？

　　边孝轩心中暗暗佩服，这小子做事丁是丁卯是卯，是能干大事的。

　　侯乃殊从怀里掏出镀金怀表，说道，九点一十八分，开戏。

　　又一阵锣鼓过后，侯乃殊身披红袍，头戴镀金皇冠，手操一把黑缎扇子，看着有些不伦不类。他方步上台，一嘴的戏文：

天降细雨细雨绵绵化甘露
大地滋润滋润涟涟化珍珠
松花江水水波滔滔浮大吉
牤字号冉冉兴隆隆成大福

　　侯乃殊的戏太文，边家人有些听不懂，但看戏的还是为他叫了好。随后大浪张、小浪张上台，这次她们没唱荤戏，唱了《梁山伯与祝英台》。大浪张、小浪张唱完，丑角儿小虎牙儿上台，演的是《张飞绣花》，这是小虎牙儿的保留戏，两袋烟的工夫，他竟然在绢子上绣出个牤字。以前他在台上常绣的是福禄寿，这次为了让边家人高兴，才绣出个牤字来，这时台下又开始叫好。
　　坐在台下的大太太高蕙兰和二太太赵寒梅也笑得前仰后合。高蕙兰说，这侯乃殊也是真有才。
　　赵寒梅却笑着说，有才倒是有才，只是有点过了。
　　半夏和聂晓蒲坐在一块儿，她随着戏文一阵一阵地笑，而聂晓蒲却不笑。半夏问他，你看戏咋不留神呢？这戏不好？
　　聂晓蒲说，大浪张、小浪张唱的不是拿手戏。听说她们是唱荤戏的，这雅戏一从她们嘴里出来就不中听。小虎牙儿演得好，但他唱的戏文太差，一听就是这秀才写的拙戏。
　　半夏说，人家可是当年直隶的第一写手，给知府当过文书。他的戏咋是拙戏？

聂晓蒲说，此戏出自《张飞卖烧饼》，在关外很有名，写戏文的是聂大鹏，应该是我的太爷。《张飞绣花》有抄袭之嫌，这怎么能算得上有才？我是第一次看见侯乃殊，觉得这小子挺能嘚瑟，没啥真才实学。

半夏又笑了，你可是有真才实学。

薛子良和佟小斧子坐在院墙上，看着台上的戏，也没叫好。

佟小斧子说，我总觉得这戏班子一进边家大院，院子里的油香味就没了。侯乃殊一进咱们大院，我就觉得应该有一句文词，对侯乃殊正合适。是啥词呢，在嘴边上就是说不出来。

薛子良说，引狼入室。

边家大院锣鼓山响，戏子们的戏也越唱越来劲儿。这时一挂大车停在边家大院门口，护院的家丁出来，以为是来道喜的。边家唱堂会没有给任何人发帖子，准备初八的时候在大院外重搭戏台子，摆上筵席，再给亲朋好友发帖子。

车上下来的人，家丁都不认得。其中有一个领头的对家丁说，请禀报边老爷，雁县段麻子馃子铺段祺坚掌柜送来二十二只馃匣子，以此志庆，请笑纳。

家丁赶快禀报边孝轩。一会儿家丁出来，对领头的说，老爷说了，今天设筵席，不吃馃子。说着拿出五十块大洋交给领头的，请收下边老爷的赏钱。

这时栀子出来，说，把馃子抬到牤字号铺子里去。回去禀报段掌柜，馃子我们收了。

领头的说，谢二小姐。

戏班子要在边家大院唱一天的戏，见戏子们一个接一个鲜活地上台，侯乃殊松了一口气。这时候雨已经停了，天上的云彩缝又渗露出一丝的光亮。这光亮挂着彩，像虹又不是虹。他开始在台下寻找栀子，把院子都看个遍，也没见栀子的影子。他起身，旁边坐着的边家安排的侍者问，老爷，您……

侯乃殊说，领我去一趟茅厕。

侍人领着侯乃殊离开座位去后院的茅厕。边家的茅厕在套院里，离正院很远。套院有两个茅厕，一个是下人用的，一个是家人用的。家人用的茅厕房顶镶着琉璃瓦，安着窗户，茅厕里有水井、木盆、瓦盆、香胰子、宣纸。进了茅厕，侍者递给他宣纸，侯乃殊说，我不是来方便的，我是向你打听，二小姐在干啥。

侍者摇头说，不知道。

侯乃殊就给他两块大洋。侍者说，二小姐正要去西旁院杀猪，还没杀呢。刚才我看见她出了大院的门，支使下人们往铺子里搬馃匣子。

侯乃殊问，牤字号还卖馃子？

侍人说，是街上段小麻子送来的贺礼。

侯乃殊自言自语，段小麻子？

从茅厕出来，侯乃殊让侍者领他去西旁院。侍者犹豫了一下，还是领着去了。栀子刚从前院回来，嘴里叼着一把杀猪刀，看着被捆绑的两头猪，正琢磨着该先杀哪头。

想了想，栀子让伙房的人把两头猪都摁住，她抄起刀，一头猪脖子上扎一刀，一会儿，猪就没气了。这时她看见了侯乃殊。侯乃殊笑道，二小姐真是好刀法。

栀子把带血的刀往木头桌子上一扎，说道，这就是刀的厉害。你一枪不见得能打死一头猪，可我这一刀准能杀死一头猪。我十五岁就开始杀猪，杀上瘾了。

侯乃殊说，我也是，玩枪玩惯了，也有点上瘾。

栀子问，今儿个带枪了吗？

侯乃殊说，没带。

栀子问，啥时带我去天津卫？

侯乃殊说，你说啥时去就啥时去。

高蕙兰见侯乃殊离开座位半天没回来，就对坐在旁边的边孝轩说，这侯秀才干啥去啦？

边孝轩说，可能去了茅厕。

赵寒梅说，去茅厕是假，这秀才怕是要把咱们边家大院看个遍。

边孝轩说，让他随便看。小来子是个精明人，让他陪侯秀才，他心里有数。

高蕙兰说，唱完堂会，你得跟侯秀才去一趟天津卫，看看茂源商号是多大的商号。

边孝轩说，我带着栀子一块儿去。

17　伊　凡

　　赵寒梅和沉香坐着马车到了鸟河码头，跟在她们后面的是四挂大车，上面装着八十桶豆油。她们是给娜塔莎西餐厅送货的，货轮是苏联人开的"索菲亚"号。苏联人开的货轮不用派人押货，尤其是给在哈尔滨开商铺的外国人送货，很讲信用。到了哈尔滨码头，娜塔莎西餐厅的人就派人来接货。娜塔莎西餐厅的管家是娜塔莎的弟弟，叫伊凡，他认识赵寒梅，却不认识沉香。下船以后，赵寒梅把沉香介绍给伊凡，伊凡很绅士地吻了沉香的手。娜塔莎西餐厅的人把货拉走了，伊凡开着伏尔加轿车请赵寒梅和沉香上车。轿车并没有开到娜塔莎西餐厅去，却开到了高加索大街西侧的一幢小楼前。

　　赵寒梅问，这是哪儿？

　　伊凡说，这是我家。我姐姐让我把你们接到这里，用俄罗斯的家宴接待你们，一会儿我姐姐和我姐夫就回来。

　　车一停下，小楼里就出来一位侍者，一个留着大胡子的苏联男人。他用俄语和伊凡说了几句话，伊凡就对赵寒梅和沉香说，我们先到客厅喝咖啡。

侍者走在前面，伊凡、赵寒梅和沉香紧随其后。这是一间装饰豪华的咖啡间，门口有一尊石膏雕像，墙壁上有两幅色调深沉的油画。这是两幅奇怪的画，一幅画画的是一棵倒下的朽树，朽树的枝杈上却有一片嫩绿的叶子。另一幅画画的是横卧在河滩上的驳船，船上有一条要饿死的鱼。沉香看着这两幅画，觉得很有意思，就目不转睛地望着。赵寒梅不好意思地对伊凡说，我外甥女，一个纯粹的小镇姑娘，没见过这些新奇的东西。

伊凡说，这两幅画是我的朋友，俄罗斯著名画家亚历山大的作品。亚历山大的作品受意大利文艺复兴的影响，他喜欢超现实主义的作品，作品充满了哲学意味，被俄罗斯评论家誉为用画笔诠释亚里士多德哲学思想的画家。

伊凡说的这些话，沉香一句也听不懂。

赵寒梅说，我外甥女从小受到的是国学教育，很少接触西学。

伊凡问，请问小姐叫什么名字？

沉香说，边沉香。边是姓氏，沉香是一味中草药，就是中国医家用来为人解除病痛的一种山间植物。沉香长得低矮，貌似清淡，但其果实用水煮，人服下可治消化不良，腹部胀满。

伊凡笑了，很有意思，比亚里士多德的哲学还有意思。

赵寒梅问，伊凡先生，你这么有学问，怎么到中国来经商？

伊凡说，我读大学的时候，学的就是商业管理。我姐姐和姐夫只会开西餐店，却不懂怎样才能把生意做大。我们的家族在列宁格勒（今圣彼得堡）开了三家餐厅，远东地区开了六家，在中国哈尔滨开了一家，还在朝鲜开了一家。我父亲岁数大，他只会管理餐厅，我对开餐厅不感兴趣，我感兴趣的是办工厂和跨国贸易。

赵寒梅说，真佩服伊凡先生的能力……今天伊凡先生把我们请到家里来，一定是有大事和我们商量。

伊凡说，当然有大事情。俄罗斯食用油有百分之三十靠进口，而国内的植物油厂都是机械化操作，油的味道不如中国手工制作的香。我想要收购牤字号的所有产品，但是价格要压低百分之十到二十……

沉香说，这做不到。我们是小油坊，又是手工压榨，如果我们再增加四到五架压油设备，油的产量只能提高一倍。而松花江沿岸的大豆不仅供给我们一家，仅哈尔滨附近就有四家大油坊。

伊凡笑了，今年的雨水适宜，大豆的产量肯定要比去年多，收购价也肯定要降低。前几天你们正为库存积压的两百多桶油犯愁，到我们娜塔莎西餐厅销售，我们很犹豫……今天沉香小姐怎么改变了主意？

沉香说，上次我们到娜塔莎西餐厅谈业务，其实并不存在库存积压的问题，因为现在仅哈尔滨就有三家商行要和我们合作，长春还有一家大商行也有意和我们合作。我们上次到你们这里来，其目的并不是为了销售，而是对几个合作商家进行摸底，谁有诚意，我们就跟谁合作。但安德烈很让我失望，本打算放弃和你们合作，但我二姨执意让我和你们合作，她在哈尔滨教会中学念书时认识了很多俄罗斯朋友，她认为俄罗斯人正直，守信用，所以我们才又来……

伊凡说，你的用意我早就料到了。是我说服了我的姐姐和姐夫，如果在哈尔滨做生意，要想把最好的油通过远东运到俄罗斯，可以合作的油坊只有牤字号。

沉香说，和谁合作是你们的自由，我们这次运来的八十桶油并不是为了销售，而是让你检验它的质量。牤字号油坊十斤油可以炸十二斤面的麻花，而油不变色。其他油坊十斤油炸八斤面的麻花，油的颜色就变了。俄罗斯食用油不光只有豆油，还有橄榄油、玉米油、棕榈油，但炸牛排能保持牛排原汁原味的，依然是豆油。哈尔滨最大的西餐厅——马迭尔西餐厅的厨师做过试验，中国的大豆油炸出来的牛排卖得最好。

伊凡问，那你们为什么不和马迭尔合作？

沉香说，马迭尔是个俱乐部，主营的并不是餐厅。还有，马迭尔俱乐部的老板是混血儿，和哈尔滨的地方帮派来往密切。我们不想和他们合作。

侍者送来咖啡，三个人慢慢地在品咖啡。沉香只喝过一次咖啡，还是北平的一个洋人送给父亲的。她不喜欢喝咖啡，但还要装作喜欢喝的样子。记得北平的那个洋人送给父亲的咖啡上面有英汉两种文字，其中汉字写的是：科特佩，产地墨西哥……沉香品咂了几口，说道，这咖啡好像是墨西哥的科特佩。

伊凡有些吃惊，想不到沉香小姐如此了解咖啡。这咖啡确实是墨西哥产的，不过不是科特佩，而是华图斯科。

沉香和伊凡的对话也让赵寒梅感到很吃惊。这孩子什么时候知道的咖啡？她忽然想起边孝轩的书茗斋的书橱上就有一罐咖啡……沉香如此心细，在生意场上也派上了用场，看来这孩子果然是个谈生意的好手。就对伊凡说，我家沉香虽然读的是国学，对西学也略知一二。

伊凡说，如果沉香小姐到列宁格勒大学学习几年，回到中国，她会是一位出色的生意人。

沉香说道，远水解不了近渴，生意之道如同江上航船，当看风使舵。

伊凡说，说得好。这也是商业管理学的理论之一，叫商业风险的变数……

三个人谈兴正浓，院子里有轿车的鸣笛声，侍者进来，说，安德烈和夫人回来了，请你们到会客厅。

侍者领着三个人去了楼上的会客厅。安德烈夫妇都穿着礼服。会客厅里的灯都亮了，很长很宽的餐桌上摆着简单的西餐和水果。

娜塔莎说道，为了欢迎你们，我们西餐厅下午歇业。

安德烈说，我们今天穿的都是迎接贵客的礼服。

赵寒梅说，谢谢。

沉香也说道，夫人真漂亮。

安德烈夫妇陪着赵寒梅和沉香一边用餐一边说话，却不谈业务，这也是苏联人的习惯。在用餐的时候，安德烈用俄罗斯人的幽默讲了一个小笑话，他自己乐得前仰后合，赵寒梅和沉香却没有觉得可笑。

几个人用餐用了一个多小时就结束了，他们又返回咖啡间。

　　安德烈说，你们送来的八十桶油我们都检验了，很好。

　　娜塔莎说，一会儿我让管家给你们拿一张银票，把账结了，以后我们要长期合作。

　　伊凡说，不仅是合作，还要友好相处。过几天我和安德烈先生去忙字号拜访边老板，我们可以订半年的合同。

　　赵寒梅说，那太好了。

　　沉香却说，我们来的时候家父有叮嘱，如果想订半年的合同，买方需要交百分之五十的定金。

　　娜塔莎怔了一下，这……

　　伊凡说，好，这符合签订合同的约定。

　　当晚，赵寒梅和沉香要回雁县，伊凡让西餐厅的司机把她们送回去。在分手的时候，伊凡对沉香说，有机会我能不能单独邀请你到哈尔滨来？

　　沉香笑了，我现在就邀请你过几天到雁县来，我陪你看戏，请你吃雁县的小吃。

　　伊凡说，我一定去。

18 伏尔加轿车一路放行

侯乃殊在边家大院出尽了风头，他带去的戏班子为边孝轩唱了一天一夜的戏，戏子们都没觉得疲惫。侯乃殊唱的压轴戏，唱的还是那段歌颂忾字号的戏文。侯乃殊和边孝轩喝了两次酒，说话也很投机。重要的是，侯乃殊和栀子一块儿杀猪也很对脾气。戏班子离开边家大院都有些恋恋不舍，边老爷给了他们不少的赏钱，杀猪菜可劲儿造，他们觉得班主侯乃殊是个会办事的秀才，忾字号这样的大户人家他都能把戏班子领进来，是个做大事情的人物。

离开边家大院前，侯乃殊对边孝轩说，老爷有什么事就去找我，我在小河园候着您。边孝轩说，你先回去歇一天，后天我们就去长春。

回到小河园，侯乃殊等着栀子来找他，因为他跟栀子约定，栀子到小河园找他，他们俩一块儿到雁县北的大青顶子练枪。

栀子也是一个说话算数的人，第二天一大早，她就骑着一匹白马来到小河园戏班子，连戏园子都没进，就在门口喊，侯秀才，我来了！

侯乃殊从戏园子里出来，笑着说，二小姐，你真是守时。

侯乃殊让侍者从戏园后牵来一匹白马，他飞身上马，对栀子说，走吧。

侯乃殊和栀子骑着两匹白马，像飞着的两块棉絮飘过雁县的十字街直奔雁县北的大青顶子山。

侯乃殊在山前停留了片刻，朝林子里放了一枪，林子里传出的回响很清脆。

栀子问，为啥先放一枪呢？

侯乃殊说，这是给山里人一个开路的信号，这山上时常有绺子，却不是匪巢，给他们个信号，咱们谁也别惹谁。

栀子就笑了，你真是见多识广，还懂得黑道的规矩。

山中没有动静，侯乃殊在前，栀子紧随其后进了山里，侯乃殊说，练枪要从练大物开始，先打狍子，后打兔子，然后打飞禽，最后打网上的蜘蛛。

栀子说，你只带了一条枪，怎么教我打？

侯乃殊就将衣裳的纽扣解开，露出了四把铮亮的德国撸子，这让栀子很吃惊。

这一天，他们都是在大山林里度过的，侯乃殊打了两只狍子，栀子打了一只兔子，又打了几只天上的飞鸟。侯乃殊在一个山洼里点起了柴火，他们把狍子的大腿割下来，烤着狍子肉。栀子说，如果能有一瓶酒就更好了。

侯乃殊说，我下山去买。

栀子说，去吧，我等你。

栀子渐渐地有些喜欢侯乃殊，这是一个文武双全的家伙，在男人堆里也是个人尖子，和他在一块儿自己不会受委屈，也不会憋屈。

栀子在篝火前把狍子大腿烤得焦黄，狍子肉的香味弥漫着。

忽然从山坡上滚下一个偌大的白球子，白球子准确无误地掉在了篝火上，火灭了，原来是一个大雪团。栀子感到蹊跷，雪球一定是从山的背阴处滚下来的，也一定是有人故意把雪球对准了篝火……

正在栀子疑惑的时候，山崖上出现一个人，他穿着蓑衣，脸上露着笑容，冲栀子笑道，二小姐，你枪法练得不错，你把我从山崖上打下来，也算是你没白跟着侯秀才练一天枪。

栀子认出他来，段先生，你到山里面干啥，是跟踪我，还是跟踪侯秀才？

段小麻子说，我的馃子铺有一道点心叫槐叶萨其马，是正宗的满族点心，我是到山上来找槐树叶的。刚才跟你开了个玩笑，把篝火给你扑灭了，真是对不住，我给你扔下一盒洋火，你再点着，回见……

段小麻子又隐到山林里。

一会儿，侯乃殊回来了，拎来了一坛子酒，还有一罐子陈氏豆瓣酱。两个人就喝了起来。喝了几口酒，栀子说，这山上有人，好像一直在盯着我和你。

侯乃殊笑了，我早就知道了，是段小麻子。这小子不太厚道，雁县的不少人都跟我说过他，他也是在打你的主意。我根本就没把他放在眼里，如果把他放在眼里的话，超不过一袋烟的工夫，我的撸子就能把他的脑袋崩了。段小麻子也是怪可怜的，生意越来越不景气，在雁县人缘又不好，他指望能入赘大户人家。

栀子说，大户人家谁也不能要他这个入赘女婿，他从小就好吃懒做，他爹活着的时候，他总去哈尔滨赌马场，去苏联人开的拳击场，到马迭尔俱乐部玩外国女人，一身的恶习。

侯乃殊说，男人总是要有一点恶习的。我的干爹宋甲奎说过，人有小毒为完人，人无小毒为残人。小毒者乃恶习也。

栀子笑了，说的还真对。你的干爹宋甲奎真是个了不起的人物。

侯乃殊说，我干爹九岁放羊，十岁在私塾的后院偷听四书五经，十二岁已能熟读宋词五百首，唐诗一千首，十九岁考上举人，二十二岁京都殿试中探花，二十四岁做知县，二十九岁做知州，三十三岁进京做户部侍郎，四十九岁做知府，清朝灭了以后，他弃官经商⋯⋯

栀子说，什么时候我也能见见你的干爹？

侯乃殊说，快了，三两天后我们去长春就能碰见我干爹。

两天以后，边孝轩套了一挂四马大车拉着栀子去雁县接侯乃殊，他们一起去长春。大车停在小河园戏园子门口，见一辆俄产轿车也停在门口。侯乃殊从轿车上下来，说，我正要去牤字号接你们，这是我从哈尔滨的朋友那儿借的伏尔加轿车，坐着它去长春只需六个小时，而坐马车得一天一宿，这怎么行？

边孝轩很尴尬地说，我坐轿车不如坐马车舒服。

栀子说，是，我爹到哈尔滨也不愿意坐轿车，不过为了抢时间，爹你就得委屈了。

三个人挤到轿车里，轿车就上路了。一路上，侯乃殊显得很兴奋。过了哈尔滨，路上设了很多卡子，卡子上都竖着两面旗，一面是伪满洲国国旗，一面是日本国旗。路过的车辆都要被盘查，被盘查之后还要向两面旗哈腰敬礼才可继续放行。而侯乃殊他们坐的这辆伏尔加轿车却不用停车，可直接放行。

栀子问，侯先生，你的车咋这么特殊？

侯乃殊说，我的伏尔加轿车前面有一个标记，是日本开拓团的标记，算是日本人用的车，所以没有人拦截。

边孝轩一直不说话，他觉得这侯乃殊不光文武双全，还有很神秘的背景，他竟然能借来日本人用的专车。边孝轩不说话，侯乃殊觉得这老爷子有些心事，就没话找话，边老爷多年没出远门了吧？

边孝轩说，有十几年了。最远的去过奉天。

边孝轩一路上没有看到中国军队，就问，侯先生，在关东驻防的护国军十二师哪儿去了知道吗？

侯乃殊说，护国军都被满洲国收编了。

边孝轩说，看来咱这地界快成日本人的啦？

侯乃殊说，老爷子，您也看出来这步棋。关东为啥成立了"满洲国"，是因为日满亲善，为东亚共荣，日本人跋山涉水到中国的关东，将来"满洲国"就是日本国的亲善国，帮助咱们共荣。

边孝轩说，我明白你说的意思，就是让日本人帮助咱中国人拉帮套？

侯乃殊笑了，老爷子说得太准了。

栀子说，这怎么行，中国人也不缺胳膊也不短腿的，用他们拉帮套干啥？

侯乃殊说，中国人确实不缺胳膊不短腿的，可是中国穷，比日本至少要穷几十年。你到过哈尔滨去过洋行，洋行里的洋货都是日产的，中国人生产不出来。就拿榨油来说吧，咱们现在用的是手工压榨，而日本人却用上了洋机器，两个人能看三台机器，榨出的油量是中国手工操作的十几倍。到了长春茂源商行你们就长见识了，洋行里也有日产的大豆油，都是用铁桶装的，不像咱们还用木桶……

天快黑的时候，轿车到了长春的城门口，这里也设路卡，任何车辆在这里都得停，侯乃殊下车从兜里掏出一个本子，让盘查的人看了一眼就放行了。

轿车进了长春，侯乃殊说，到了，总算到了。

边孝轩觉得有些头晕，下车的时候他趔趄了一下，栀子就搀扶着他……

19 半夏的困惑

油坊停榨了几天后，又开始榨油。半夏让聂晓蒲骑马到江南的十里八村粘帖子，帖子上写着：

> 牤字号收购大豆，当今风调雨顺，大豆饱满。大集市豆价有减，而牤字号收购大豆每斗加价一块大洋。仅限三月内收购。不候……

聂晓蒲也是个过于精明的人。他拿着上百张帖子，却只走了两个村，在两个村雇了善骑的汉子，让他们往江南百里内张贴，回来后到牤字号领大洋。

聂晓蒲刚走，薛子良就找半夏，说，晓蒲超不过半天就得回来，晌午一定在雁县的鲁菜馆喝酒。

半夏疑惑，你咋能猜出来？

薛子良说，晓蒲下棋不善用车马炮，却极善用卒子推进，这是他的聪明。

半夏说，我明白你的意思了，晓蒲一定是雇了人在江南的大小村子粘帖子。这是好办法，我得夸他。

薛子良说，不过他应该把他的做法跟你说，这才能看出他对你的忠诚。

半夏说，丈夫大可不必对妻子有太多的忠诚，如果对妻子太忠诚，反倒成就不了大事业。

薛子良说，丈夫对妻子的背叛往往是从不忠诚开始的。不忠诚加上不忠诚，就接近背叛。男人有时候是象棋中的士，一辈子为将帅垫脚，如果他不垫脚的话，就会全局输掉了。

半夏说，在我眼里，晓蒲应该是将帅，而我是士。

薛子良说，如果按大小姐说的这样，晓蒲应该做掌柜，大小姐你该歇着了。

半夏说，等我结婚的那一天，肯定我就歇着了。

薛子良说，等你结婚的那一天，你是该歇着了，但牮字号的掌柜不可能是晓蒲。

半夏说，那你说应该是谁？

薛子良笑了，你知道是谁。

半夏说，是沉香？

薛子良又笑了，你和沉香都不是。可能在两个人之间，侯乃殊，或者是二太太。

半夏也笑了，净胡说。

薛子良不笑了，那我们就等着看。

薛子良说的话，半夏不能不留心。她嘴上不服，心里却对薛子良不得不佩服。牮字号的兴衰，靠的是销路，而将来牮字号油的销路都掌控在三妹子沉香和二姨妈赵寒梅手上。她们谁要想把牝字号毁了，都能办到。而老爷子边孝轩更看好的却是侯乃殊，尽管这个家伙很狡诈，但这家伙的背景很厉害。全国最大的商号之一茂源商行竟是他的靠山。栀子要是嫁给了他，他不会对牝字号视而不见。

半夏问，能改变这种结果吗？

薛子良说，大小姐是不是想说你将来怎么能当上牝字号真正的掌柜？

半夏说，我就想当真正的掌柜。

薛子良说，不难，有三步棋。第一步，让佟小斧子把侯乃殊杀了，然后栽赃给段小麻子。第二步，把虎杖送到长春"满洲国国立学校"学习，让赵寒梅陪读，将来虎杖可以走仕途，赵寒梅也不会反对。这第三步……

半夏催着，你说下去。

薛子良说，你不能跟聂晓蒲结婚，得把他撵走。有证据。他在商铺当掌柜，贪了商铺的钱。让他走，不让他还钱。你要嫁给别人……

半夏说，嫁给你？

薛子良说，不能嫁给我。如果你嫁了我，你确实能够当上牝字号真正的掌柜。但你也会受不了的，因为我会把你的两个妹妹和妹夫都撵得远远的，我不会让老爷子和大太太走进牝字号，而是让他们在雁县的小阁楼里享清福。

半夏瞪大了眼睛看着他，却不说话。

薛子良又说，大小姐还有什么要问的吗？

半夏问，将来你怎么办？你不可能永远就在牝字号里干头一榨，因为你是一个难得的奇才。

薛子良说，我随时随地都可以被你赶出忙字号。我除了会榨油，会下棋，别的我什么也不会。我会坐在我娘给我留的老屋里，等着山上的绺子们把我抓去，让我给他们当军师，到那个时候，其实我已经离死不远了。

半夏说，现在我才真正认识了你。你是一个活鬼。

半夏头有些晕，就到她娘的屋里歇息。高蕙兰摸着半夏的头有些热，就说，这些日子也是把你操劳的，我给你拔一罐子吧。

半夏说，我心中有火，这股火总下不去。我担心这忙字号将来爹会怎么来料理，我们姐儿几个不该在忙字号管太多的事，该嫁人就嫁人，该生孩子就生孩子。爹不想让我们做女人，实际是让我们遭罪。

高蕙兰说，你爹在关口容易没主意，我有主意。你们姐儿三个能合手就合手，不能合手就分。现在咱们家积攒了四十万大洋，将来你们姐儿三个每人十万，虎杖十万，我和你爹只留下房产和田产，你二姨能和我们在一块儿过，我们就在一块儿。如果不和我们在一块儿，田产和房产任她选一个。

半夏说，如果我爹和我二姨在一块儿过，你该咋办？

高蕙兰说，我要田产。把田产卖了，回娘家去。

半夏说，那就等将来再说吧。

高蕙兰说，吃晌午饭没有？

半夏说，没吃。不饿，也不想吃。

半夏就躺在娘的炕上，慢慢地睡了。

半夏醒来的时候已经天擦黑了。她又回到油坊，听见豆饼仓库里有很重的鼾声，她打开仓库的门，见聂晓蒲躺在豆饼上睡觉，仓库里还有很浓的酒味。她又慢慢地把门关上了。

薛子良正领着伙计们压榨，他边系着绳子边用鼻子嗅着流出的油香，对伙计们说，一袋烟后，文榨改为武榨。

半夏走过去，见薛子良后背都是汗，就把她肩上搭着的手巾捄下来，扔给薛子良，让薛子良擦汗。薛子良边擦汗边说，今天的油榨得够尺寸，比上回那十斗豆子能多出半桶油来。

半夏说，你出来，我跟你说点事。

薛子良就随半夏出去了。半夏说，还没吃晚饭吧。

薛子良说，没有。

半夏说，跟我去雁县的鲁菜馆，我得好好地请你一顿。

薛子良说，这是大小姐奖赏我，我得去。不把晓蒲也带着？

半夏说，他还醉着呢，能带他去吗？

半夏和薛子良骑着两匹马，飞快地去往雁县。在雁县的鲁菜馆门前停下，半夏和薛子良进了菜馆，掌柜的认识薛子良，却不认识半夏，就说，薛先生可有日子没来了，快请进雅间。又问半夏，这位小姐是？

薛子良说，是我的一个远房亲戚，也是我的表妹。

进了雅间，小二也进来，问，薛先生点什么菜？

薛子良说，今天聂晓蒲聂先生不是也来了吗？他点啥我就点啥。

小二想了想，唱道，青葱爆肚一盘，酱焖鲐鱼一条，浇汁四喜丸子四个，扒肘子一个，五香花生米一碟，孔府老酒一坛。完了。

半夏说道，一个人竟点了这么多菜，这个败家的玩意儿。我爹点菜也没这么铺张。就对小二说，扒肘子改为素烧油豆角，四喜丸子四个改为两个。不要孔府老酒，要赵家烧锅一壶。

小二重新唱了一遍菜谱，走了出去。

薛子良说，今天不能让大小姐破费。我带了五块大洋，够用了。

半夏说，说好了是我请你。

一会儿，店小二将菜和酒依次端了上来。

半夏就和薛子良喝了起来。

薛子良说，今天我有口误，不该对你说那么些话。我当时忘了自己的身份，我一个榨油的下人，怎么好在大小姐面前说三道四的，今天算是我自己罚自己。

半夏说，论才华，在雁县找不出第二个薛子良。论人品，没见你作过恶，你足智多谋，却不掩饰，你看透了事物，对人又很真诚，你比晓蒲强百套。

薛子良说，这话不对，我不如聂晓蒲。我不会算账，读的书又少，晓蒲人缘好，忙字号里的人，他见谁脸上都有笑，见到边家老小都能点头哈腰。这也是晓蒲人缘好的原因，我佩服。晓蒲能屈能伸，遇到大事能坐住板凳，这也是让他能有大出息的豪绅风度。大小姐将来好好调理他，晓蒲也能成就大事业。其实对于晓蒲来说，成就大事业未必就得靠忙字号，现在他要自己开铺子，也很快就能发达起来。我也佩服。

半夏说，这些你说得都对，可是他身上还缺少真正男人的骨气。而你有。

薛子良说，骨气所有的男人都有，只是骨气不能上秤称而已。

半夏说，这些日子我越来越觉得晓蒲不是我喜欢的那类男人，他要是跟我妹妹栀子和沉香都合适，而我选你更合适。

薛子良说，晚了，你已经和晓蒲定亲了。再说，我和晓蒲也亲如兄弟，怎么好夺人之妻？这也不是我薛子良干的事。

半夏说，如果你想娶我，你肯定有许多办法。

薛子良说，办法倒是有，但我这样做，晓蒲就没了退路。也可能有人杀我，佟小斧子和段小麻子都有可能把我杀了。

半夏说，啥也别说了，给你一步难棋。你走也得走，不走也得走，只许赢，不许输。那就是，我得跟晓蒲退婚。我和你定亲结婚，都在一天办了。我听你的信儿，如果你不同意，那你就十天之内离开牦字号，等着山上的绺子把你接到山上去做军师。哪一天你死了，我把你的尸首拖到我们家的后院，给你立碑。

薛子良想了想说，那……那我就试试。

20　日本料理

边孝轩和栀子到了长春，并没有马上到茂源商行，而是在大长春宾馆住下了。侯乃殊说，我要到商行先和他们打个招呼，明天早上你们再去商行。这一路上边老爷也够辛苦的了。

边孝轩很疲劳，夜里也没有睡好，他还在琢磨侯乃殊到底应该是一个什么人物。尤其他坐的轿车，一路上日本关卡都放行，这里必有蹊跷。

栀子想得并不多，她愈加感到侯乃殊的确是个人物。她又想到了薛子良和佟小斧子。薛子良在她眼里是个阴阳人，很奸诈，但又没有男人的豪迈和豪爽。佟小斧子是个男人，却又没有智谋。而在侯乃殊身上，却能看到大智大勇。从大青顶子回来，她就已经决定要嫁给侯乃殊。佟小斧子可以在适当的时候把他打发走，薛子良走与不走，他都是油坊的榨油工，无妨。

第二天早晨，侯乃殊来到大长春宾馆，请边孝轩和栀子吃早饭。下了楼，他们上了很宽大的德国造轿车，想不到侯乃殊还会开轿车。一路上侯乃殊诡秘地说道，这次边老爷你们来长春，也真是赶了巧。我干爹宋甲奎，我弟弟侯乃寻都在茂源商行十六分号，一会儿我们一块儿共进早餐。

边孝轩说道，也真是我们的幸运。

汽车在宽敞的马路上走了将近半个时辰，就到了一座小白楼跟前。车停下了，侯乃殊引领边孝轩和栀子向白楼走去。白楼是俄式建筑，墙上有浮雕，大门上悬着一块很大的铜牌子，上面写着：茂源商行十六分号。大门的右侧还有一块竖着的牌子，也是铜铸的，上面的字是：大日本阿部高善株式会社。每个汉字的右边都有日文。

进了楼，是一个又细又瘦的高个子在迎接他们。这瘦子面相和侯乃殊差不多，只是下巴比侯乃殊更长。侯乃殊说，这是我弟弟。瘦子马上和边孝轩、栀子握手，文绉绉地说，鄙人侯乃寻，请多多关照。侯乃寻领着他们走出了楼的后门，又过了一个庭院，进了第二座低矮的小楼，进了这个小楼，感觉有些异样，空气中有鱼腥味。栀子看见了楼里的一个大厅前竖着一块牌子，写着：日本料理。进了大厅，只见这大厅里四壁都悬着琉璃灯，还有如喘息般的音乐。大厅当央放着一张乳黄色大理石饭桌，上面已经摆满了各种吃的东西，这些东西边孝轩和栀子从来没有见过。桌子旁坐着三个人，两个中年人，一个老者。侯乃殊给这三个人介绍，这是我在黑龙江的朋友，用关东话说，将来我们可能是亲戚，或者说是一家人。侯乃殊指着老者说道，这是我干爹，刚从天津卫过来。又指着那两个中年人说，这两位是我们的日本朋友。侯乃寻马上介绍，他指着一个稍微胖点的汉子说，"大日本移民满洲国大谷开拓团团长"阿部高善，也是我们茂源商行的合股人。又指着另一个日本人说，这位是加藤一矢，阿部高善的助手。

经侯乃寻这么一介绍，边孝轩有些头昏脑涨，他虽然是关东数得上的人物，却很少和外国人接触。他还是第一次接触日本人，也不知说什么好，只是冲他们笑，哈着腰。大家坐下，侯乃殊站起来指着边孝轩说，关东人要不知道牤字号，就像关东人不知道还有条松花江一样。牤字号每年生产的大豆油虽然不能和松花江水比高低，却也能和涓涓溪流争高下。每年牤字号油坊生产的豆油一千八百桶，哈尔滨的粮油商行卖的都是牤字号的豆油，哈尔滨几家有名的洋人餐馆指定要用牤字号的豆油。此次边老爷来大"满洲国"的所在地，就是为了使牤字号有更大的发展，他非常希望能见一见我的干爹和两位日本朋友。

边孝轩说，我们牤字号没有在大城市，而在松花江北的雁县。牤字号已经建号二十二年了，在这二十二年里，我们以至诚、至信、至善为经商大道，所以这些年来，牤字号还没有什么大的闪失。民国四年，天大旱，颗粒无收，但我们的商号油坊也没停榨，直隶、热河的大豆收购商拉着豆子投奔我们商号。那一年，哈尔滨出现断水，却没有出现断油……

宋甲奎说道，好，至诚、至信、至善，乃从商大道，其实也是商铺掌柜的做人大道。诚者为信，信者为诚，信诚合一，乃大善。当年我在直隶做知府的时候，曾上疏皇帝，我国民之心患，乃是信诚皆失，天下大善溃也。记得这封上疏还是乃殊替我草拟的，想不到我和乃殊今日也能听到诚信之言，看来我和边掌柜是知音了。

栀子说道，啥也别说了，一句话吧，老边家不缺油，缺的是人，缺的是朋友。今天我们爷儿俩到这里来，缺的也都有了。

侯乃殊说，好。这话说得好，实在。

日本人阿部高善理了理膏药胡，说道，边老爷和栀子小姐说得非常对，我非常欣赏栀子小姐刚才说的话。牤字号不缺油，缺的是朋友。还应该补充一句话，还缺一种精神，这种精神是大东亚共荣的精神。我们从日本来到"满洲国"，也是看到了"满洲国"缺朋友，也缺精神，就来了。我阿部高善也不是个什么大人物，和边老爷一样，我在日本乡下当过农民，后来又在乡下办工厂。和边老爷不同的是，我办的是糖厂。日本制糖的原料奇缺，我们从东南亚购买甘蔗，回到日本加工。东南亚人受益，我们也受益。这次我们开拓团到满洲国来，就是要和关东的农民兄弟一起受益。我办工厂办出了经验，我还能把大日本最先进的工业设备引到"满洲国"来，最先受益的就应该是像边老爷这样的资本家。

边孝轩问，此话怎讲？

阿部高善说，昨天晚上侯乃殊先生把牤字号的经营状况和我们做了详细说明。我们愈加感到在黑龙江，我们最先要扶持的，就应该是像牤字号这样有实力的企业。

一直没说话的加藤一矢说道，我们可以在边老爷牤字号的附近大批圈地，或者说叫大批购买土地，都种大豆，使油厂的原料不再靠购买来完成。一个在乡间创办的企业，必须依靠有利的资源，那就是土地。

栀子说，我们边家也有土地七千五百垧。

阿部高善说，不，要达到七万五千垧才行。

栀子说，那得多少钱？

阿部高善说，我们出钱，靠"满洲国皇帝"溥仪先生的朝廷指令，我们低价收购土地。到那个时候，你们牤字号每年可以生产豆油几万桶，销路由我们株式会社包销。我们株式会社和茂源商行合股经营，我们会将你们生产的豆油全部通过旅顺港运到日本去。我们坚持的就是和"满洲国"的亲善，和"满洲"人民的亲善，我们先给你们钱……

边孝轩说，我见识短，还没有完全明白这是啥意思……

侯乃殊说，很简单，一句话，那就是咱们三家归一家了。你牤字号和我干爹的茂源商行都是阿部高善株式会社的家族成员，株式会社要给你们牤字号投资，你们生产的豆油都给株式会社，然后运到日本去。

边孝轩点点头，我明白了。

侯乃寻说，大家光顾说话，快请吃早餐。这是长春最好的日本料理，生鱼片都是新鲜的……

大家开始吃饭。边孝轩看着桌子上的这些日本料理，感到有些恐怖，夹了一块生鱼片，又蘸了一下佐料放进嘴里，又腥又辣，差点没吐了，但还是咽下去了。

吃完早饭，侯乃寻又领着边孝轩和栀子到商行的营业大厅去参观。这里的东西五花八门，但都是正宗的中国货。有丝绸、瓷器、宣纸、皮革，还有土特产，比如人参、鹿茸、虎骨……商行的院子里，一群工人正在给这些商品打包，都是半寸厚的松木板钉成的箱子，箱子上写的都是日文。

　　边孝轩自言自语，这么些好东西，都让人家拉走了，这怎么行？

　　栀子说，有买就有卖嘛，没啥可惜的。

　　参观完茂源商行，宋甲奎和侯乃寻要陪边孝轩去长春大戏院听京戏，边孝轩也不好推辞，就跟着去了。

　　侯乃殊却和栀子在长春大街上逛，侯乃殊给栀子买了许多稀奇古怪的玩意儿，有英国产打火机、德国产锡铸酒壶，还有美国产的遮阳皮帽子、日本产的马靴。侯乃殊要给栀子买一些饰品和胭脂，栀子一概拒绝。她对侯乃殊说，我从小到大就从来没搽过胭抹过粉。

　　侯乃殊说，天然去雕饰，清水出芙蓉。栀子置山香，晨露浴多情。

　　栀子就使劲儿给了他一拳头，你这戏子，就是有词。

　　侯乃殊说，咱们啥时候把婚订啦？

　　栀子说，订啥婚，多麻烦。年底咱们把婚结了就算了。

　　侯乃殊说，豪爽，真是豪爽。

　　栀子问，咱俩结婚，你给我啥百年好合的东西？

　　侯乃殊脱口而出，两把德国产的撸子。

21 候　鸟

　　赵寒梅和沉香回到边家大院，没等和边孝轩说上话，边孝轩和栀子就去了长春，这让赵寒梅感到心里很不舒服。她想，我和沉香到哈尔滨也费尽口舌才谈成了生意，重要的是今后牤字号的豆油都可以通过娜塔莎的弟弟伊凡运到俄罗斯的远东，这就等于牤字号油坊不管将来发展到什么程度，销路已经没了问题。赵寒梅又把银票兑换成了现大洋，她没有把现大洋自己藏起来，而是交给了沉香，让沉香保管。沉香也看出了事情的不公，这半年多，她愈加感到爹娘看好的是大姐和二姐，而没把她沉香当作牤字号的管家人。

　　在边家大院觉得有些沉闷，赵寒梅便和沉香走出了边家大院，到北边的小青顶子去散心。小青顶子是一座清秀的山，山上有一座寺院，叫清风寺。寺院里只有一住持一小僧，住持叫普源，小僧叫济源。寺院很清静，上香的人也不多，住持和小僧除了早晨击钟，读一阵佛经之外，剩下的时间就是睡觉、吃饭，半夜的时候他们还偷着喝酒。

小青顶子山下却是一座刚刚修建好的教堂。牧师是一个犹太人，叫瓦多哈，是一位英俊的小伙子，他会弹钢琴，唱出的《圣经》很好听。当地很多村民从听他唱《圣经》开始，渐渐地有一些人加入了他的教会。瓦多哈很勤奋，除了主持教堂的神事，还养了一头很大很胖的花奶牛。他不喝牛奶，但他每天都挤牛奶，把挤出的牛奶送给不满周岁的孩子们喝。

　　赵寒梅对这瓦多哈很有好感，她在教会学校读书的时候就已经是一个基督教徒，她嫁给边孝轩的时候带出来的唯一嫁妆其实就是一本《圣经》。但边家，既不信佛，更不信基督。边孝轩的书房和议事大厅供的是关公关老爷，表姐高蕙兰逢年过节虔诚地给灶王爷上香磕头，这多少让赵寒梅有些隔阂。

　　沉香虽然只有十八岁，可她心里有自己的信仰。她不信佛，也不信基督，她信的是一位古代文人，一个叫谢道韫的才女。沉香读过三年私塾，最感兴趣的一本书是《世说新语》，在这本书里，她知道了谢道韫。她是东晋宰相谢安的侄女，安西将军谢奕的女儿，也是著名书法家王羲之的儿子王凝之的妻子。谢安在一个下雪天和子侄们讨论飞雪用什么可以比喻。谢安的侄子谢朗说道，"撒盐空中差可拟"；谢道韫则说，"未若柳絮因风起"，因其比喻精妙而受到众人的称许。也因为这个著名的故事，她与汉代的班昭、蔡文姬等人成为中国古代才女的代表，而"咏絮之才"也成为后来人称许有文采的女性的常用词语。沉香就想做一个像谢道韫这样的女人，她认为忙字号是商家，但商家不能没有文化，真正的商人应该是儒商。在哈尔滨她跟伊凡认识以后，愈加感到只有读很多书的人，在经商之路的坎坷中才能把步子走稳，不会出现趔趄。

赵寒梅和沉香上了山，在教堂前，赵寒梅停下了，对沉香说，想跟你说一件事，咱们边家人谁也不知道，今天我告诉你，我是一个基督教徒。

沉香说，这不奇怪。你在教会读书，要不是教徒才教人觉得奇怪。哈尔滨那个叫伊凡的小伙子也是基督教徒。

赵寒梅问，他跟你说啦？

沉香说，我感觉出的，他为人很真实。

赵寒梅说，我为人不真实吗？

沉香说，我说一句不该说的话，你和我妈比较，你比我妈更真实。

赵寒梅就抚摸她的头发，好孩子，你这话说得让姨的心很热。

赵寒梅说，沉香，我们去教堂，去看瓦多哈牧师。

从小青顶子回来，边家的家丁在门口告诉赵寒梅和沉香，一位叫伊凡的苏联人从哈尔滨来咱们边家，他要见三小姐。

赵寒梅忍不住笑了，俄罗斯人就是性子急。

沉香问，二姨，我见他还是不见他？

赵寒梅说，既然人家已经来看你了，你怎么能不见人家？再说是你邀请人家来的。

沉香说，二姨，还是你陪我见他吧。我自己见伊凡不知道该说什么好。

赵寒梅说，这怎么行？还是你自己见他吧。

赵寒梅和沉香走进院子，家丁告诉他，那个外国客人正在大厅，大小姐正在陪着他说话。

　　半夏说，你的汉语说得这么好，在中国待过？

　　伊凡说，我在中国只待过一年，是在中国的天津卫，我父亲曾在天津卫的苏联领事馆做过文化特使。我跟我父亲在那里学了一年中国话，我在俄罗斯读大学的时候，选修的是西班牙语和汉语，我对汉语有特殊的感情。

　　半夏说，为什么？

　　伊凡说，中国汉语文字虽然复杂，但发音简练，这和中国人的性格一样，单纯而又质朴。我在天津卫曾经爱上过一个姑娘，她父亲是个商人，她父亲怕我爱上他的女儿，就把他的女儿嫁给了一个军人。

　　半夏说，想不到伊凡先生在中国还有这么美好的经历。

　　伊凡说，经历是美好的，但仅仅是一个序曲。我准备在哈尔滨待下去，在这里能找到我的大事业。

　　半夏说，你的大事业是什么，是在哈尔滨把你姐姐的西餐厅办得更红火吗？

　　伊凡说，不，我的事业是跨国贸易，西餐厅只是我歇息的地方。

　　半夏说，你做的跨国贸易指的是什么？

　　伊凡说，中国的农副产品，还有矿产资源。俄罗斯和中国相邻，我们有互补的优势，我的跨国贸易不光能给俄罗斯带来利益，也会给中国带来利益。

　　两个人谈了很多，半夏几乎是在审视着这个叫伊凡的俄罗斯小伙子。但她没有谈到三妹妹的婚事，因为三妹妹

117

还没有跟她提起过伊凡，甚至三妹妹和二姨去哈尔滨谈生意的事情，和她也只字未提。但有一点她是坚信不疑的，那就是牤字号的油可以通过伊凡销往俄罗斯。这是一个不可估量的数字，很可能由于伊凡的介入，牤字号油坊会越来越兴旺。这是一件好事，但对半夏来说，也未必是好事。

赵寒梅和沉香进了大厅，伊凡很亲热地站了起来，他分别吻了赵寒梅和沉香的手。沉香坐下，指着半夏说，她是我的大姐，牤字号的掌柜就是我大姐。

赵寒梅也坐下，说，我们刚从哈尔滨回来两天，还没来得及把在哈尔滨我们的美好交往跟我大外甥女说，想必伊凡先生已经跟半夏都说了吧。

伊凡说，我们谈得很好。

半夏说，我们边家大院第一次迎来了俄罗斯的朋友，是我们的荣幸。她站起身来说，你们说话，我到伙房安排饭，今天一定要好好招待伊凡先生。

赵寒梅起身，说，你们都是年轻人，你们在一起说话吧，我去伙房安排饭。说完，赵寒梅走了。

半夏说，油坊正在起榨，我得去监工。沉香，你和伊凡先生在一起说话，觉得闷了就在院子里走走，或者到院外山里河边逛逛风景。

伊凡说，我们出去玩吧。

沉香说，好吧，我们去小河边。

沉香和伊凡走出边家大院，顺着院墙往北走，他们想到江汊子边的柳条丛里去玩。柳条丛里有许多大鸟，水滩上的沙子也都是白的，沙子上还有很大的河蚌，很好看……

走出不到半里地，却见到一伙人扛着锹镐向这边走来。一个人骑着高头大马，在这伙人的后面。沉香认出了骑马的人，就笑着说，是段祺坚掌柜，这是又想到哪儿跑马占荒？

段小麻子也不下马，说道，瓦房店让我买下了，今日开工。

沉香问，是想开习武堂，还是想把馃子铺搬到那里？

段小麻子说，主要是开习武堂。我这个习武堂跟别人的不一样，我请的是蒙古武师，玩的是骑马术和蒙古长刀。武师都请好了，是库伦旗司钦王爷府的刀王，也是著名的摔跤大王，额白巴尔思，汉语就是雄虎的意思。

沉香说，好啊。现在有了"满洲国"，溥仪"皇帝"将来还不把你收编了当"护国军"？

段小麻子说，我不护国，我护的是边家大院。

沉香就骂他，瞅你这德行。

段小麻子也看见了伊凡，知道他是俄罗斯人，就用蹩脚的俄语和他打招呼，哈拉少。

伊凡也笑着，哈拉少。

两个人到了柳条丛，坐在洁白的沙滩上。

伊凡说，坐在这里让我想起了伏尔加河，和这里一样美丽。

沉香说，伏尔加河不如这里美。伏尔加河又长又庞大，缺少的是宁静和安详。

伊凡说，不，我们都叫伏尔加河为母亲河。

沉香说，母亲并不宁静和安详。

伊凡说，是的。女人一旦成了母亲，就可能不美丽了。

沉香问，你有喜欢的女人？

伊凡说，有。

沉香说，在俄罗斯还是在哈尔滨？

伊凡说，在雁县，在牤字号。

沉香笑了，不可能，根本就不可能。

伊凡说，你不喜欢我？

沉香说，喜欢你，不等于一定嫁给你。

伊凡说，那要嫁给你不喜欢的人？

沉香说，中国人讲究的是缘分，既要喜欢，又得有缘分。

伊凡说，缘分，不可思议。

沉香说，我要嫁给你，就总有一天和你一起回俄罗斯。我不愿意离开我的家乡，我们姐妹几个的命运都紧紧地系在牤字号上。

伊凡说，我也可以把命运系在牤字号上。

沉香说，这可能吗？

伊凡说，不是可能，一定能。

一只大鸟在他们头顶上盘旋，盘旋了一会儿，就落在了不远的树丛里。

伊凡说，这种大鸟应该是从贝加尔湖飞过来的。天气一凉，它们就慢慢地向南迁徙。其实这里和贝加尔湖都不是它固定的家，它还会飞到夏威夷岛。人和鸟是一样的，我们没有家园。家园就在我们的背上，背到哪里，哪里就是我们的家园。

沉香自言自语，候鸟……

22　河对岸的草莓红了

佟小斧子去了油坊，见半夏正在忙着，就坐在门口，坐了一会儿，半夏也没看见他，他就跟着油工们往仓库里搬豆饼。搬了几趟，半夏才看见他。半夏说，小斧子，你哪能跟油工们干这些粗活？快去歇歇。

佟小斧子说，大小姐，我想找你说点事。在这儿说不方便。

半夏说，走，到大厅里去。

半夏和佟小斧子进了大厅，坐下。

半夏说，这些日子我和我爹都忙着油坊的事，也没过问咱们护院的家丁有什么困难没有。这么些年，牤字号没有闪失，边家大院平安无事，还不是都靠了你小斧子？

小斧子苦笑，是牤字号镇住了妖魔鬼怪。

半夏听出了佟小斧子的弦外之音，就问，有啥事？说吧。

佟小斧子说，我在边家大院已经干了七年了，为了边家大院，我还残了一条腿。这我不怨别人，习武之人，有

121

伤残之损，乃是功夫不到。最近家里捎信儿来，母亲年事已高，家里开的习武堂也不太景气。现在是"满洲国"，开办习武堂也受到限制，我想回老家……

半夏说，你回老家，我们觉得挺惋惜。我们边家人从来不把你佟小斧子当下人看，你对我们边家也是忠心耿耿。就这么简简单单地让你回去了，我们也有些过意不去。

佟小斧子说，没有什么过意不去的，给我拿足了盘缠，如果觉得我在边家还有些功德的话，就多给我开些工钱，就什么都有了。

半夏想了想说，既然你执意要走，我们要留也留不住你了。你啥时候走？不跟我爹和栀子道个别？他们三两天就回来了。

佟小斧子说，天下没有不散的筵席，道别就不必了。我回老家，如果边家大院有什么事要求到我身上，我骑马就过来。请转告边老爷多保重身体，也转告栀子，习武之大德，乃是能够辨别其大善大恶。如果错将大恶看成大善，乃是习武之人的最大悲剧。

半夏点点头，小斧子，你这番话说得很好，我一定转达到。

半夏想了想又说，念你对牝字号的功德，我准备给你拿两万大洋，另加两千大洋作为盘缠。你看够吗？

佟小斧子说，已经够多的了。给我一万大洋就行，我……我想把院子里那匹白马骑走。

半夏说，好吧。那匹白马算是白送给你了。

佟小斧子说，我想今天晚上就动身。

半夏说，吃过晚饭我就给你付钱。

半夏站起来要走，佟小斧子却不站起来，说，大小姐，还有几句心里话想跟你说，也请你能够听下去。

半夏又坐下了，说吧。

佟小斧子说，我走了，刚才我说的理由也算是理由，但还另有原因。因为我不走，有几个人会对我动杀机。你想知道这几个人吗？第一个就是薛子良，他会让我去杀侯乃殊，然后杀我灭口。第二个是段小麻子，因为他和我有杀父之仇。还有，就是侯乃殊。

半夏说，你多虑了。

佟小斧子说，大小姐，我虽然是习武之人，可我头脑并不笨。大小姐，你也多保重，其实你现在也坐在刀边上……

半夏说，你说，我最想听的就是这话。

佟小斧子说，你最大的敌人是薛子良。

半夏问，为什么？

佟小斧子说，薛子良看好的并不是你，而是栀子。栀子头脑简单，将来薛子良会借刀把你杀了，然后他再和栀子结婚，牤字号就会是他的。不信我们走着瞧。

半夏长叹一口气，不说话。

佟小斧子起身抱拳，大小姐，多保重。

晌午了。边家招待了伊凡，把饭菜端到了沉香的厢房。

高蕙兰显得很不愉快。赵寒梅和沉香从哈尔滨回来，也没有到屋里去跟她好好聊聊，本来她等着今天早晨赵寒梅和沉香到她的厢房里来，谁知赵寒梅领着沉香到小青顶子去逛风景。赵寒梅的葫芦里究竟卖的什么药，她也不清

123

楚。今天又突然来了个俄罗斯小伙子，更让高蕙兰感到莫名其妙。她没有足够的智慧去把这些事情破解开，她要等着边孝轩回来再说。赵寒梅和沉香过来请她吃饭，让她跟伊凡唠唠嗑儿，高蕙兰脑袋上扣着两个拔火罐，躺在炕上说，我今天不舒服，浑身没劲儿，我就不过去了。寒梅，你就替我向那个俄罗斯小伙儿道个歉。

赵寒梅和沉香也不再劝她，就又去了沉香的厢房。

沉香的屋子里摆了一张大桌子，半夏把聂晓蒲也叫来了。

五个人喝酒吃饭，很愉快。

伊凡很能喝酒，聂晓蒲的酒量也不小。聂晓蒲想把伊凡给灌醉，就一碗接一碗地喝，每人喝四碗，聂晓蒲竟然醉了。聂晓蒲把伊凡按在地上，说道，你是洋人，这么大的酒量。将来你是我的连襟的话，我可要吃亏啊。

伊凡翻身起来，把聂晓蒲扔到炕上，说道，聂先生，你应该读书，应该有修养。边家大院的男人，都应该是绅士。

聂晓蒲说，我就是绅士。

伊凡说，不，你不是。你是下人。

半夏很没面子，指着聂晓蒲说，你别喝了，躺在炕上睡觉。

聂晓蒲一会儿就睡着了。

半夏说，他是我们的账房先生，平时不沾酒，今天见到伊凡先生高兴才喝多了。

伊凡说，聂先生很好。在俄罗斯，男人要是喝酒，就一定得喝醉。

沉香说，伊凡，你可不能喝醉。

伊凡说，其实我在喝第一口的时候就已经醉了。不过我的醉态不是放肆，而是对牞字号的热爱和对你的深情。

赵寒梅说，伊凡说得真好。

半夏说，那你就多喝点。

伊凡连续喝了三碗，就晃晃悠悠地站起来，用俄语说了半天话。大家都听不懂，赵寒梅说，你刚才说的是啥？

伊凡说，我在念一首诗，是俄罗斯伟大的诗人亚历山大写给他爱人的诗。需要说明的是亚历山大是我的父亲。我给你们朗诵：

河对岸的草莓红了
我亲爱的姑娘该出嫁了
我在河的这边等她
我亲爱的姑娘坐着船过来了
她见到我的时候让我吻她
她却惊慌失措说
我给你摘下了一篮子草莓
丢在了对岸
我说那篮子草莓让它变成泥土吧
因为我们的爱情在明年春天的时候
就是满地的草莓！

沉香眼里有了泪水，说，好诗，真是好诗。

半夜，家丁来报信，说，佟小斧子在回家的路上被人杀了。他可能是在江边被人杀的，因为在江边发现了佟小斧子的那两把斧子，地下还有血迹。佟小斧子的尸首可能被扔到了江里……

半夏叹道，小斧子，边家对不住你！

23　伪满洲国是短命的

　　边孝轩和栀子在长春待了一天，夜晚，长春下起了雨。开始是淅沥沥的小雨，后来变成了瓢泼大雨。边孝轩想快点赶回去，却被雨拦住了。而栀子却不急着回去，她想在长春玩几天。

　　边孝轩似睡非睡地躺在床上，栀子敲门进来。她给父亲拿来一盒日产的峰牌香烟，说道，是洋烟，两块大洋才能买一盒，是乃殊孝敬您的。

　　边孝轩接过香烟，看了看又放下，说道，栀子，我总觉得咱们掉进侯乃殊挖的坑里了。现在我也看出来了，侯乃殊是个什么人物。他是清朝遗老的干儿子，也是"满洲国"的亲信。可"满洲国"不是大清国的延续，更不是民国的延续，是日本人把持着的傀儡，我看也是短命的。日本人到中国来，要搞什么东亚共荣，这是一件新鲜事。当年八国联军进中国，也说帮扶大清，其实还不是到中国来抢东西？日本人的开拓团开始殖民中国关东，目的也让人看透了，说到底日本人看出了中国关东这块地方出宝物，他们想把好东西据为己有，运到东洋去。现在他们跟中国人搞"亲民政策"，是让我们和他们合作。终有一天，他们会翻脸的。

栀子说，你说的也有道理，不过乃殊可不是这么说的。乃殊说，日本人同中国人同祖同宗，据说秦朝的时候，始皇派一百名童男一百名童女，去东瀛这个地方，建立一个仙岛。几百年过去了，这些个童男童女繁衍后代，一代比一代精明。这些个仙童的后代，不赌不嫖不抽大烟，他们又回到祖宗的诞生地，是为了改良中国人的人种和不良文化。这有什么不好？

边孝轩说，侯乃殊那是胡说八道。当年我爹到旅顺口那一带贩盐，怕的是海盗，这些海盗当地人叫倭寇，其实就是日本人。日本人瞧不起中国人，他们如果认中国人为祖宗，就不该叫我们"支那人"。中国人如果把狼放进来，不是人被咬，就是得丢羊。

栀子说，乃殊还说过，有奶就是娘。咱们来长春也不见得是掉坑里了，阿部高善株式会社给我们投资五十万大洋，又给我们东洋设备，还给我们圈地七万五千垧。我们按他投资的多少给他多少豆油，我们有大的赚头，日本人也不吃亏。这是两全其美的事，再说现在我们也已经没有退路……

边孝轩说，现在看我们是没吃亏，我怕的是将来日本人把咱们的牤字号给吞了。到那时候，我们可就一无所有了。

栀子说，这个我们不怕。我们先把大洋攒足，觉得日本人要吞我们，我们一把火把牤字号烧了，举家南迁。

边孝轩说，栀子，小时候我看你很聪明，想不到现在你越来越傻。你的头脑远不如你大姐和三妹。

栀子说，那咋整？容我们回去和大姐、三妹商量商量再说。

边孝轩说，反正现在我们也没和日本人订契约，也没拿人家的钱，退路还是有的。

栀子说，还有一件大事，爹你说该咋办？侯乃殊要娶我，我答应还是不答应？

边孝轩说，如果不答应的话就得罪了侯乃殊，如果要答应的话，我还真有些不情愿。我觉得侯乃殊有些靠不住。

栀子说，那就拖拖再说。

第二天，雨没停，但已经小了。

侯乃殊来了，说道，我干爹宋甲奎也今天回天津，阿部高善先生要去"满洲国"政府参加一个高层会议，就不能送你们了。但是为了表达对老人家的敬意，我干爹宋甲奎送给边老爷一万大洋作为此次来长春的慰问金，阿部高善先生也送给边老爷一万大洋作为盘缠。我随老人家一起回雁县，几天以后加藤一矢先生要到我们那儿去考察，然后签订合同，从此茂源商行、阿部高善株式会社和我们忙字号商铺就成了一家人。

边孝轩没有收大洋，却说，多谢了，此次登门造访，也没给两位先生带什么礼物，容边某人以后补上。

侯乃殊说，补啥，我把礼都替您老人家送了。这次我带来了两块虎骨、一棵山参。虎骨给了两个日本朋友，山参给了我干爹。我说这些东西都是边孝轩边老爷送的。

边孝轩怔了。这些东西可都是大礼，值几万块大洋，侯乃殊说这话其实就等于说，我边孝轩已经欠你侯乃殊的情了。

栀子说，两块大骨头我还真看见了，我还以为是牛骨头呢。那山参我识得，应该是九品叶的山参。

边孝轩狠狠地瞪了栀子一眼。

早上吃过了饭，边孝轩和栀子又上了那辆轿车。出了长春，轿车就飞一样向东开去……

瓦房店虽然没有几户人家，但毕竟还是一个村子。村口有石碑，上面凿着：瓦房店。段小麻子领着一伙人下马，先将这石碑挖出来，扔到了不远处的江汊子里，他们又重新立了一块石碑，这石碑比原来周茂仓屯的石碑还高还宽，上面凿着两个大字：福地。下面有小字：段祺坚习武堂操练场、段家馃子铺仓库。

段小麻子飞身上马，在屯子里跑了两圈，对一个很胖的领班说道，这地方就是给我准备的，我要在这里圈上围墙，建四个炮台，选出十六个炮手。围墙后面再建十六间房，做馃子铺作坊和仓库。

很胖的领班说，段老板真是好眼力，这地界北高南低，接着阳气，干啥啥兴旺。

段小麻子说，我还得选一个地界，盖个阁楼，我要在这阁楼里娶妻生子，你看哪个地方好？

很胖的领班看了看，说，往东移，在慢坡上，圈上宅院，直通正院，也可以建个地下通道，通到炮台。

段小麻子笑了，土匪爷都这么干，看来我段小麻子要占山为王了。

很胖的领班说，段掌柜，什么时候开工？

段小麻子说，明天就往这地界运料，在下雪之前我得搬进来。

段小麻子又给这些伙计训了一阵话，这时候又一个人骑着一匹瘦马跑来，到了段小麻子跟前就说道，老爷，蒙古刀王额白巴尔思来了，在馃子铺等您。

段小麻子说，小扣子，快请他过来，让他看看我的习武堂。

小扣子又骑着瘦马往回跑。

段小麻子下了马，在一棵柳树后面撒了很长一泡尿，觉得浑身通畅。他边系裤带边往南走，周家卖给他的地四周都有地界，他到南边找那块地界。找到了地界，他笑了，这块地界刻着"周"字，还有五步远就是另一块界碑，那界碑上凿着"边"字。两块界碑中间是一条壕沟，沟里长满了艾蒿和蒲草，蒲草上落着许多活蹦乱跳的螳螂……

段小麻子抓住一只螳螂，又扔了。他唱：

　　螳螂爷手持两把带齿的刀
　　专杀蚊子和小咬儿
　　螳螂奶奶心狠手辣不着调
　　怀上孩子就把老爷们儿一口吃掉

段小麻子唱的是莲花落子的文哈哈调，唱得很浪。正唱在兴头上，却见对面走过一个人来，走近了才看清，段小麻子急忙哈腰说，边家大小姐，您忙着呢。

半夏笑了，看来咱们是要做邻居了，不过我的油坊明年不再烧柴火，改烧乌金了。知道啥叫乌金吗？就是煤。

哈尔滨的大商号早就烧煤了，我这油坊一烧煤，煤烟子顺风正好刮到你的大院里，你们习武可要遭了罪了。

段小麻子说，大小姐只知道榨油，不知道观风向。咱这地方总刮北风，很少有南风。如果刮南风，我们就在馃子铺做点心，如果刮北风，我们就习武。怕是将来我这习武堂要整一支蒙古骑术刀术队，我还怕我们这儿的马粪味刮到你们院子里，到时候大小姐可多担待……

半夏冷着脸说，小麻子，我没工夫跟你逗壳子，我是来告诉你一句话。佟小斧子让你杀了，你得知道杀人偿命这句话。

段小麻子一怔，说道，大小姐，你可不能血口喷人。人命关天的事，你哪能乱讲？佟小斧子让人杀了我还不知道呢，在哪儿被人杀的？

半夏说，你别放着聪明装糊涂。

段小麻子说，大小姐，你是聪明过度反倒糊涂了。如果你觉得看我不顺眼，觉得我就是杀佟小斧子的凶手，你可以报官。

半夏说，好，等着瞧。佟小斧子不能白死。

段小麻子说，半夏，你别拿我段祺坚当俗人。我不会干那么愚蠢的事，杀佟小斧子那是俗人干的事，我段祺坚要干就干大事。

这时小扣子和蒙古刀王额白巴尔思骑马过来了。

段小麻子对半夏说，没工夫跟你扯淡，我得去干正事。

24　醒　脑　汤

松花江码头显得很冷清。伊凡是坐"索菲亚"号轮船到的雁县，回去他还要坐船走，沉香送他。

船还没有到，沉香就和伊凡在码头旁的石头山上坐着。

沉香说，牤字号名声在外，其实就是一个普通油坊加一个铺子。

伊凡说，这都不是主要的，牤字号比我想象的小多了。作坊的人不少，可是这种手工操作产量也无法成倍增长。你们作坊的占地面积也不大，不太适合大规模生产。你们生产的这些油远远不够我的销量，不过，我看好的是这里的人和地理位置。每个榨油工一个月平均拿不到三十块大洋，而他们的劳动量应该值一百块大洋。因此，在这里有廉价的劳动力。其次，牤字号交通便利，可以水陆两运。从这里的水路顺行一天一夜，就可以到俄罗斯的阿穆尔河码头。上了码头，就是布拉戈维申斯克（海兰泡）。如果从陆地上走，雁县有直通中国牡丹江的官路。而从牡丹江到俄罗斯的乌苏里斯克（双城子），也就一天的路程……看来，忙字号的油销多少都不成问题。

沉香说，你此次到我们这里来，看好的就是这些吗？

伊凡说，不，还有意外收获。那就是我爱上了你。

沉香说，你说的这句话我不爱听。你说爱上我就爱上我了吗？

伊凡说，那你让我怎么做？

沉香说，如果你看好了我们忙字号，那么不管你说多少句爱上我了，我都不会动心。假如你放弃了和我们忙字号的合作，而觉得到我们这里来只看上了我，那我才能相信你。

伊凡说，你在让我选择吗？

沉香说，如果你和我们忙字号没有很好地合作，我肯定不会嫁给你。如果你不跟忙字号合作，我一定嫁给你。

伊凡说，这是我们这次分手时，你留给我的难题。

沉香说，我等着你的选择。

"索菲亚"号轮船开过来了，靠近了码头。

伊凡显得很沮丧。他不知道还跟沉香说些什么，只是和她不断地摆手。

伊凡上船了。

沉香站在码头上，对伊凡说，伊凡，你能把你父亲的那首诗再给我背一遍吗？

伊凡苦笑道，我可以给你朗诵一段诗，不过，不是我父亲写的，是我当年写给天津卫的一个姑娘的：

你的眼睛是黑的

我的眼睛是蓝的

但我们看鲜花的时候

同样会看出鲜艳

当中国的牡丹花开了的时候

我蓝色的眼睛流出的泪水

和你眼睛里流出的泪水

一样清澈透明

边孝轩和栀子回来了，侯乃殊没有把他们送回忙字号。在雁县，侯乃殊请边孝轩和栀子吃饭，边孝轩和栀子都喝多了，侯乃殊也喝多了。侯乃殊要留边孝轩和栀子在小河园听戏，他说他要上台给边老爷和二小姐唱一出猴戏《五行山下》。

边孝轩说，不能看了，我现在看谁都像猴。

侯乃殊说，那你们就回去吧，容我改日去拜访。

边孝轩和栀子没有马上回忙字号。边孝轩对栀子说，到普生药堂，我看看你三炼大叔。你也在那儿歇一会儿。

栀子搀扶着父亲，去了普生药堂。到了药堂屋里，爷儿俩就坐到了地上。

何三炼正在坐堂，见这父女俩进来，喝得烂醉，就急忙让小二把药堂的门关了，让伙计们收工回去歇着。药堂关了门，伙计们都收工了，小二和何三炼把爷儿俩搀到了后院何三炼的养心斋。何三炼对小二说，煮一壶醒脑汤：双花各三钱，蒲公英六钱，陈皮三钱，冰糖一块，水煎。

一会儿，小二将醒脑汤煮好，倒了两碗，给边孝轩和栀子爷儿俩服下。爷儿俩渐渐地清醒了。边孝轩对栀子说，你去到你婶子的厢房歇着，我和你三炼大叔说话。

栀子坐起来，要去厢房，却见衣襟里掉出两件东西来，吓了何三炼一跳，我的妈啊，这孩子腰里咋别着两把洋枪？

栀子把枪捡起来，又掖到衣襟里，笑着对何三炼说，大叔，这是德国撸子。

栀子出去了。

何三炼问，孝轩兄，这几天干啥去啦？

边孝轩说，去了一趟长春。

何三炼问，到长春干啥去？要在长春建牤字分号？走时咋不到我这儿？

边孝轩说，走得急，是小河园侯乃殊领我们去的。

何三炼说，侯乃殊领戏班子去边家大院唱堂会，整个儿雁县都知道了。孝轩兄，大家都知道你是聪明人，我总觉得你这事办得糊涂。侯乃殊来咱们雁县已经三年多了，雁县人觉得他是一个神秘人物。这个人也不懂人情，和谁也不来往，地方官吏他也不放在眼里。去年雁县县长到街上来和他打了照面，县长和他说话露着笑脸，可他却哼哈地答应，没把县长当回事。这小子这一年多没干坏事，也没干啥好事，街上的极乐烟馆他从来不去，六饼赌行的掌柜请他去赌他也不去，路过红粉阁窑子，他看都不看一眼，他不干坏事。要饭花子们到他门口，他也是看人下菜碟。小叫花子乞讨他分文不舍，丐帮头子来了，他每次都是五十块大洋，大青顶子沟里的绺子上他这儿揩油，他从来都出手大方。可街面上和他有点熟的人朝他借一百块大洋，他都不借。他太地道了。

边孝轩说，他不神秘，可他精明。我这次来想和你打探一件事，我和栀子去长春的时候，坐的是伏尔加轿车，路上日本人设卡，而对这辆车却一路放行。侯乃殊说是他借的轿车，他究竟借的是谁的轿车？

何三炼说，他是蒙你呢。这车就是他的，去年我还见他开着车去了哈尔滨。平时他的车不放在戏园子，他在县城的西郊有个四合院，车就放在那儿。给他看车的是两个直隶人，说话一嘴的唐山味。他的四合院后面是我的九坰山坡地，种的是党参，我给党参施肥的时候看得清清楚楚。

边孝轩说，他轿车前面有一个牌子，不知道画的是什么，就是因为这个牌子，才一路放行。到长春以后我仔细看了看这个牌子，上面画的冷眼看好像一摊牛粪，细看上面好像画的是花草。

何三炼说，我知道。这是"满洲国"的国徽。那上面是代表东北的高粱花、代表日本的菊花，和代表伪满的兰花。这叫"兰花御纹徽"，"县政府"也有这个牌子。车上挂这个牌子，那就是证明这车是"政府"的车。

边孝轩说，这侯乃殊看来是"满洲国"的人物，也是日本人的亲信。

何三炼问，你们这次跟侯乃殊到长春干什么去啦？

边孝轩说，还不是做生意？长春有侯乃殊干爹的茂源商行，他要销我的豆油。想不到茂源商行也和日本人联手了，日本人在控制茂源商行。日本人也有商行，叫阿部高善株式会社。侯乃殊要把我们也拉进去。

何三炼问，你同意啦？

边孝轩说，我没马上同意，我说得回去商量商量。这次到你这儿来，就是想听听你的主意。你这坐堂医也不是一般人物，你比我见多识广，更比我有智谋。你说我该咋办？

何三炼想了想，说道，这事很难，如果你不同意，你牤字号这个手指头肯定扭不过大腿，你要不和他们合作，他们什么事都能干得出来。如果你跟他们合作，你这牤字号就会被咱们关东人的唾沫给淹了。现在日本人占了东北，连护国军都不敢抵抗，你边孝轩敢抵抗吗？我看你可以和他们合作，不过你得学咱们县城老齐太太的办法。老齐太太摊煎饼，把煳巴锅的放在中间，上下几张煎饼是火候正好的，这是她的煎饼法。老太太还有卖鸡蛋法，老太太家里有鸡，她把大鸡蛋留给自己吃，把小鸡蛋拎到街上去卖。

边孝轩乐了，我明白了。我们油坊的油不能都给他。好油我们留着，次油给日本人。

何三炼说，好油把它转移，卖给咱们关东老百姓。次油用好油桶装，卖给日本人，价格还不能低。

边孝轩说，日本人还要给我们牤字号投资，还给我们拉洋设备。油要包销，据说都拉到日本去。

何三炼说，他们想得美！他们也不能守着油坊看着我们产油，他们知道我们产多少？他们知道哪些油好哪些油坏？

边孝轩说，他就是派人来我也不怕，我有办法。毕竟日本人少，我们人多。

何三炼说，你最好在别处开个商号，把油偷偷地拉到那儿去。你家半夏有心计，可以在咱们松花江下游的铁力县开个商号。铁力县县长叫何三车，是我叔伯兄弟。他虽然给"满洲国"当差，可不愿做日本人的狗。现在在大小兴安岭和完达山一带，都有抗日的队伍。他们虽然都是土匪起家，可和日本人也是势不两立。一入冬的时候，这些抗日义匪的粮食、棉衣就成了问题，三车暗中帮过他们。如果你们在那里建商号，三车可以帮助你们。

边孝轩说，我听三炼兄弟的。

何三炼说，不瞒你说，孝轩兄，上回我给加藤一矢开的药并不对症，我就他妈折腾他。后来加藤一矢在俄罗斯医生那里治好了病，我听说他骂中国的中医，说中国的中医是巫医巫术。他哪里知道中医能让人起死回生？

边孝轩说，三炼兄弟真让我佩服。

西厢房的丫鬟过来了，说，边家二小姐醒了。

边孝轩说，让她再歇一会儿。

何三炼问，听说侯乃殊要娶栀子，这事可是个大麻烦。

边孝轩说，也不麻烦，我有办法。

25　薛子良失踪

边孝轩和栀子傍晚才回到边家大院。

边孝轩发现院子里很冷清，家丁们也都无精打采。原来院墙上的炮台都有炮手站着，现在也不见了炮手。边孝轩问一个家丁，小斧子呢？

家丁结结巴巴地说，小……小斧子……走了，不，是……

边孝轩去了大堂。院里的丫鬟早就通告了家人老爷回来了。高蕙兰和赵寒梅也都匆匆地去了大堂，半夏和沉香也去了大堂。

半夏把栀子拦在门外，说，小斧子让人给害了。

栀子一怔。让谁害的？小斧子也没出去押运，一个看门护院的家丁头，怎么能遭人害呢？

半夏说，你和爹走了以后，小斧子心里好像觉得不太得劲儿，就找我，他说他想回老家，离开咱们边家大院。我劝他，让他等你和爹回来再说。小斧子也不听劝，硬要走，我就给他算了工钱，他拿走了一万块大洋。我又给了他一匹马，谁知他被人害了……前天晚上有人看见江边上有小斧子的那两把斧子，斧子上还有血迹，马和尸首都不见了，很可能小斧子被害以后让人扔到了江里。

栀子流下了眼泪，说，小斧子，我对不住小斧子。

半夏说，依我看，杀害小斧子的可能是段小麻子，他在替他父亲报仇。

栀子摇了摇头，我看不是。段小麻子要是为了给他父亲报仇，也等不到今天。他有许多机会可以把小斧子杀了，但他没杀。段小麻子心里非常有数，他的仇人并不是小斧子，而是我们老边家。

半夏说，你说的也有道理。

边孝轩望了望家人，说道，我和栀子回来了，这趟去长春也是开了眼界。咱们雁县是个小地方，百里外发生了什么，我们有的时候都不知道。现在知道了。整个东北已经成了"满洲国"，许多日本人都殖民到东北来了，是宣统皇帝让他们来的。宣统是清朝的最后皇帝，他改了国号，也是为了将来复兴清朝。咋复兴？他觉得清朝的遗老遗少没有这个能力，就按照咱们关东人的说法，找了个拉帮套的。日本人就是"满洲国"找来拉帮套的。

高蕙兰说，拉帮套在咱们关东是下贱的事。人家不能白拉帮套，掌柜的得把媳妇让出去跟人家睡，人家才能拉帮套。人家不到落难的时候是不找拉帮套的，这宣统看来是没啥能耐了。

赵寒梅说，宣统是引狼入室。

边孝轩瞪了他们一眼，说，你们都别插嘴，等我把话说完。这些年国号总变，皇帝也总变，但百姓求温饱求太平的心劲儿没变。我们要的就是求温饱，求太平。无论谁到关东来，也都长不了。不是因为水土不服，而是因为关东人都有犟脾气。你不招我惹我，我也不搭理你。你要欺负我，咱也敢和他对着干。这次在长春见到了日本开拓团的最大的官儿阿部高善，他没小看我边孝轩，他对茂源商行的老板宋甲奎说，边家的牤字号是关东第一油坊。还有一个日本人叫加藤一矢，说中国关东民族工业的发源地有旅顺、奉天、哈尔滨，而哈尔滨又是日本等各国移民集中的地方，移民也推动了地方民族工业的发展。而牤字号最有实力……说得挺深，我有点听不懂。

半夏说，爹，你就直说吧。茂源商行能帮我们销多少油？日本人在这里起什么作用？

边孝轩对栀子说，栀子，你说。

栀子说，茂源商行已经被日本的阿部高善株式会社给合并了，他们也要把我们牤字号给并进去。日本人要给我们牤字号投资，给我们洋设备，我们牤字号生产的油都交给日本人销售。

高蕙兰说，这是好事啊。

赵寒梅说，不是好事，这是日本人杀猪前的动作。杀猪的人先要给猪挠痒痒，猪舒服了就躺在地上，然后杀猪的人趁猪不备，就一刀把猪捅死了。

沉香说，二姨说得真恰当。

边孝轩问赵寒梅，你和沉香同苏联人谈得咋样？

沉香说，俄罗斯老板安德烈和日本人不一样。日本人和我们合作是日本开拓团对中国企业的吞并行为，有日本国的意志在里边。日本人在背后操纵"满洲国"，把我们牤字号已经送到了他们的嘴边上。而安德烈和他们不一样，安德烈的小舅子伊凡是俄罗斯的资本家，代表的是他个人，而不是他的国家。我们和他的合作可以有退路，但和日本人的合作就没有退路。

赵寒梅说，伊凡也能从俄罗斯给我们运来洋机器，也可以给我们投资。当我们给他的油抵了这些洋设备和他的投资以后，就可以和他解除合同关系。和俄罗斯人合作，我们没有风险。

栀子说，如果我们不和日本人合作，日本人也不会让我们和俄罗斯人合作。东北现在落入了"满洲国"的手中，也就是日本人的天下。既然我们已经和日本人有了往来，就不能不和人家合作。如果不和人家合作，不是我们的牤字号被日本人吞并的问题，很可能我们老边家也会家破人亡。

边孝轩长叹一声，好了，我也有点累了。容我再考虑考虑。

边孝轩离开了大堂，家人也都散了。

半夏走出大堂，又回到油坊。她在找薛子良，可薛子良没在屋。她就问油工，薛子良呢？

油工说，刚才他在豆饼仓库喝了半瓶酒，又自个儿下了一盘盲棋，然后就出去了。

半夏感到有些不妙，就又回到油坊，进了豆饼仓库。见地上放着酒碗，还有半碗没有吃完的炸鱼。半夏又找棋盘，见一块豆饼上规矩地放着棋盘和象棋。棋盘上只有三枚棋子，红蓝各一枚将帅，蓝棋的河界上静卧着一枚卒子。这盘棋看着是蓝棋赢，其实是一盘平局棋。

半夏长叹一口气，他终于走了。

半夏觉得薛子良离开油坊应该算是一件大事，就连夜敲开了爹的门。爹还没睡，娘和栀子也在屋里。

半夏说，爹，薛子良走了，他一走，牤字号榨油的许多绝活儿也就被他带走了，这个家伙是一条狼，看样子他要毁了咱们牤字号。

边孝轩笑了，他通棋道，可他并不通商道，我早就料到他会有这一手儿。他只懂得油在下榨的时候怎么加温，怎么给榨油的杠子捆绑。油的味道香不香，还有一道程序，那就是往下榨的豆子里放盐水，豆子的湿度要用盐水来调。懂得这门技术的，是我。

栀子说，爹，你应该把这个绝活儿告诉我姐。

半夏说，咱爹不告诉我是对的。爹也把握不了我这辈子是不是能不离开牤字号。

边孝轩说，大闺女，你别挑你爹的礼。你爹不是信不着你，而是为了咱这牤字号。

高蕙兰问，侯乃殊和伊凡对我们老边家来说都是一把刀，咱们既要把他们放进来，又得挡住他们手中的凶器……栀子能挡得住，沉香身单力薄，就不一定挡得住了。沉香不应该和伊凡来往。

边孝轩说，三闺女自己拿主意吧。

沉香正在二姨妈赵寒梅的屋里。这几个月，沉香和二姨妈处得很亲。沉香也越加觉得在边家大院里，也就二姨妈受过教育，看事情有眼光。遇到大事情，沉香也愿意与二姨妈商量。

沉香问，二姨妈，我该不该嫁给伊凡？

赵寒梅说，你该嫁给伊凡。看样子你爹不会同意牤字号和伊凡合作，你就更应该嫁给伊凡了。这并不是为了补偿他，而是在关键的当口，伊凡会成为你的靠山。

沉香说，伊凡的胳膊再粗，他还能别过"满洲国"的大腿吗？

赵寒梅说，沉香，我问你，洋轿车和铁钉子谁大？

沉香说，洋轿车大。

赵寒梅说，但一颗铁钉子能把洋轿车毁了。

沉香笑了，二姨妈，我明白了。

高蕙兰对边孝轩说，日本开拓团已经在江北高家窝棚圈地了。高家窝棚的大户高守堂有一千三百垧地，让日本开拓团惦记上了。高守堂让出了一百垧地，想讨好日本人，别再打他一千二百垧地的主意。日本人不领他的情，三天的时间就在他的地里钉上了圈地的石界。高守堂的儿子高占远是码头镖局的，领着十几号人和日本开拓团交了手，高占远让日本人给打死了。这日本人可得罪不起。栀子要是嫁给侯乃殊，就快点把事办了吧，栀子往后就没人惦记了。

边孝轩说，闺女嫁给他，不能让他感觉到是恭维他，进了边家的门，就得让他知道，他想在边家当家做主，难！和日本人合作，那是生意上的合作，并不等于我们老边家就归他们管了。

高蕙兰说，无论是在边家大院还是出了边家大院，栀子得是一家之主。

半夏说，他侯乃殊靠的是日本人，可他不能在老边家当爷。

栀子说，他得当孙子。

这时又有人敲窗户，栀子推门出去，见是一个家丁，把一只野鸡扔到栀子的脚底下。这野鸡像是被飞刀击中的，正在挣扎。

栀子问，从哪儿捡来的？

家丁说，别人从东墙外扔进来的。看样子好像是段小麻子习武堂的人干的。二小姐，是不是往段小麻子习武堂的院里放两土炮？

栀子想了想说，你们到山上的野猪沟抓一只野猪，猪脖子上插一把刀，扔到段小麻子的习武堂里。

家丁说，二小姐放心，两袋烟的工夫就把您的吩咐办了。

栀子又进屋了。

边孝轩叹一口气，说，明天把侯乃殊请来，我要跟他喝酒。

26 野 猪 肉

边孝轩打发聂晓蒲去小河园戏园子请侯乃殊。边老爷子是一个好面子的人，他不会去请侯乃殊。聂晓蒲去请侯乃殊，拿了一张黄色绸子包麻布请柬，请柬的落款也不是边孝轩，而是边半夏。这有双层含义，一是告诉他这忙字号现在的掌柜是半夏，二是让侯乃殊明白，忙字号是由他的闺女们管理，他边孝轩不能当家做主。聪明的侯乃殊看完了请柬，就看出了边孝轩的用意，他没有答应聂晓蒲，而是也写了复柬，让聂晓蒲捎回去。侯乃殊在请柬上写了两句戏文：

半夏大小姐：
雕鹰进林百雀哑音
百雀出林雕鹰失神

落款是：侯乃殊即日复。
半夏收到侯乃殊的复柬，不知这侯乃殊是何用意，就交到父亲的手里。边孝轩笑了，说道，你这雕鹰想让百雀哑音，是给我下马威，你还不是仗着日本人？

边孝轩又找出请柬，很快就写出了几行字，对聂晓蒲说，交给侯乃殊，让他转给他干爹宋甲奎和阿部高善。

请柬写道：

阿部高善团长并甲奎兄：

　　近日想将次女嫁与侯乃殊先生，设定亲宴，请来雁县饮喜酒并议东亚共荣。

边孝轩这一招也真是制住了侯乃殊，侯乃殊下午就拎着四盒礼去了边家大院。家丁认出了侯乃殊，便在院子里喊，侯老爷到！半夏从油坊走了出来，不打扮也不梳理，用围裙擦着手说道，想不到侯先生突然驾到，半夏我也没有啥准备。擦完手，便喊院里的丫鬟。丫鬟问，大小姐有何吩咐？

半夏说，备酒席，迎接贵客驾到。

丫鬟问，今天来的是贵客，要备哪款套餐？

半夏说，春风喜雨套餐：白芝麻酱炖马哈鱼宽粉、鹿肉汤清炖猴头蘑、山火鸡烧松子、干角瓜丝炖狍子皮、蛤蟆油烧茄子、山蕨菜炒山椒……

侯乃殊摇摇头，说道，这些山珍我一口不动。大姐还对我不知根不知底，我喜欢下人的吃食。来四个菜吧，土豆片，辣椒片，粉皮拌芥末，拌点芝麻酱更好，大豆腐拌黄酱，并佐以小葱、香菜，再加个萝卜条豆腐皮汤也行，主食是三合面贴饼子、焖高粱米干饭。

半夏就笑了，真正的下人要吃肘子肉、炒猪下水，上等人才吃粗菜杂食。

这时栀子扛着一头野猪走进院子，她腰间别着短刀，脸上还有血。她看见侯乃殊，就像看见普通客人一样。打完招呼，她走近侯乃殊，使劲儿给他一拳，你这家伙真有口福，我今天逮住的这只野猪是个小猪，好炖，没有多少腥味。

侯乃殊很兴奋，说道，就吃它了。

侯乃殊到了边家大院，院里的人不像上一次他领着戏班子唱堂会时那样，拿他当大人物。这次他进边家大院，就不再是大人物了，院里的人没有谁搭理他，边孝轩老爷不打发人请他去大堂。侯乃殊是个有度量的人，什么场面没见过？他也不介意，就跟在栀子的身后，说，咱们俩把这野猪毛燎了吧。炖野猪肉没小半天炖不烂，我还等着吃呢。

栀子说，你别老跟在我身后了，还不去大堂看看我爹？

侯乃殊说，吃饭的时候一块儿看吧。

栀子这才真正感觉到侯乃殊是滚刀肉，对老边家人，他也是谁都不放在眼里。半夏在院子里喊，侯先生。

侯乃殊脸上也蹭上了猪血，他用栀子的围裙擦了擦脸，回头问半夏，大姐，啥事？我正在和栀子收拾野猪。

半夏说，老爷子让你去大堂。

侯乃殊心里在乐，这老爷子还是沉不住气了，就随半夏慢慢地去了后院的堂屋。进了堂屋，见边孝轩正在喝茶，就哈腰说道，老人家，知道您正在歇着，就没敢过来打扰您。

边孝轩说，多亏你进这堂屋进得晚，我也是刚醒。他揉了揉眼睛问半夏，啥时吃饭？我有点饿了，侯先生看样子也饿了吧。

侯乃殊说，饿是饿了，可我不想急着吃。我等着吃炖野猪肉，快下锅了。

边孝轩问，这两天咋没过来看看我？咱们一块儿去长春，这一去一回，我还真看中你了。两日不见还真想你。

侯乃殊说，跟我一样，昨天我睡觉还梦见您了呢。

半夏就忍不住笑了，她听出来了，两个男人都在说假话。

天傍黑的时候，丫鬟过来请边孝轩和侯乃殊去乐膳房吃晚饭。两人落座，丫鬟就将一坛子野猪肉端了上来。丫鬟说，对不住了，这野猪肉好像没炖烂。

侯乃殊说，没炖烂好，我不喜欢吃熟透的东西。

边孝轩和侯乃殊一块儿吃饭喝酒，家里其他人没有上桌。两个人一人喝了一杯酒，边孝轩说，你和栀子定亲，茂源商行的宋大哥和日本朋友阿部高善应该过来庆贺。什么时候捎信儿过去？

侯乃殊说，不用捎信儿，三天后他们就到了。不过不是两个人，是二十人，都是开拓团的人，要在镇西圈地。老人家，镇西有没有咱的地？

边孝轩说，不多不少，正好一百垧。

侯乃殊说，开拓团来了，那可就不是一百垧了。应该是一百五十垧。

边孝轩说，听说开拓团给我五十垧地还要钱？我拿不出钱来。

侯乃殊说，由阿部高善出钱。往后雁县镇西十八里路，至少有我们六千垧地。不过产权不能光写您一个人的名字，还得写上阿部高善的名字，因为这些地归牝字号，用来种大豆，算是咱们油坊的生产资料基地。

边孝轩说，这怎么行？这一带的百姓不得骂我啊。

侯乃殊说，他们不但不骂您，还得夸奖您。阿部高善有指令，收购雁县农民的大豆，要比收购别的地方的价格高出百分之五，要不然怎么能说是"日中亲善"。

边孝轩自言自语，"日中亲善"？

侯乃殊给边孝轩倒酒，老人家，我敬您一杯。

边孝轩笑道，往后我要的不是你给我敬酒，我要的是你敬我们牝字号，敬我边孝轩的家族。

侯乃殊又唱戏：

井深没有鱼但青蛙可以在水里相亲
河深没有青蛙但鱼可以在水中嬉闹成群

边孝轩听着侯乃殊唱的这两句戏文，当然知道这秀才的用意。

侯乃殊唱完，又问，老人家，我是个文人，可我也不穷。定亲这么大的事，我是该献上聘礼的，不知道老人家喜欢什么，也不知道二小姐喜欢什么。

边孝轩笑道，其实你已经答应给我一份大礼了。这份大礼就是榨油的东洋机器，还有比这礼更大的吗？

侯乃殊说道，这不应该算是我的聘礼，这是加藤一矢和阿部高善在牤字号的投资。我应该另外送上一份定亲礼。

边孝轩问，啥定亲礼？

侯乃殊说，一辆东洋汽车。这汽车平时可以让咱们老边家人坐着去哈尔滨，去长春，去奉天兜风，还可以拉四十桶豆油。

边孝轩笑了，这个礼也不小。

这时栀子闯了进来，说道，我得要两件聘礼。一把日产十四式手枪，也叫王八盒子。还有一挺歪把子轻机枪。

侯乃殊吓了一跳，说道，整这些枪干啥？

栀子说，阿部高善株式会社牤字号油厂需要家丁护院，没有好枪怎么能行？

侯乃殊说，这可难为我了，日产武器多由日本开拓团护卫队管理，你就是花多少钱也买不来。

栀子说，那你这侯先生跟日本的关系还是不密切。

侯乃殊说，咋密切？他们是日本人，我是中国人。

边孝轩说，你这孩子净瞎胡闹，往后有东洋人帮助咱们看门护院，咱们还备什么枪炮啊？

侯乃殊说，老人家这句话可说到了点子上。

边孝轩说，侯先生，别跟栀子这孩子论长短了。吃菜喝酒。

侯乃殊说，老人家，往后可不能叫我侯先生，叫我乃殊就行。如果觉得不上口，就叫我的小名，小殊子。我也该叫您……

栀子说，叫岳父大人。

侯乃殊说，有点太文了，不如叫爹亲。

栀子说，你的爹太多，管我爹叫爹反倒不亲了。

侯乃殊就笑，边笑边说，栀子也是文武双全啊。刚才这句话要是落在戏文里，那可就是戏眼。

栀子就给侯乃殊夹一块野猪肉，又问，这野猪肉香吗？

侯乃殊说，香。

27　油　画

　　晚饭时沉香没有去大堂，而是到赵寒梅那儿去吃。赵寒梅从地窖的冰藏柜里拿出了一块全麦列巴，这是娜塔莎西餐厅的正宗列巴。赵寒梅自己做了俄式红汤，又让厨房给她做了一盘烧羊排。边家厨房的厨子也有会做西餐的，厨子韩玉如是混血儿，父亲是白俄人，母亲是江北大财主韩占武的老闺女。父亲被大青顶子的土匪杀了，母亲去了奉天，嫁给了奉系军人中的一个团长，那团长容不下韩玉如。韩占武活着的时候和边孝轩是把兄弟，韩玉如就投奔了边家大院。韩玉如在边家不是下人，可以和边家人一起上桌吃饭，她和高蕙兰、赵寒梅相处得都很好。韩玉如当地的乡土菜做得好，西餐也能做几道。

　　韩玉如把羊排端上来，赵寒梅就让她坐在沉香旁边和她们一块儿吃。韩玉如说，等我把厨房里的事忙完了就过来，今天二小姐相姑爷，我不能躲清静。

　　赵寒梅说，我也不留你坐太长的时间，就想跟你唠几句嗑儿。

韩玉如坐下，沉香就给她找刀叉。

赵寒梅说，想问你几句话。你还能想起你爹啥模样吗？

韩玉如说，我爹被土匪绑的那年，我十一岁，对我爹的模样记得一清二楚。他一脸的大胡子，但面很善，做人也实在。我爹被大青顶子的土匪绑去，不是因为有仇恨，而是因为我爹有一块怀表，金子做的。我爹不知道做人应该小心，那块怀表他经常揣着，就惹了麻烦。土匪把我爹抓到山上，让他交出那块表，我爹就实话实说了，说那块怀表给了哈尔滨的黑龙帮头子黄大蝎子，土匪就把我爹砍了。我爹很讲究，胡子梳理得又黑又亮，戴着的礼帽一尘不染……我妈跟我爹总是很亲热，别看他们不是一个国家的人，可他们生活在一起很幸福。我爹死了，我娘发誓要给他报仇，就嫁给了奉系的高团长。高团长比我妈大了二十多岁，脸上有麻子，枪打得准。我妈和他结婚的条件就是要把大青顶子的绺子曹大眼珠子杀了，不到半个月的时间，高团长的手下就拎着麻袋回来了，里边装着曹大眼珠子的尸体。那天我妈喝了不少酒，也就在那天，我妈打发人把我送到了老边家。

赵寒梅说，你有苏联人的血统，我对苏联人有好感，这种好感来自我读了托尔斯泰的小说。托尔斯泰告诉我们应该怎么做女人。

韩玉如说，将来我也得看看托尔斯泰的小说。

沉香说，我也得看。

韩玉如走了。沉香吃着列巴，喝着红汤，说道，不知道伊凡现在怎么样了。他在干啥，他还会来找我吗？

赵寒梅说，他会来找你，不过眼下他不能来，因为他已经看出边家大院出现了险情。如果你对伊凡有意，过几天我和你再去一趟哈尔滨。

沉香说，我确实看上了伊凡，但我又怕害了他。侯乃殊是个阴险的家伙，他容不下伊凡。如果我和伊凡成亲，他会认为伊凡还会和我们牝字号合作，说不定他会害了伊凡。

赵寒梅说，沉香，你长大了，你判断事情的能力超过了你的两个姐姐。你的两个姐姐看着精明，其实她们都很幼稚。薛子良离开牝字号，就是半夏的失败。佟小斧子离开牝字号，也是栀子的失败。她们两个人都左右不了牝字号。危难之时，你爹很沉着，别看他表面上屈服了日本人，其实将来，他会战胜日本人，我知道你爹的心劲儿，在这一点上，你很像他。而你的两个姐姐都像你的母亲，表面精明，却净做傻事。

沉香说，其实我妈不傻，有时候她装傻。

赵寒梅就示意她，小点声，这话可不能让你妈听见。

两个人吃完了列巴，喝光了红汤，赵寒梅又从橱柜里翻出一瓶格瓦斯。沉香把格瓦斯的木塞拔了出来，倒满了两只俄产的银杯。两个人正喝着格瓦斯，高蕙兰推门进来了。

赵寒梅急忙站起来，大姐，你快坐下。

沉香又找来一只银杯，倒满了格瓦斯，放到她妈面前。高蕙兰一口把一杯格瓦斯喝了，冲沉香埋怨道，你二姐要定亲了，你二姐夫今天来，你也不过去看看。

沉香说，我有点烦那个戏子。

赵寒梅说，要不我也该过去，这侯乃殊说话不中听，除了吹牛，就是满口的戏文，我也烦他。

高蕙兰说，不瞒你们说，我也烦他。不过，不管好赖，这门亲算是认了。往后这侯乃殊在咱们老边家，耳濡目染，也许就着调了。

赵寒梅说，大姐，我们还是听你的。她对沉香说，走，过去给你二姐夫倒杯酒。

沉香很不情愿地站了起来。

几天以后，赵寒梅又和沉香乘"索菲亚"号轮渡去了哈尔滨。

娜塔莎西餐厅的生意有些冷清。西餐厅里只有两三个苏联人在吃西餐，还有四五个日本人也在吃西餐。安德烈脸上没有笑容，显得很疲惫。几个俄罗斯姑娘在端盘子的时候，也小心翼翼地躲着日本人。

赵寒梅和沉香进了西餐厅，坐在一个角落。有个俄罗斯姑娘认出了赵寒梅和沉香，就用俄语和赵寒梅打招呼，赵寒梅也用俄语冲她问好。赵寒梅和沉香没有马上打扰安德烈，就让俄罗斯姑娘端来一瓶伏特加，又让她端来一盘俄式鱼子酱。两个人慢慢地喝着，不时地看着安德烈。安德烈终于看见了她们，慢慢地向她们走来，用生硬的汉语和她们打招呼。

赵寒梅问，娜塔莎和伊凡在吗？

安德烈说，娜塔莎回苏联了。伊凡白天睡觉，晚上替我管理餐厅。

赵寒梅问，西餐厅的油够用吗？

安德烈说，还能用两个月。你们牤字号再给我们送来三十桶，我会付现钱。

赵寒梅说，我们回去就办。明年你们西餐厅的用油恐怕就不方便了。日本人跟牤字号合作经营了，他们出机器，我们出劳务和生产原料。百分之八十的经营权归了人家。

安德烈笑了，这哪是合作经营，这是掠夺。

赵寒梅说，我们已经看出了牤字号将来会毁在日本人手里。不过关东有一句俗语，叫作老天饿不死瞎家雀儿。

安德烈说，你们不会变成瞎家雀儿。你们会变成老鹰。

沉香忍不住问，伊凡什么时候来？

安德烈说，晚上五点左右。安德烈看了看手表，说道，现在三点多钟了，他已经休息完了，你们可以到家里去找他。

沉香说，好。我们到家里去找他。

赵寒梅问，最近伊凡在忙什么？

安德烈说，除了帮助我管理餐厅，他整天在看书。

赵寒梅说，我们想去看看他。

安德烈说，你们去吧，他会很高兴的。安德烈看着沉香说道，你真是一位美丽的姑娘。伊凡请俄罗斯画家季里扬洛夫为沉香姑娘画了像，季里扬没有看到沉香姑娘，他是凭着伊凡对沉香姑娘细微的描述画出来的，很像，这是个奇迹。

沉香很兴奋，说道，真的吗？我真想马上就看到那幅画。

安德烈把赵寒梅和沉香送到一辆伏尔加轿车跟前，拉开车门，请她们上车。安德烈说，晚上请你们和伊凡到我这里来喝伏特加。赵寒梅笑道，如果时间允许，一定回来和您畅饮。

　　伏尔加轿车笨重地在石头大街上行驶，拐了两个弯，就到了高加索大街西侧的小楼。赵寒梅和沉香下了车，就按这座俄式小楼的门铃。也许这铜门铃生锈了，发出的声音并不清脆，好像锤子击打乡村的秤砣。院子里的侍者，那个大胡子男人将门拉开，笑着对他们说，两位小姐好像来过。

　　赵寒梅说，请告诉你们主人，我们是从雁县来的。我叫赵寒梅，这位姑娘叫沉香。

　　大胡子侍者似懂非懂，赵寒梅就用俄语复述了一遍，大胡子侍者连续说了两声哈拉少。没等大胡子侍者进楼里，伊凡就迎了出来，他又把赵寒梅和沉香领到了一楼的咖啡屋。赵寒梅和沉香坐下，伊凡说，我有预感，觉得你们这两天应该来了。

　　沉香说，你的预感并不准确，我和我二姨妈不是专程来看你的，是陪我姨妈在哈尔滨逛洋行，顺路到你这儿看看。

　　伊凡说，即便是顺路，我也已经感到非常荣幸了。

　　赵寒梅说，伊凡先生以后还打算在哈尔滨这一带做什么生意吗？

　　伊凡说，豆油啊。我不是已经跟你们说过了吗？中国产的豆油要比俄罗斯产的油味道醇香。中国的大豆是草本植物，而俄罗斯普通人家用的橄榄油是木本油，炼油工艺复杂，吃着也没什么味道。看来我和牤字号的合作已经有了困难，但是在中国，我有许多选择，中国除了生产豆油，还生产玉米油、芝麻油、葵花油，还有花生油，它们的味道不比豆油逊色。

赵寒梅说，看来伊凡先生就没有可能和我们合作了。

伊凡笑了，这取决于你们牤字号。

赵寒梅说，我们这次来哈尔滨，虽然是逛洋行来了，但也是来和你谈一件事。那就是，你不和我们牤字号合作生意了，那么你和沉香的爱情是不是也终止了？

伊凡没说什么，他击了两下掌，大胡子侍者进来，他用俄语对大胡子侍者说了几句话，大胡子侍者就上楼了。一会儿，他走下来，捧着一幅画像，是典型的苏联油画。

伊凡问赵寒梅，您看像沉香小姐吗？

赵寒梅恭维地说，像，太像了。

沉香仔细地看着油画，说道，眼睛和鼻子像，嘴稍大了些，头发不像。这种发式，中国的乡下女孩子是不会梳的。这幅画是中俄艺术的融合，这话我说不出来，伊凡先生能说明白。

伊凡笑了，我娶了你，会让你变成散发着俄罗斯气息的中国少女……沉香，你喜欢吗？

沉香爽快地说，喜欢。

伊凡说，你们来得很及时。要不然这几天我也要去雁县，向沉香求婚。

沉香说，谢谢伊凡先生。不过，我不能答应你的求婚。

伊凡问，为什么？

赵寒梅抢先说道，沉香虽然是个乡下姑娘，可她也是一个有文化的少女。老边家对这三个闺女从来都没给她们捆绑过枷锁，她们的才能，在牤字号也得到了充分的发挥……既然沉香在牤字号商铺里当掌柜，她的婚姻选择也得征求父母的意见。

伊凡说，这是搪托，沉香考虑的恐怕不是这么简单的问题。我和侯先生介入牤字号，实际就是等于两个国家的商人都把手伸到了牤字号。你所担心的是我不会和侯先生和睦相处，甚至你会设想我们会设计谋将对方置于死地。我应该不是日本人的对手，放心，我不会和他们硬碰硬的。这和爱情是两回事。

沉香说，你和我结婚了，打算在边家大院安家，还是在哈尔滨安家？

伊凡说，边家大院和哈尔滨都应该有我们的家。不过，我不会插手牤字号油坊的生产，以及和牤字号有关的一切业务往来。

沉香说，我还是不太明白。

伊凡说，我已经告诉你了，你也回答了我。

沉香说，我什么时候回答了你？

伊凡就举起了那幅油画，请沉香小姐仔细看。你的表情，你的眼神，告诉了所有人，你是胜利者，你的身后还站着一位胜利者。

沉香点点头，伊凡，你已经是胜利者了。

28　兴和大堂议事

第二天一大早，边家大院弥漫着野猪的煳香味。

那天栀子让家丁抓了两头野猪，一头野猪脖子上插一把刀，扔到段小麻子的习武堂院里。段小麻子没觉得是栀子对他的回应，其实掉到边家大院的山火鸡，也不是段小麻子故意扔过去的。段小麻子请来的蒙古刀王额白巴尔思，领着大伙儿练飞刀，一只山火鸡没有被砍死，额白巴尔思补上了一刀。这山火鸡是自己飞到边家大院的。

栀子腰间别着两把德国撸子，去了段小麻子的习武堂。栀子一进院，就对段小麻子说，小麻子，你也太狂了。你把山火鸡插上飞刀扔到了我们边家大院，是想向我们示威吗？如果你想知道边家大院有几门火炮，多少支火枪，那待一会儿就让你见识见识。

段小麻子说，真是误会。是我们练刀不慎，山火鸡才跑到了边家大院。没有别的意思，多有得罪。

栀子看着院子里的大铁锅煮着野猪肉，段小麻子和两个家丁正在炭火上燎猪蹄子，就说道，这头猪是我们犒劳

162

你们的，是两个家丁逮住的。不知道这野猪肉的味香不香。

段小麻子说，如果烀烂了的话，比家猪肉都香。不过煮肉时的料要放全了，要有豆蔻、桂皮、陈皮、八角、香叶、首乌，这肉吃着不生痰，补阳生津，益肾乌发。这是满汉全席的做法，满汉全席叫这炖野猪肉为地笑肉。

栀子笑了，我不是来听你给我讲满汉全席的，我是警告你，老边家不愿意计较鸡毛蒜皮的事，老边家喜欢把事做大了。

段小麻子说，二小姐，我听懂了您的话。往后老边家遇到大事，我们也会帮你们一把。因为我段小麻子也喜欢把事做大了。

栀子扭头走了。

段小麻子说，二小姐您慢走，等野猪肉炖熟了，我打发人给您送一碗。

栀子说，还是你自己吃吧。

刚吃完早饭，侯乃殊坐着轿子，又来到了牤字号。下了轿子，就进了边家大院。家丁知道他是边家将来的姑爷，都哈着腰，给他让出一条路来。他直奔边孝轩所在的大堂，边孝轩刚吃完饭，正在抽烟袋，见侯乃殊又来了，就淡淡地说，乃殊，这么早就来了，有事吧。

侯乃殊从兜里掏出一封信，递给边孝轩，说道，这是阿部高善给您写来的信。他的汉字写得不太好，我给您念一遍。说完展信就念：

边先生：

　　看到先生对大日本如此诚意，开拓团非常感动。此举已报满洲国，满洲国会进行嘉奖。为牤字号之发展，为日中友善之良好开端，开拓团决定近日赴雁县大批征地，以保证牤字号油坊的生产原料供应。此举乃大日本及大满洲国为关东民生之大计，而实现王道乐土，定会受到满洲人民的拥护。

　　天皇陛下万岁！

　　　　　　　　　　　　　　　　阿部高善

　　　　　　　　　　　　　昭和六年八月十九日

　　边孝轩心里在说，先征地，百姓能信吗？就问，东洋的洋机器什么时候拉来？

　　侯乃殊说，征地结束后，机器就到。阿部高善准备这几天就到雁县，已和雁县的县长通报了，开拓团征地由县长亲自维护，为征地顺利，县里还成立了开拓团护卫队。估计超不过十天，征地就会结束。

　　边孝轩不说话，又装了一袋烟。

　　侯乃殊给边孝轩点烟，说道，阿部高善要来，咱们家是不是得举行个欢迎仪式？主意您出，事情由我来办。

　　边孝轩说，你看着办吧。阿部高善是你的上司，他得意哪一口儿，你知道。

　　侯乃殊想了想说，我得找县长，让雁县出一百名年轻的妇女，身穿日本和服，手持白绢子做的樱花，在雁县的正街欢迎阿部高善的到来。最好能让她们用日语喊口号，口号是东亚共荣，共荣共荣！

边孝轩瞪了侯乃殊一眼，你让雁县的年轻妇女丢人现眼是不是？你不怕雁县人骂你啊？

侯乃殊说，那就一切从简，沿街挂几幅标语就行了。

边孝轩把烟熄灭了，对侯乃殊说，你该干啥去干啥去，我该歇着了。

侯乃殊觉得无聊，就走了。他在院子里找栀子，栀子正和院子里的家丁操练铜戟，栀子一手一把铜戟，和两个家丁对打，最后还是被家丁按在了地上。这时侯乃殊过来了，给两个家丁一人一脚，将栀子扶了起来。

侯乃殊对两个家丁说，这么没规矩，敢和主人玩真的！

栀子说，我和家丁操练，从来都玩真的。今天和他们玩有点不舒服，墙外有猪毛烧焦了的味道，闻了有些犯恶心。

侯乃殊飞身上墙，见不远处有一口大锅正在冒热气，一座砖砌的火炉子正烧着木炭，木炭上放着野猪蹄子。侯乃殊从腰间掏出德国撸子，对着火炉子就开了两枪。火炉子被炸破了一个角，炭火落在地上，野猪蹄子也滚到了地上。

段小麻子对着侯乃殊抱拳，侯秀才，你文武双全，真让我佩服。想不到你的枪法也这么好。不过，你打我的炭火炉子，不算好枪法，我一会儿放出来两样东西，你要把它们打死，我就将这野猪肉扔到江汉子里去。如果打不着它们，对不起，我还得在这炭火上烤野猪蹄子。说着，就对身边的汉子使了个眼色，汉子进屋，拿出一个笼子。他打开笼子，从笼子里跑出了两只桦鼠子。这桦鼠子出奇地灵活，不擅在地面上跑，贴着树皮上树，转眼就没影了。两只桦鼠子飞快地跑到一棵粗大的桦树下，侯乃殊在掏撸子的时候，两只桦鼠子就已经爬上了树，在桦树枝上来回跳跃，让人看得直晃眼。侯乃殊朝树上放了两枪，落下的不是桦鼠子，是两截桦树枝子……

段小麻子就将砖炉子堵上两块砖，将炭火夹进炉内，也把两只野猪蹄子扔进炭里了。段小麻子冲侯乃殊又一抱拳说，秀才，对不起了。

侯乃殊骑着墙，笑了，他唱了两句戏文：

看薄风起狼烟浓人情无踪影
听雷声雷声滚动地下无雨却结寒冰

段小麻子就给他鼓掌喝彩，唱得好，唱得好！

侯乃殊从院墙跳下来。栀子说，这段小麻子臭不要脸，别理他，他没啥能耐，但他做事死皮赖脸，还是躲着他点好。

侯乃殊说，这小子可不是癞皮狗，脸上有英武相，我们对他小瞧不得。

栀子说，说不定哪天他把我惹急了，我让他尝尝德国撸子子弹的味道。

侯乃殊说，使不得，他天庭挺阔，你压不住他。我要压，就能压住他。你看我的耳朵和腮，乃是天兵天将之相……可我不惹他。我天生就不是做小事的人，许多大事等着我干。

栀子说，善事都是小事，恶事都是大事，只要你不作恶就行。

侯乃殊说，天下无人能斟酌出孰善孰恶。善极乃是恶，恶极也是善。

栀子说，我好像从哪儿听见过这句话。

侯乃殊说，不是从韩非子那里，就是从我的戏文里。

栀子说，时候不早了，你也该回雁县了，这几天大院不备午饭。

侯乃殊说，那你跟我一块儿回雁县吧。咱们下馆子，吃泰和楼的戏水鸳鸯菜。

栀子说，走吧。

天快傍黑的时候，边家大院门前来了几个人，要见边老爷。家丁说，老爷正在睡觉，要见就明天早晨见。

一个精瘦的小老头说，快请边老爷出来跟我们见一面，十万火急，有大事情向他讨教！

家丁问，你们是干啥的？

精瘦的小老头说，我们都是这方圆三十几里的农户，我们是十六个屯落的族长。我叫秦惊蛰，边老爷认识我。在秦家窝棚，我有一千三百垧地，和边老爷在一起吃过饭。

家丁进院禀报。不一会儿，半夏出来了，说道，各位乡亲，难得到边家大院，家父让我请你们进院，进他的兴和大堂。

一帮人被半夏领到院子，又进了兴和大堂。兴和大堂一般不待客人，逢年过节吃完饭以后，老边家全家人在这里儿女同堂，是不谈大事，只与家人戏耍的地方。今儿将兴和大堂的门打开，四个丫鬟急忙将桌椅擦了又擦。边孝轩就坐在大堂的正位，候着外面的来人。一帮人进了大堂，都向边孝轩老爷抱拳问安。边孝轩记忆力惊人，大部分人他都认识，说道，石桥屯的郭员外，你叫郭连宇，你哥郭连尧，京都殿试进了甲榜……胡家屯的胡宝善，你会看风水，村头的三口井都是你看出了水线……樊家窝棚的樊克琦，咱两家还有亲戚，我大舅嫂的哥哥娶的就是你们樊家的人……秦惊蛰，秦家私塾的先生，江北督军窦云泰就是你的学生。

一帮人跟边老爷都很亲，虽然平时不走动，但互相也都熟识。其实他们来干啥，边孝轩心里头已经知道得八九不离十，就没等他们开口，说道，你们大概也听说了，"满洲国"是清王朝的残渣余孽，国人不买"满洲国"的账，更不承认这个儿皇帝。但日本人扶持"满洲国"，要在咱们关东作威作福。他们先开进了开拓团，目的是圈地，慢慢地，日本移民由少变多，和咱们关东人平分秋色，真是够阴险的。国人有拉帮套的说法，这"满洲国"就是让日本人和咱们拉帮套。在咱们关东农村，拉帮套的没有长久的。所以，日本人来圈地，咱们也别怕……

秦惊蛰问，那咱们该咋整？

边孝轩说，把地价抬上去。骡马大市有一句行话，骡子你牵不走，我用银子把你挤对走。一垧地没有五百两银子，咱们就不出手。

郭连宇说，胳膊拧不过大腿，最后要是不给你银子硬占你地，你也什么招都没有。

秦惊蛰说，听说你的忤字号让日本人吞了，占地也有了借口。说是要为你们忤字号榨油买地种大豆，洋话叫作原料生产基地，是真是假？

　　半夏说道，我家的忤字号眼见得都成了日本人的，我们也是自身难保。

　　边孝轩说，咱们死活不卖地，日本人愿意占就占。无论是大清还是"满洲国"，都得有国法。他硬占了地，咱们不给他画押，就不符合大清律，或者叫不符合"满洲国大法"。

　　秦惊蛰说，那我们就黄蜂子蜇屁股，硬挺着吧。

　　边孝轩说，我担心的是，只要有一户卖地，就难办了。

　　秦惊蛰说，各位乡绅，回去给族人发个昭示，谁也不能卖地！要是卖地，就掘他的祖坟！

　　众人说，对！就这么办！

　　众人要走，边孝轩说，不能走，得吃了饭再走。便告诉半夏，让厨房备足十几个人的酒菜，今天我要和诸位兄弟喝一场。边家大院大门紧闭，家丁上墙，火炮探出炮眼，任何人都不准进边家大院。

　　半夏说，知道了，我就去安排。

29　匪　眼

　　各村的族长都散去，边孝轩躺在炕上歇息，觉得刚才与各村的族长商议保护土地的事，事态并不像他想象的那样，而是很严重。开拓团到这里来圈地，有"满洲国"县部的支持，跟日本人抵抗就有了难度。墙上的挂钟响了七下，边孝轩急忙起来，也没跟家人打招呼，到后院让家丁给他找了一匹好马，又叫一个强壮的家丁陪着他，连夜赶往县城，到普生药堂找何三炼讨教。边孝轩把开拓团要来占地的事跟何三炼说了，何三炼正在用脚使劲儿蹬药碾子，半天不说话，他抓了一把碾碎的药面子，嗅了嗅，说道，这是附子，闻着味不算大，但这味药药力冲，服了以后，有冲墙倒壁之势。医家说，细辛不过半，附子不过钱。大清神医毛自如有《药焰》云，烈药之凶猛，可覆国。三钱砒霜可以杀死三朝皇帝，一锅狼毒汤可以让二十个大臣毙命。这些烈药貌似腐朽干草，污秽沙土，但在寡淡中深藏杀机。我们雁县的草民从不惹是生非，但他们一旦凶猛起来，也可以一当十，小看不得。雁县草民堆里更有奇才，当年大青顶子藏着从俄罗斯逃过来的白俄越狱犯人，他们围困了四个屯落，抢粮，抢牲畜，抢妇女。这些白俄人都有洋枪洋炮，村人无法抵抗，最后还是将这百十多个白俄人杀死了。村民中有个唐傻子，能养狗驯狗，几个屯子的村民都听他的，就养了两百多条狗，由唐傻子指挥，喂养，训练。那年腊月二十三，唐傻子让这些狗饿了三天，然后在半夜，村民套了十挂大车，拉的都是狗，在大青顶子山下将它们放了。这些狗直奔白俄人的驻地，不到一袋烟的工夫，这些白俄人被咬死了一多半。然后村民拿着放山伐木用的大砍刀上山了，把剩下的白俄人都杀死了。就像一句戏文唱的那样：

　　将这些恶贼请进大堂
　　好菜好酒端上
　　等他们吃饱喝足
　　在后院挖个大坑将他们下葬

　　边孝轩一拍大腿，三炼贤弟，我明白了。不能跟这日本人硬碰硬，让他们先住下来，然后咱们挖坑，让他们自己跳下去。

　　何三炼说，我的哥哥，你是一点就破的人。

　　边孝轩说，往后咱们就推你当军师了。

　　何三炼说，不，我给你们当唐傻子。

　　两个人哈哈地笑。

　　雁县通往牤字号的土道扬起烟尘，三辆日产卡车晃晃悠悠地向牤字号开来。道路两边的村民有的在割地，有的在锄菜地里的草，没长庄稼的田埂壕沟，有村人在放牛。这一带的村民还没有见过这洋汽车，都放下手中的农具，往大道上看着。他们望着开过去的日本卡车，说道：

车上都是大木箱子，装的是啥，不会是东洋出的细粒盐吧？

不对，都是铁家伙。也许是牤字号从城里拉回的兵器。山上有绺子，他们跟东洋人不和，牤字号和东洋搞亲善，边老爷也是怕山上的绺子们下山。

会不会是洋机器？省城的面粉厂有火磨，磨面不用人和骡马拉，火磨用洋油起火，那家伙可有劲儿。

卡车在边家大院门前停下了。侯乃殊从第一辆车上跳下来，又着腰冲院子里的家丁喊，把门打开，洋机器来了。

大门打开了。侯乃殊指挥着三辆卡车开进了边家大院。院子里的伙计，包括伙房的丫鬟都出来看热闹。半夏冲着家丁和伙计吼着，都滚回去，洋机器有啥好看的？家丁和丫鬟都吓得各自回去了。

侯乃殊问半夏，咱爹呢？

半夏说，爹有些不舒服，在屋里歇着呢。

从车上又下来一胖一瘦两个三十多岁的男人，侯乃殊向半夏介绍，这两位是从日本大阪和东京来的机师。一位是小泉喜三先生，一位是福田绍俊，然后又向这两位机师介绍半夏。半夏强作笑脸，欢迎你们的到来，有什么事请吩咐。正寒暄着，边孝轩拄着梨木拐杖，慢慢地走了过来，异常热情地说，我们边家大院一直盼着东洋的朋友，今天可盼来了。

侯乃殊说，两位日本朋友也盼着能早点来咱们牤字号呢。日本友人在中国搞亲善，真是诚心诚意。阿部高善已经跟两位机师详细地介绍了咱们牤字号的近况，他们已经向阿部高善表示，一定要把牤字号建成关东第一油坊！

两个日本人说了一大堆话，还冲边孝轩笑。侯乃殊向边孝轩翻译道，他们说，这是他们的第二故乡。

边孝轩对半夏说，去到伙房给两位日本朋友安排伙食。

边孝轩又问侯乃殊，他们不懂汉语，以后……

侯乃殊指着瘦子说，小泉先生通汉语，有他，我们交流就方便多了。

这时，瘦子小泉才用流利的汉语说道，边掌柜，请多多关照。

下午，两个洋机师开始指挥院子里的家丁拆木箱子，小泉喜三又对边孝轩说，将厂房收拾好，明天上午开始组装机器。

边孝轩说，该办的都办妥了。

半夏趁边孝轩空闲的时候，小声对他说，爹，这院子里乱哄哄的，我有点看不下去，心里也难受。我想出去走走。

边孝轩问，想上哪儿去？

半夏说，想去哈尔滨。哈尔滨那两家米栈不知最近进油了没有，如果进了的话，我想打探打探是哪家油坊的油。

边孝轩想了想，说道，让晓蒲跟你一块儿去，要多加小心。

半夏说，放心吧。遇到大事情，我知道怎么应对。

半夏和聂晓蒲出了县城，又向北走去，走了半个多时辰，就到了江边的码头。两个人乘船过了江，江对岸是一个骡马大市，半夏和聂晓蒲买了两匹马，又备上鞍子。上了马，两个人又往东奔去。

半夏和聂晓蒲没有去哈尔滨，他们要去大青顶子山下的高楞镇。高楞镇是一个很大的集镇，也是小兴安岭木材的转运站。在镇上，有木材交易，还有药材交易，一条笔直的长街上也零星地开着大车店、酒馆、铁匠炉和戏园子。镇子的东头儿有一个胡同，叫脂粉胡同，里面住的都是妓女。

快到晌午的时候，半夏和聂晓蒲就到了高楞镇。半夏和聂晓蒲到高楞镇也不是没有目的，镇上的铁匠炉叫开源红炉，掌柜的叫佟开源，是佟小斧子的本家堂兄，也是直隶人，当年在雁县街头开过铁匠炉，后来不知是何原因，去了高楞。佟开源和边家有过往来，边家的骡马都到开源红炉挂掌。那年水灾严重，江水漫过堤坝，淹了江北许多好地。江北的人那年没有粮食，佟开源就向老边家借了五百块大洋，才渡过了难关。佟开源在离开雁县的时候，没有跟边家打招呼，也没还那五百块大洋，却给边孝轩留下一封信，说，此地没我开源之生路，我要去高楞再起炉灶。等我生意见起色，便将五百块大洋给老爷送来。

半夏和聂晓蒲在高楞镇上走了一趟，走到尽头，就看见了开源红炉。这个铁匠炉不算太大，只有一个红炉，佟开源正在给马挂掌。开源红炉生意冷清，除了佟开源在这里忙活，连个打下手儿的伙计都没看见。半夏和聂晓蒲牵马走到佟开源面前。

佟开源头也不抬地说，两匹马得四块大洋，高楞的东西就是贵。

半夏说，我们不是来给马挂掌的，是来找你的。

佟开源这才抬起头来，看着半夏。他认出了半夏，说，是边家的大小姐，失敬失敬。佟开源给一个汉子的马挂完掌，将腰上扎着的皮围裙摘了下来，说，大小姐请到后院。

开源红炉的后院是佟开源的宅院。宅院很大，院里拴了一条硕大的黑皮毛的狗。见生人来了，这狗不停地吠。佟开源吼了一声，黑狗就钻进了草窝棚里。半夏和聂晓蒲随佟开源进了屋子，屋子里有一个长得很漂亮的少妇，看来是佟开源的媳妇。佟开源对这少妇说，备一桌酒席，今天来了贵客。少妇出去了。佟开源请二位坐下，半夏和聂晓蒲坐在了太师椅上，佟开源上了炕。

佟开源说道，真对不起，我从边老爷那儿借的五百块大洋早就该还上，也怪我不愿离开高楼。正好大小姐来了，今天我无论如何都得把钱还上。

半夏说，佟大哥，你误会了。五百块大洋算个什么，你和我们老边家有情义在先，说起来佟小斧子也算是我们家族的人，当年我爹给你拿了五百块大洋，就没打算让你还。

佟开源说，边老爷真是讲仁慈讲义气。大小姐到高楼来，一定有事吧，有什么事只管说，我佟铁匠在这一带还是很有人缘的。

半夏说，最近边家出了一些事，日本人扶持"满洲国"，干什么坏事都打着"满洲国"的旗号。我们牤字号油坊也被日本人盯上了，边家的日子现在有点灾性。所以在边家做事的伙计走的走，逃的逃，我父亲最得意的头一榨大师傅薛子良不辞而别，我必须找到他。

佟开源说，薛子良这个人我认识。我堂弟佟小斧子拉着我在雁县的泰和楼大馆子吃过饭，是这个薛子良作陪。我对他仍然没忘，细高挑儿的个子，长着一双眯缝眼，喜怒哀乐让人看不出来。他离开你们边家，怎么能到这个偏僻的高楞来呢？

半夏说，薛子良是一个人尖子，他在我们边家牤字号油坊是头一榨。油坊的头一榨很重要，牤字号榨油的全部秘密他都知道。他走了，其实是把我们老边家的生财的法宝带走了，这是我父亲最担心的事。但是薛子良不是一个商人，他对榨油的活计已经干腻了，他跟我说过，有一天他离开边家，不去做生意，去山上当义匪。哪个山头的瓢把子敬重我，我就给他当军师……高楞这个地方是山匪的必经之路，所以我来向佟师傅打听，你是不是这些天见过那个薛子良？

佟开源把房门拉紧，又向外望了望，压低了声音，说道，大小姐，我一个铁匠，眼睛每天盯的是马的蹄子，在我红炉前面的官道上走什么人，我都不留神。

半夏长叹一声，看来我是白来了。

屋子里沉默了。佟开源从腰间掏出烟袋，在烟荷包里掏了一阵，抽出来烟丝点着，说道，你们没白来，我是当匪眼的，靠的是眼睛里的东西挣钱。现在山上有三股绺子，大青顶子蝎子沟是陈冠金的地盘，有六百多人，人马最多。大青顶子北坡虎石台的绺子是岳载风的地盘，只有二百多人，但这伙人都是习武出身，兵器用得熟，每人身上还插着一支洋枪。这伙人很凶，陈冠金也很惧他们，他跟岳载风在山下，也就是在我这铁匠炉的后院喝喝酒，有过约定，井水不犯河水，有难时可以互相帮忙。还有一股绺子，刚刚抱团，人多势众，山上待着的是这股绺子的头目，只有不超过二十人。不过据说这股绺子的兵都隐藏在山下的十八个村落，大概有四千多人，都引起了奉系的注意。吴大帅派人跟这股绺子的头谈判，要收编他们，并让这个头做团长。不瞒你说，我也是这股绺子的匪眼，但我是有军衔的，是上尉连长。

半夏说，这个事对我们不重要。

佟开源说，重要。这股绺子里有个领兵教官，一个多月就把山上的兵操练得个个武艺高强。这个教官不是别人，是我的堂弟佟小斧子。

半夏说，佟小斧子没死？

佟开源说，我和我堂弟喝过酒，他说有一天他会回牤字号的。

半夏说，这股绺子的头你见着过吗？

佟开源说，见到过。

半夏问，长得啥样？

佟开源说，我说啥也不能告诉你，这是我们军人的本分。

半夏和聂晓蒲回去了。路上聂晓蒲说，这股绺子的头肯定是薛子良。

半夏疑惑，这佟小斧子怎么能给薛子良做事呢？

30　郭家烧锅和清酒

阿部高善来了。他的到来显得很有排场，坐着日产轿车，车上插满了膏药旗，后面由一台卡车护送。护送阿部高善的人都是一些让人看了不知是人是鬼的日本人，每个男人都穿着像蓑衣一样的大衫，头发竖起来，鼻子下面一抹膏药胡，像屎壳郎贴在人中上。女人穿着长衫，后腰好像垫着枕头，这些女人的脸抹满了白粉，有两个女人捧着摇把子唱机。车慢慢地开着，唱机也在响着，一个男人在指挥两个女人，用生硬的汉语说道，放《樱花》，放完《樱花》放《茉莉花》。

阿部高善到了县城的伪满洲国县政府总部，伪县长领着一伙儿县政府的职员，举着膏药旗，嘶哑地领着大家喊口号，天皇万岁万万岁！

阿部高善下了车，县长上前给阿部高善行了一个大礼，然后问道，阿部高善先生，您来到雁县，大地温暖如春，子民喜气洋洋。大东亚共荣，雁县子民沐浴阳光。

阿部高善笑着跟大家招手致意。围观的人很多，有一个抱小孩的妇女挤过来看热闹，阿部高善就把这妇女怀里的孩子接了过来，亲切地搂着。这时有两架照相机同时冒着烟，给阿部高善照相。

阿部高善抱着的孩子被吓得直哭，他就把孩子还给妇女。这妇女训着孩子，哭啥，哭啥，也不是狼来了。

阿部高善又望着人群，问县长，牤字号的边孝轩先生怎么没来？

其实侯乃殊在两天以前就去过边家大院，让边孝轩在阿部高善来了的时候去县城迎接。边孝轩说这几天头痛，腿也痛，走路发软，不能去迎接阿部高善。侯乃殊知道这是边孝轩的托词。

这时侯乃殊挤过来说道，边孝轩老先生听说您要来，好几天都睡不着觉，就是一个高兴。谁知道他失眠两天，就病倒了。他让我代表牤字号向阿部高善先生致敬，说完就给阿部高善鞠了一躬。

阿部高善没有去牤字号，在小河园下榻。戏子们都被撵走了，小河园的四周有七八个日本人持枪把守，县政府的巡警队也站在了县城的各个路口。

侯乃殊说，我让雁县最好的馆子给阿部高善先生备了酒菜。有松花江的马哈鱼，还有山上的燕窝、鹿肉、火鸡肉，这些山珍都是当年大清朝廷里满汉全席的备料，请阿部高善先生品尝。

阿部高善是一个警觉的日本人，他说道，我不想去饭店，就在你这里吃，我自带了厨师和食品。既然大馆子已经备了宴席，就不能让人家破费，把我带来的日本开拓团的人领过去，请他们品尝……别忘了，要付账，我大日本开拓团是中国人民的亲兄弟，走到哪里，都要把天皇的恩泽带到哪里。

侯乃殊说，阿部高善先生，您真是"满洲国"的亲朋好友。相信您的到来会让雁县的子民喜笑颜开。

侯乃殊把开拓团的人领到了泰和楼，安排就绪，就又返回小河园。阿部高善说，把边孝轩先生请来。他不给我接风，我就请他来和我一饮，并商讨生意大计。

侯乃殊不敢怠慢，就开着车去了牤字号。

从长春拉来的洋机器已经安好。边孝轩看着两件庞大的铁器，又用鼻子嗅了嗅这铁家伙，不由得打了个喷嚏，心里暗笑，这个铁家伙榨出的油没有铁锈味才怪呢。

日本洋机师也带来了两个榨油工人，他们计划下午就试榨。油坊的后院还有一台铁家伙，据日本洋机师说，那是发电机。这发电机一启动，它的劲头顶二十个榨油工，或者五头牛。

边孝轩是一个沉得住气的人。眼见得两代人用过的手工榨油器被拆了，其实也是宣告，牤字号的豆油已经变味了。

日本洋机师在安完发电机之后，又对边孝轩说道，你的手工榨油器得留着。要在院子里再建厂房，将这手工榨油器挪到那里去。

边孝轩说，中国的作坊搬迁是有忌讳的，得看好风水，选好时辰和地方。一旦搬迁，必须距原址十丈远。这是中国皇历上写的。

日本洋机师笑道，日本人不讲忌讳，工业照样发达。如果过分地讲究，是会误事的。

边孝轩说，中国的匠人担心的不是这个，宁可误一时，不能误一世，这是你们东洋人无法理解的。

侯乃殊到了忙字号，边孝轩正躺在书房里吸烟。

侯乃殊进了书房就对边孝轩说，岳父大人，阿部高善先生已经到了。他请您到小河园小酌。

边孝轩说，我头晕，饮不得酒。

侯乃殊有些愠怒，说，岳父大人，阿部高善先生的到来是给咱们边家壮门面的，你理应去给他接风。岳父大人，识时务者为俊杰，在这一点上我非常佩服溥仪皇帝。他在日本人面前都能妥协，我们一介草民，还有什么不能妥协的？

边孝轩说，乃殊，你错了，我已经向日本人妥协了，只是我在日本人面前还要保留一点尊严。他阿部高善毕竟是要靠我的忙字号为他挣得利益，而不是我有求于他。

侯乃殊说，既然如此，阿部高善先生请您去小酌，您该去吧。

边孝轩说，不去也得去。

侯乃殊说，那我们现在就走吧，我是开着日本洋轿车来的。

边孝轩不情愿地站起来。

边孝轩和侯乃殊走出书房，见一家丁在院子里走动，就说道，把大太太叫来。

侯乃殊笑了，好。岳母大人和您一齐赴宴，也是您瞧得起阿部高善先生。

边孝轩摇摇头，说道，不，我让大太太给我拿些好酒，请阿部高善品尝。

高蕙兰来了，边孝轩说，把我储藏十多年的郭家烧锅搬来一坛子。

高蕙兰让家丁随她去了后院的地窖，一会儿，就搬来一坛子酒。

边孝轩上了车，侯乃殊将车启动了。上了官道，就将车开得飞快。侯乃殊一边开车，一边在叮嘱边孝轩，岳父大人，今天和阿部高善先生小酌，要多谈友情，不谈生意。

边孝轩说，知道了。

边孝轩到了小河园，被侯乃殊引领到楼上，进了粉饰间。这是一个很大的房间，里面很凌乱，香脂味刺鼻，地板上什么颜色都有。这是演员们化装的房间，墙上挂了七八块镜子，镜子下面摆着马凳。边孝轩进了这粉饰间，心里很不痛快，就对侯乃殊说，一会儿阿部高善就在这个房间里接见我吗？

侯乃殊难堪地说，阿部高善先生一路疲劳，在我的甜梦阁歇息，稍后他就该醒了。

边孝轩问，我们在哪儿小酌，是泰和楼还是西街新开的馆子九香园？

侯乃殊说，阿部高善先生吃不惯咱们关东的饭菜，他自带了食品和厨子，正在楼下的厨房里准备着呢。

边孝轩就掏出了烟袋，抽起了烟。刚抽了两口，就见一个穿和服的日本女人走了进来，用生硬的汉语对侯乃殊说，请先生们就餐，我去叫阿部先生。

边孝轩握着烟袋，迈着方步，随侯乃殊下了楼。一楼除了进戏园子的两扇门，就没有别的门了。边孝轩问，我们在你的戏台上吃？

侯乃殊向南边走了几步，他摸了一下墙，又轻轻地一推，一个下楼的鹅卵石台阶显露出来。原来这戏园子还有地下堂馆，于是两人慢慢地往下走，越走越亮，又拐了一个弯，就进了一间大厅。大厅里点亮了八盏猪油灯，燃得很旺。大厅里摆了一张很大的圆桌子，在油灯的照射下很晃眼。边孝轩摸了摸桌子，倒吸一口凉气：这桌面是银子的！

边孝轩落座，几个日本女人也进了大厅，有端盘子的，有递手巾。两个女人抬着摇把子唱机，放在一张八仙桌子上，一个人摇，一个人在划唱片。唱机响着，是个女人在唱歌，歌声发颤，有点像关东跳大神女巫的唱法。

这时，一个穿着日本和服的男人掀开大厅的草珠门帘，大声地说着日语，侯乃殊给边孝轩翻译："阿部高善来了。"

阿部高善没有穿和服，穿着笔挺的西服，打着领结，一手插兜，一手握着雪茄烟。他走到边孝轩跟前，把在兜里的手抽出来，和边孝轩握着手，时隔几天，我们又见面了。

一会儿，酒菜上齐了。侯乃殊把一坛子郭家烧锅搬了过来，向阿部高善说道，这是我岳父大人储藏了十多年的烧酒，也是对阿部高善先生表示最真诚的敬意。

阿部高善又握着边孝轩的手，中国是生产酒的大国，大日本帝国的酿造技术也是从中国学来的。我今天带来的是日本皇宫的清酒，天皇陛下每年要赐给对大日本帝国效力的大臣十坛子。这是昭和元年（1926）天皇陛下赐给我的，今天我们大家共饮天皇赐予的清酒，也是我们东亚共荣的象征。

宴席显得很冷清。大家都不说话，边孝轩也不说话。只是阿部高善一会儿坐下一会儿站起来，举着杯里的清酒，不断地说着赞美天皇的话，也不断地在讲着"大东亚共荣"的功绩。他在讲话中重复地说到"支那人"，这让边孝轩感到很不舒服。他不知道"支那"是什么意思，可他知道阿部高善管中国人叫"支那人"，是一种蔑视。

阿部高善讲完了，兴奋就转移到了侯乃殊的身上。侯乃殊站到了椅子上，举着清酒，说道，为了表达对日本天皇的敬意和对阿部高善的敬意，我们小河园戏园子彩排了新戏《亲善记》，这部戏是专为日本朋友创作的。现在我给大家唱一段：

櫻花香又香
茉莉花香味更绵长
大同世界有了红灿灿的太阳
太阳旗高高飘扬
伟大的天皇　伟大的天皇
大东亚共荣让亚洲人步入天堂
满洲国脱胎于大清王
满洲国又有了亲爹娘

日中亲善　源远流长

阿部高善鼓着掌，唱得好，唱得好！

边孝轩看着侯乃殊，野猪油灯照着他的脸，他像个牛头马面的怪物，就使劲儿瞪了他一眼。

一坛子郭家烧锅喝光了，一坛子清酒也喝光了。眼见得宴席要散，边孝轩忍不住说道，阿部高善先生，洋机器已经安装完毕，什么时候生产？我们牤字号和阿部高善株式会社在利益上如何分配？

阿部高善盯着边孝轩，说道，会社已经重新做出决定，牤字号的油产销都由你边孝轩掌柜说了算，我们只要利润的百分之十。但是，你没有原料的收购权，你所用的大豆，必须由我们提供，否则……我们的亲善就会出现问题。

阿部高善的回答让边孝轩大吃一惊。这和他们在长春达成的口头协议相差甚远，这样做阿部高善株式会社不是吃了大亏？

边孝轩问侯乃殊，阿部高善先生是不是喝醉啦？

侯乃殊说，阿部高善先生酒喝得越多，头脑越清醒。

边孝轩头有些晕，这是怎么回事？

侯乃殊狡狯地说道，是您女婿我侯乃殊周旋的结果。他又贴着边孝轩的耳朵低声说道，岳父大人，我已经算是边家的人，用关东人的话说，我知道哪头炕热。

边孝轩苦笑道，看来我是没看错你。

边孝轩的心情渐渐地好了起来。他问阿部高善，阿部高善先生，您光临雁县，扶持我牤字号，这几天不知如何安排。

阿部高善说，来到雁县，我感到这里的百姓对我们日本人如此亲善。忤字号生意的事，就不必细谈了。我所要考虑的是怎样安抚这一带的百姓子民，让他们过上好日子，才达到我们亲善的目的。所以这几天我想让侯乃殊先生陪我到乡下走一走，看一看。

边孝轩说，好啊。乡间田野，道路杂草丛生，我给先生备一挂篷布大车，坐着要比你的洋轿车还舒服。

阿部高善搂住边孝轩的肩膀，我一见到您就觉得亲。

31 亲 善

第二天一大清早，小河园的门前就停了三挂大车，车上装的都是木箱子，箱子上写着日本字。太阳刚出来的时候，边孝轩的篷布大车也来了。这挂篷布大车是边孝轩到乡下收豆子时坐的大车，车的两侧绣着偌大的"边"字，篷布大车的门帘都写着"牝字号"。

阿部高善上了篷布大车，侯乃殊也陪着上了车。没等坐稳，忽然想起了什么，又下去了，自言自语道，把大事都给忘了。他冲着戏园子喊着，鼓乐队出来，鼓乐队出来！

七八个人组成的鼓乐队从戏园子里出来，上了侯乃殊戏园子的大车。侯乃殊把头探进篷布大车，问，阿部高善先生，我们是不是该走啦？

阿部高善微笑着说，开路。

侯乃殊对篷布大车后的鼓乐队大车一挥手，刘大嘴，起乐！

刘大嘴是小河园的领班，也是喇叭匠子，他把喇叭塞进嘴里，使劲儿吹了一声，又停下，对鼓乐队的人说，一路上奏小调《雁落沙滩》，进了乡间就改奏《王二姐思夫》，进了屯子就奏《红柳子》。现在起乐！

小河园鼓乐队的家什都动了起来。《雁落沙滩》是莲花落子的一个曲牌子，曲子委婉，还带些悲伤。大车队在雁县的十字街上一走，人们都驻足观看，以为是送葬的灵车。

阿部高善听着曲子，说道，这和我老家横滨乡下收割稻谷时奏的曲子一样，也有点《樱花》的意思。

侯乃殊说，"满洲国"的文化和大日本帝国的文化非常接近，都始于汉朝。天皇陛下让日中亲善是有根据的。

阿部高善说，你真是一位才子。将来有机会我让你和"康德皇帝"溥仪见面，说不定你会有机会被任命为文化大臣。

侯乃殊说，这全靠您和大日本帝国的扶持。

大车终于出了县城，进了乡间土道。

阿部高善问，你对这一带了解得多少？

侯乃殊说，雁县有四百七十个屯落，土地面积有七十多万垧，农人将近六万。雁县是三省交界的地方，地理位置非常重要。雁县的东北有许多山林，与小兴安岭一脉相承，山上的土匪也很多。据这里的老人说，雁县是山匪劫皇杠的最好位置……

阿部高善说，这一带的农人都种大豆吗？

侯乃殊说，大豆和高粱，也种小麦和旱稻。不过小麦和旱稻产量低，农人不愿意种。一亩大豆顶十亩小麦，也顶八亩旱稻，一亩大豆拿到忙字号可兑换成大洋。

阿部高善笑着说，看来我们开拓团没有选错地方。

阿部高善的车队先停在了程家屯。

这一带的农人和忙字号有着不可分割的关系，他们每年的收入都指望着用大豆和忙字号兑换的大洋。在他们眼里，边老爷既是一个恶人又是一个善人，说他恶是他收购大豆的价格十年之内没涨过，说他善是因为忙字号有不成文的规定，不在雁县所辖的农人就不收购他的大豆，边老爷不让这里的农人家里有囤子存豆子。这里的土地黑黝黝的，好像有油脂，农人看着脚下的地不亲，但看着粗壮的豆秧子，便心中有了底：今年冻不着，也饿不着了。农人种完了豆子，见豆秧子长起来，耥一遍铲一遍，就不管了，等着秋天收获。农闲，他们会到山上采山货，找野参，狩猎。每年的秋天，高楞大集有山货集日、药材集日、皮货集日，这对农人来说又是一笔不薄的收入。这里的农人按说应该是过着风调雨顺的日子，可其实也不然。高楞大集有时被地方官吏和恶霸掌控，农人到高楞大集做交易，到那儿也不能用山货换大洋。现在高楞北的山上有三股绺子，他们欺行霸市，这两年的生意不红火，一张虎皮才能换上一千块大洋，一斤虎骨也不过三百块大洋。农人吃亏不知道到哪儿去讨公正，可如果不去高楞交易，山下的匪眼多如牛毛，打探到你家里藏有虎皮、山参，山匪就会抄家，见你是大户人家还要绑你的肉票……

大车停在程家屯村口，没有进屯子。刘大嘴指挥鼓乐队奏起了《红柳子》，操琴师拉得板胡直飞松香粉，刘大嘴把嘴巴子都吹红了，便见村人一个一个地出来。这时，大车才缓缓地进了屯子。

大车在一个场院停下了，鼓乐班子的声音也慢慢地小了。这时村人大都聚到了场院，侯乃殊从篷布大车里钻出来，让人扶着攀到了稻草垛上。他挥挥手，鼓乐队停止了演奏。望着黑压压的人群，侯乃殊开始训话：

各位乡亲父老，你们谁认识我？

人群里有一个瘦子挥着烟袋，说道，我认识你。你是雁县小河园的大掌柜，也是关东第一大手笔，我就愿意看你的戏！

侯乃殊接着说：

各位乡亲父老，刚才这位兄弟说我只说对了一半。我虽然是从雁县来的文人，说大了是写戏的文人，但说小了也不过就是戏班子的班主，和各位乡亲父老一样，都吃五谷杂粮。我还要向大家自我介绍，我叫侯乃殊，我是牤字号边老爷的二女婿。今天我来，是我的岳父大人让我向各位乡亲父老通报天大的好事。我们这个地方山高皇帝远，外面发生了什么你们也都不知道。大清国灭了以后，民国也倒台了，现在我们是满洲国，溥仪是我们的皇帝。今年的年号是康德三年（1936），满洲国是比大清还要强大的国号。你们知道为啥满洲国这么强大吗？是因为有友邦支持。大日本帝国和我们满洲国亲善，今天，大日本帝国的亲善使者阿部高善先生来到了我们程家屯。他是来看望乡亲们的，也是来抚慰乡亲们的。下面我们请阿部高善先生给我们训话！

人群没有反应。在这种情况下，阿部高善出来就有些不隆重。侯乃殊便示意鼓乐队："大嘴，《王二姐思夫》，起乐！"

鼓乐响了起来，阿部高善从篷布大车上下来。他没有上稻草垛上训话，而是走进了人群，和穿着破衣烂衫的农民们亲热地站在一起。有一个小孩在一个老太太的怀里直哭，阿部高善就从兜里掏出一把糖给了他，说，别哭，孩子，给你糖球。老太太把糖球揣进兜里，又拿出两块，一块塞在孩子嘴里，一块塞到自己的嘴里。她咂着嘴，说，这洋糖球就是甜。

他见一位少妇穿着破衣服，胳膊肘子都露肉了，就说，女人是知道害羞的，给这夫人拿一套好衣服。拉着木箱子的大车往前挪了挪，阿部高善的侍从们便把箱子撬开，掏出一件绿色的绸子上衣，递给阿部高善。阿部高善把这衣服给了少妇，说，夫人，把衣服换换。

阿部高善对着人群问，谁是这个屯子的族长？

一个驼背老头走了过来，我是。我叫程存德，在程家屯当了九年的族长，这屯子的人都听我的。阿部什么什么先生有何吩咐？

阿部高善问，你们屯子谁家的日子最不好过？

程存德说，都不好过，但最不好过的是我的叔伯兄弟程守义，家里十二口人，有十垧多地都撂荒了，十二口人里有九个孩子，都得了瘫症。我弟媳一条腿瘸，孩子都小，

191

不能下地干活儿。程守义身板儿也不好，上高楞做皮货交易，被匪眼给打断了腿，躺在炕上半年了。

阿部高善说，一会儿我们到他家看看。我们是亲善的友邦，怎么能眼见得乡亲们受苦而不帮上一把？

程存德说，我们程家屯这些年都在灾性里面过着，守义的九个孩子为啥瘫？是因为咱这儿的井水太软。程家屯有七八十人小时候都得过瘫症，能熬过十八岁就算成人了。如果熬不过十八岁，那就是个瘫子了。

阿部高善说，我们先看看程守义去。

程存德领着阿部高善一行去了程守义家。见程守义痛苦地在炕上躺着，阿部高善就过去摸着他的手，说，可怜，真是可怜。

阿部高善对随行的人说，明天让我们日本的医生来这里给他看看。又对侯乃殊说，程守义家是这个屯子应该抚恤的子民。

侯乃殊就从一个大兜子里抓出一把大洋来，放到了炕上。程家人都给阿部高善跪下了，不断地磕着头。

从程守义家出来，阿部高善又和程存德到了屯子里的水井旁边。程存德让一个村人摇上一桶水来，阿部高善喝了一口，说道，这个水人是不能喝的。

阿部高善在程存德的陪同下又围着屯子转了一圈，他的眼睛没有看屯落里破旧的房子，而是看着周围的土地……

阿部高善视察完了程家屯，就要往下一个屯子走，临走时对程存德说，明天我们还来，和你这族长商量如何让这里的子民逃出苦难。

阿部高善和侯乃殊又上了篷布大车。

鼓乐队又起乐，喇叭匠刘大嘴奏起了《雁落沙滩》。

程家屯土地面积很大，距下一个屯子至少也有五里，相邻的屯子是葛家屯。葛家屯的人很少，这个屯子除了有一户姓吴的之外，其余的都姓葛，族长是葛俊才，七十多岁，却满头乌发，长着细眯的眼睛，见不到眼珠子。这老爷子外号叫葛瞎子，在雁县也是有一号的。他有三个儿子，大儿子在奉天护国军当团长，后在奉系军阀头子的手下当师长，据说现在是少帅的幕僚。二儿子、三儿子是一对双胞胎，在林口一带当胡子。这个屯子许多地都撂荒了，种的五谷杂粮，长得也东倒西歪，地里见不到大豆。但这个屯子并不穷，一上冻的时候，有整车的粮食往葛家屯拉，不知道是大儿子派来的，还是老二、老三派回来的。

葛家屯里有高墙大院，青砖瓦房，东西两个村口都有炮台，一丈长的铜铸铁炮筒子很镇人。

快到葛家屯的时候，葛家屯西边的土炮响了一下，大车就停下了。

阿部高善吓得问侯乃殊，这是什么东西？

侯乃殊一笑，土炮，吓唬人的。外人看这葛家屯挺瘆人，其实屯子里都是些无能的汉子。族长葛瞎子靠三个儿子吃饭，这几个儿子有当兵的，还有当土匪的。这一带的土匪不敢进葛家屯，但县里的衙役敢进这屯子。

阿部高善说，我们来的人少，要真动起枪炮来，还真麻烦。要不我们绕着走吧。

侯乃殊说，不能绕。要是绕过去，那大日本帝国的威风就显不出来了。

鼓乐队又起乐，奏《红柳子》。大车缓缓地开进葛家屯，一进屯子，便见葛瞎子坐着太师椅，叼着烟袋，横在村道上。

葛瞎子抽了三口烟，底气十足地说道，山里的麻雀大，山下的麻雀小。大麻雀小麻雀，不知道谁是这个麻雀它姥姥。

葛瞎子以为来人是明胡子。这一带的胡子分两拨，有明胡子，有暗胡子。明胡子都是大摇大摆吹着喇叭坐着大车进屯子。

侯乃殊下了车，抄起一杆旗来，在葛瞎子面前晃了晃，说道，葛老爷，你看看这旗，是通红的日头，是大日本帝国的旗。我们不是明匪。我们是大日本亲善团的，特地到府上拜访。

葛瞎子说，听你这口音，也不像日本人。在哪儿扯出了这么一块布，上面还有膏药？

阿部高善从篷布大车上下来，用日语和葛瞎子说了几句话。葛瞎子笑了，说，这个人才是日本人。

侯乃殊说，大日本和"满洲国"亲善，这么老远来到葛家屯，咱们咋不欢迎？

葛瞎子说，我葛瞎子能在道上见见你们，对你们够恭敬的了。有何贵干就请讲。

阿部高善用生硬的汉语说，日中亲善，我们是来慰问友邦的。想问问葛老爷，有什么困难需要我们大日本帝国帮助？

葛瞎子说，葛家屯是关东的天堂。在我们眼里头，没有大清国，也没有"满洲国"，只有我们葛氏的祖宗。我们没啥困难，要吃的，家家有白米白面。要喝的，东山有两眼山泉，一直流到我们葛家的蓄水井里。要吃油水，我们屯子里到年底的时候能杀一百头猪，两个人就能分到一头猪头。你大日本帝国来此送福，这情我葛瞎子领了。如果路过此地，渴了给你们拎一桶糊米茶来，要是饿了，给你们蒸上几屉馒头。要是没有什么别的事，就请你们上路吧。

侯乃殊把膏药旗往地下一杵，骂道，葛瞎子，你别太张狂，敢和大日本帝国叫板，你不就全仗着你那三个儿子吗？大日本帝国想把你们葛家屯平了，也就是一天的事。不信咱们就试试看！

葛瞎子也不服软，你也别太牛张狂，我认识你，你不就是小河园那个狗秀才吗？你不好好在家领着戏子们唱戏，跟日本人在一块儿嘚瑟啥？日本人要敢平了我葛家屯，不出三袋烟的工夫，我能把你小河园的戏园子烧成灰。

阿部高善看事态不好，就说道，我们走吧。

大车往回走。刘大嘴问侯乃殊，还起乐不，啥曲子？

侯乃殊说，新曲子，《傻子吊孝》。

《傻子吊孝》是戏班子自己创作的开场锣鼓，有喜有悲，主奏有板胡和唢呐，像对唱，又像男女调情。田野里回荡着古怪的乐曲，惊得庄稼棵子和草棵子里的大鸟和麻雀扑棱棱地乱飞……

32　狼的背后还应该有虎

牤字号油坊的洋机器已经安好了，日本机师也不向牤字号的人传授使用方法，安完了机器，他们就回了雁县县城，到酒馆去喝酒。

牤字号的院子里又起了房子，七间筒子房，房子里只有五根枕木，没有间壁，比原来的油坊高出一丈，这房子可以放三台手工榨油器。薛子良走了，边孝轩又让一个叫大海的汉子做头榨。大海劲儿大，但手脚很笨，第一次做头榨，失了手，十斗豆子全漏到了地上，这让边孝轩很恼火。栀子见父亲恼火，就说，我做头榨吧。

边孝轩没答应，对伙计们说，都歇着吧，过几天再说。这几天没有吉日子，我找个先生算个吉日再开工。

边孝轩一个人坐着车去了县城。

大车进了县城的道口，边孝轩遇见了一个人，是小河园戏班子鼓乐队的，他是牤字号聂晓蒲的叔伯兄弟聂晓苇，在戏班子打铜锣。鼓乐队随阿部高善到程家屯，从程家屯出来，他借故肚子疼，跟刘大嘴打了个招呼，就赶回来了。

边孝轩认识聂晓苇，就问他，啥事？

聂晓苇问，您是不是去县城？

边孝轩说，去县城。

聂晓苇就上了马车，咱们边走边说。

边孝轩说，阿部高善都到哪儿去啦？

聂晓苇说，到了程家屯。阿部高善和您二姑爷在程家屯搞抚恤，发钱发衣服发粮食发药材，整把的大洋往穷人家的炕上甩。真大方。

边孝轩问，他们还干啥啦？

聂晓苇说，又看水井。程家屯的族长说井水软，人喝了得瘫症，看样子阿部高善要给程家屯重新打井。

边孝轩笑了。

到县城了，聂晓苇要下车。边孝轩说，有事到忙字号找我，咱们论起来还有亲戚。

聂晓苇说，可不是？我随戏班子跟阿部高善下屯，是我哥让我盯着他们的，要及时向边老爷禀报。

边孝轩说，你们都是咱老边家的人，我就不客气了。说着从兜里抓出一把大洋给聂晓苇，说，拿去吃晌午饭。

聂晓苇也没客气，把大洋揣起来，就下车了。

边孝轩没有去找算黄道吉日的先生，而是去了普生药堂。

何三炼正在抓药，他看见了边孝轩，说道，我今儿早上还念叨，今儿个孝轩兄也该到我这儿来坐坐了。

何三炼给顾客抓完了药，就领着边孝轩去了后院。见天色不早，何三炼说，没吃晌午饭吧？

边孝轩说，没吃，吃不下。

何三炼就叫伙计，让后院的丘家面馆做两碗汤面端过来。

伙计问，还要什么？

何三炼想了想，说，一盘炸泥鳅，一盘腌红椒。不要酒，拎两瓶留道夫洋汽水。

伙计走了。何三炼说，今儿早晨你二姑爷和日本人阿部高善把整条街都闹翻了锅。六挂大车一起上路，每挂车上都有一面膏药旗。戏班子的鼓乐队闹得鸡飞狗跳，他们到底干啥去啦？

边孝轩说，阿部高善说要到乡下搞"亲善"。二姑爷侯乃殊说他们备了一袋子大洋，走到哪儿撒到哪儿，不知道作的啥妖。

何三炼笑了，收买人心。不过阿部高善这招也是挺厉害，这一带还是穷人多，富人少。穷人看善恶，不往远了看，看的是眼前。谁给他们好处，他们就认为是善。在这地方施渔的办法不灵，你给他一条鱼，他会给你磕头。你教给他怎么打鱼，他会骂你。

边孝轩说，我不知道这日本人究竟能拿出多少条鱼给这些百姓。

何三炼说，日本人是不会做亏本买卖的。他扔出去十条鱼，也许能回来一车鱼。

伙计端来了汤面、小菜和洋汽水，刚准备退出去，何三炼又叫住他，说，关门吧，吊牌上写：下午药上匣子。

边孝轩说，我去长春，和加藤一矢、阿部高善谈的都是株式会社的事。他们让我入股，销我的豆油。我一直以为他们盯上我的是手工榨出的豆油，其实是他们给我下的套。阿部高善一来，我才有点醒过来，他们好像不是奔我的豆油来的。我不明白，三炼，你说他们究竟是想来干啥？

何三炼说道，明摆着的事。日本人来了是为了圈地，也就是为了扩大开拓团的占领地。怎么占？日本人采取的是先软后硬的策略。软就是先用假慈悲感化你，然后他就把你的地占了。他为啥对你牤字号感兴趣，又如此地恭维你边老爷，因为你牤字号这些年来在这一带有了威望，这一带的农人都在靠你吃饭。你的油坊要是不收豆了，这些农人恐怕连年猪都杀不起。阿部高善打着你的旗号，赢得这一带农人对他的信任。他不会收豆子，他的最终目的是要买地……

边孝轩说，如果这一带的农人把地卖了，岂不是更断了活着的后路？

何三炼说，不，在两三年内日本人至少要让农人吃到甜头，让农人感觉只要靠着他阿部高善，他们就能好好活着。等这些农人踏实了，放心了，然后日本人再断农人们的后路。

边孝轩恍然大悟，我的牤字号可以给这些农人造福利，阿部高善是不吃亏的。他是先要断我的后路，然后再断农人的后路。

何三炼不说话了，看着边孝轩。

边孝轩问，三炼兄弟，我该如何是好？

何三炼说，当狼掐着你的脖子的时候，你不能回头，回头的话，狼就会咬断你的喉咙。你要等一只虎过来，咬着狼的脖子。

牤字号一片混乱。高蕙兰把赵寒梅和三个闺女、虎杖都叫到了她的屋子里，说道，现在咱们牤字号和边家大院已经让日本人和侯乃殊给祸害了，咱们这些妇道人家和孩子也得处处小心，没事都在后院待着，等日本人阿部高善走了，老爷再把家里和牤字号捋顺。

赵寒梅说，阿部高善就是走了，咱们这牤字号也不会平静下来。"满洲国"是给日本人操纵的，今天阿部高善走了，明天说不定哪一位高善又来了。我看咱们要说服老爷，牤字号让咱们边家的一个人守着，其他的人都离开这儿。牤字号没了，可以另立商号，咱们边家油坊可以在别的地方东山再起。

沉香说，二姨的主意好。我们这么做，日本人拿我们也没办法。

高蕙兰说，我们往哪儿走啊，家业都在这儿。二十六间房产，十二个地窖，边家大院占地一百六十垧，周边还有地一千四百垧，我们搬走了，这些东西走得了吗？我们边家的一多半家业就是这些房子和地，还有我们后仓储存的五千斗大豆，一万三千块豆饼。老爷的持家之道是宁置房子和地也不存钱，因为改朝换代，钱就是废物，无论什么时候，房子和地都是你的。

半夏说，这些财产可是咱们老边家两代人的积蓄啊。

栀子说，就是拼个你死我活，咱也不能离开边家大院。你们都走，我留下。

沉香说，你留下？那侯乃殊就是一把刀，你能把他躲过去，就算是侥幸了。

栀子说，惹怒了我，我会杀了他。

半夏说，你杀了他有啥用，他身后是日本人，是"满洲国"。

高蕙兰说，等等，等老爷静下心来，听他的吧。

一辆俄产轿车停在了边家大院门前。伊凡从车上下来，他要进院子，被人拦住了。伊凡说，我是边家三小姐沉香的朋友，是她请我来的。拦着他的人说着日语，把伊凡搞愣了。这时栀子走了过来，说道，是我们老边家的亲戚，把路让开。

牦字号的大门被日本人把守着，就像牦字号变了主人，边家大院被阴森森的空气笼罩着。把门的日本人知道栀子是边老爷的二围女，知道她有功夫，还知道她是侯乃殊的未婚太太，就恭敬地把门打开，请伊凡进来。伊凡道了一声谢，就问栀子，沉香小姐在吗？

栀子上下打量着他，说道，在，在用膳房吃午饭。

伊凡说，请把我领到她那儿去。

这时一个丫鬟过来，栀子就让丫鬟把伊凡领到用膳房。伊凡一进用膳房，见边家人都在一张桌子上吃饭，但边老爷不在。沉香和赵寒梅起身。赵寒梅问，伊凡来了。吃饭了没有？

伊凡说，没吃，连早饭都没吃。

沉香说，坐下来，我们一块儿吃吧。她又吩咐伙房的大厨，给伊凡加两道菜。

伊凡坐下以后，就急着让人给他盛饭。他说他很饿。

赵寒梅问，伊凡，来得这么急，一定是有什么事。

伊凡说，我姐姐娜塔莎和姐夫安德烈被日本人抓起来了，娜塔莎西餐厅也被"满洲国"政府关闭了，不知是什么罪名。我去监狱看他们，"满洲国"的人说，我姐姐和姐夫有参与反满抗日的嫌疑，现在我有点走投无路。

沉香问，他们为什么说你姐姐姐夫反满抗日？

伊凡说，日本开拓团要过江，建立东亚医院，向哈尔滨的商号募捐，外国人开的商号也要捐。我姐夫安德烈是一个讲理的人，他认为没有理由向日本人捐赠。如果向中国人捐赠，他出多少都愿意，就因为这个，他被抓走了。我姐姐去哈尔滨领事馆要求放人，"满洲国"又给我姐姐加了罪名……

沉香说，不要紧，我们会想办法的。

赵寒梅说，明天我和沉香和你一起回哈尔滨，去找黄大蝎子。

伊凡说，我听说过黄大蝎子这个英雄。现在就只能指望他了。不过，他也不是一个白帮忙的人。要救人，得出一万块大洋。我想……

高蕙兰说，你想来我们边家借钱？要是以前，别说一万块，就是两万块我们也拿得出。不过现在，我们一百块都拿不出。你没见我们院子里都是日本人吗？

赵寒梅看了高蕙兰一眼，又对伊凡说，先在我们边家大院躲几天，我们再替你想想办法。

伊凡说，在我危难的时候，这是最悦耳的声音。

33 "日中亲善协会"成立

阿部高善迟迟不到忙字号去，边孝轩猜不出阿部高善葫芦里卖的是什么药。侯乃殊也没有来。

伊凡到忙字号来避难，也让边孝轩感到挺厌烦。但他还是在书房里见了伊凡。

边孝轩问，日本人在哈尔滨很少招惹外国侨民。怎么，你们娜塔莎西餐厅还和日本人有什么瓜葛？

伊凡说，日本人搞募捐。募捐不是强制的行为，娜塔沙西餐厅没有响应。

边孝轩说，安德烈是一个识时务的人，向日本人捐也捐不了多少钱。他怎么不出钱向日本人讨个平安？伊凡先生，你还是没有说实话。

伊凡想了想，说道，我认为，我姐夫安德烈是在生意上和日本人有纠葛。娜塔莎西餐厅不光要用豆油，还需要面粉。最近我姐夫做了面粉生意，大约有一万多袋面粉从远东出境。娜塔莎西餐厅用的面粉是双城堡韩家火磨厂出的，里面有日本人的股份。韩老板是股东，我姐夫入了股份，日本人想把我姐夫挤对走，没有理由，只好安上罪名给他，这种可能性最大。

边孝轩说，"满洲国"和日本人是穿一条裤子的，你这苏联侨民怕是惹不起，还是认吃亏吧。

伊凡说，我姐夫的生意和我无关。我只是在我姐姐、姐夫那儿吃住便利罢了。现在我姐姐、姐夫的房产也被日本人抵押了，苏联领事馆也毫无办法。

边孝轩说，你在危难的时候到我们这里来，想娶沉香，以后可有落脚的地方？

伊凡说，我都到了这个份儿上了，怎么能向沉香小姐求婚？我到这里来也并不是为了避难，我觉得我能在生意上帮助边老爷。

边孝轩说，你怎么帮我？

伊凡说，听说日本人在牤字号安了电力榨油机，我在俄罗斯的亚历山大工业公司做过工，通一些机械。我可以帮助你们看护和维修机械。

边孝轩说，我还真需要你这样一个人，不过日本人霸占了牤字号，在这牤字号我也说了不算了。日本人安完了机器就走了，不知道什么时候再来牤字号，估计他们会自己带来人看护机器。你先在我们这儿待几天，等日本人回来了，我再和他们交涉。娜塔莎和我们做过生意，在困难的时候也帮过我们，我们帮助你也是应该的。

伊凡说，那就太谢谢边老爷了。

伊凡在牤字号显得很勤快。他帮助边家扫院子，又收拾新厂房的杂物，在外人看来他就是一个苏联伙计。

伊凡的到来让沉香感到很高兴。她见伊凡这样勤快，就找他说，伊凡，这些个活儿都是下人干的，你到我们牦字号来，不能把自己当成下人。走，我陪你出去玩玩。

伊凡擦着脸上的汗说，我非常喜欢你，沉香小姐。可不知道和你一块儿出去，边老爷会不会生气。

沉香说，我爹整天为牦字号苦恼，已经顾不了我们这几个闺女了。我看出来了，我爹对你不反感，尤其是我二姨，她很欣赏你。你能留在我们牦字号，也表明我们边家对你是友好的。

沉香和伊凡走出了边家大院，顺着边家大院的大墙向北走。沉香想把伊凡领到另一块沙滩上去，走了一段，路过了瓦房店。瓦房店里冷冷清清的，看不到有人，但瓦房店村口新立的石碑：福地，还坚实地立在那里。

自从日本开拓团进了雁县，进驻了牦字号以后，就没见到段小麻子，也听不到段小麻子习武堂的操练声。

沉香和伊凡在石碑前看了看，这时从瓦房店里蹿出一匹马，马上有一穿皮大氅的大汉，一把大刀斜插在背后，一双笨拙的皮靴上插满了短刀。大汉停在沉香和伊凡跟前，问道，你们想干什么？

沉香说，我是前面牦字号的，我领着俄罗斯朋友去江边玩。

大汉说，赶快走！此地是习武堂，生人不能在此停留，如果一袋烟的工夫不离开，我额白巴尔思的短刀是不认人的！

沉香笑了，我知道你是段小麻子的朋友，额白巴尔思大哥。咱们是前后院的邻居，何必动怒。

额白巴尔思说，什么邻居不邻居的，本习武堂没有远亲也没有近邻。习武堂现在只有敌人。

伊凡吓得拉着沉香，说，我们走吧。

沉香问，大哥，段祺坚干啥呢？

额白巴尔思说，上山打虎去了。

沉香又笑了，额白巴尔思大哥真能吓唬人。

沉香和伊凡到了江边，找了一块干爽的地方坐下。伊凡说，我本以为到乡下来会安全，想不到牤字号的周围也有危险。

沉香问，你害怕啦？

伊凡说，我并不害怕，我只是喜欢宁静。

沉香说，你是一个热爱艺术，又善于经商的人。怎么可能宁静下来呢？

伊凡说，宁静是我生活的一部分，如果有一天不需要我宁静了，我也会是一头凶狠的北极熊。

沉香说，我没看出来。

伊凡说，那么我现在就告诉你，我在哈尔滨杀了一个人，是日本武馆的神谷太郎，他杀害了哈尔滨苏联商会的会长。神谷太郎武艺高超，没人敢和他比武，我是在香坊用枪把他打死的。

沉香倒吸一口冷气，想不到你真是到牤字号来避难的。

伊凡说，我不会在你这儿待太久。我在俄罗斯的朋友会在十天后来接我回俄罗斯……我想把你带走。如果你不跟我走，就算是我和你最后告别。

阿部高善带着汽车队去了程家屯，汽车上拉的都是日本人，下了车就找族长程存德。程存德见日本人开着洋汽车来的，有点不知所措。程家屯对日本人怀有感激之情，几个程家人从家里翻出锣鼓在场院里敲着。阿部高善对程存德说，我们是来帮助你们打井的。这口井年头太久了，水中的细菌繁殖过快，淘也淘不净，就选个地方打一口新井。不打井的话，你们吃了这有害的水，人还得得瘫症，我看了心疼啊。

程存德给阿部高善跪下了，说着谢您的大恩大德。

日本人要给程家屯人打井，程家屯人更加感激日本人，家家都在口袋里往出舀白米白面，给程存德送去，让族长好好招待日本人。

阿部高善也从车上卸下了几十袋日产白面，让程存德分给村里人。

阿部高善还领来了一个日本大夫，专门给程守义看病。

这次阿部高善到程家屯，没有把侯乃殊带来。侯乃殊正在县城，和伪县长谈成立日中亲善协会的事。

侯乃殊和伪县长没有在县政府商谈，而是在小河园戏园子的楼上商谈。侯乃殊发了请柬，让雁县的名人到戏园子来，名义上是请大家吃饭，实际上是要在这宴席上宣布"亲善协会"的成立。他在泰和楼订了三桌子丰盛的宴席，让伙计端到小河园来。

接到请柬的有：苏杭布庄的掌柜潘九玺、丰裕米栈的掌柜黄倍强，还有普生药堂的何三炼。侯乃殊也给段家馃子铺发了请柬，段小麻子没在店里，但他姐姐段淑娴应邀参加。

这次宴席由伪县长主持。伪县长姓袁，是江北人。他是江北有名的私塾先生袁凤辙的儿子，也是一个文人，说话喜欢合辙押韵，在雁县没有任何政绩。当了一年的县长，整天在屋里看书、浇花，哄县衙后面的三房太太，雁县的许多人都不认得这位袁县长。

开席前，侯乃殊说道，今天雁县的袁县长心情怡然，特招待雁县的各位绅士，下面请袁县长训话。

袁县长梳着分头，蓄着短须，揣着怀表，穿着西装，打着领结。他说话的声音很尖细，他喉头动了一下，说道：

　　　　雁县十里长街人嬉笑

　　　　枝头喜鹊喳喳叫

　　　　子民头顶朝日秋风到

　　　　友邦亲善丰年兆

　　　　开拓团吾依靠

　　　　江南炊烟缭绕

　　　　子民身暖饭饱

　　　　今天向各位犒劳

　　　　亲善协会诞生了

袁县长读了一个多时辰的韵文，才擦擦汗，坐下。

侯乃殊便又请袁县长宣布"亲善协会"会长、副会长名单。

袁县长便宣布：

副会长，丰裕米栈的掌柜黄倍强、苏杭布庄的掌柜潘九玺。

会长，普生药堂掌柜何三炼。

参加宴席的其余宾客齐鼓掌，三个会长却有些发怔。什么时候选的自己当会长？这不是强撵鸭子上架吗？

丰裕米栈的掌柜黄倍强说道，县长大人，我不能胜任副会长，因为我过几天就要搬到哈尔滨去了。我的米栈总店在哈尔滨，这几年在雁县的生意不好，就不能在县长大人的眼皮底下做生意了，望另请高明。

苏杭布庄的掌柜潘九玺说道，我腿脚不好，是南方人，在关东待了十几年，就生了这老寒腿。刚才赴宴，也是别人把我背来的。一个腿脚不灵活的人，怎么能做副会长？

袁县长愤怒地说道，天下到处是粮仓，米栈在此有何妨，协会要选副会长，就得选你黄倍强。

黄倍强眨了眨眼睛，不再说话了。

袁县长指着潘九玺说，不管你是几个玺，当了会长才是喜。本官让你当会长，那是对你看得起。

潘九玺也不说话了。

何三炼说道，蒙县长大人如此高抬我，这会长我当了。

袁县长说，三炼是个好子民，你当会长我放心。缺啥少啥跟我说，要银子有银子，要黄金有黄金。

侯乃殊举起酒杯，说道，"雁县日中亲善协会"在县长大人的扶持下，在日本开拓团的抚恤下，在各位的支持下，现在正式成立。

袁县长说道，大家把酒喝好，还有一事通告，乃殊是雁县的参事，大事小情替我照料。废话少说，喝完拉倒。本官还有大事，先走一步告辞了。

袁县长走了。县里的几个绅士大眼瞪着小眼，不知说啥好，也不敢退席，因为侯乃殊又搬了一坛子酒过来。

潘九玺小声对何三炼说，三炼兄，你从来都是为人大善，为医大德，怎能当这狗屁的会长？

何三炼笑道，天塌下来得有人顶着。

34　雁县乡间发生了两件大事

侯乃殊去县城把阿部高善安排妥善，就去了边家大院。

边孝轩问，你没随阿部高善下乡抚恤，在县城成立了"日中亲善协会"？

侯乃殊说道，这是阿部高善先生的意思，也是"满洲国"必须在县城成立的组织，这个组织肩负着"日满亲善"的重任。阿部高善原本是让您做会长的，因为您在雁县以及江北有很高的声望。如果您做了会长，雁县的老板们都会顺从您的。我却劝说阿部高善，没有让您做会长，岳父大人您应该知道我的用意。

边孝轩说，用意很简单，是让我远离雁县的商界人士。雁县的商界人士和我都是朋友，你让我远离他们，是怕我领着商界人士给日本人惹事端。还有别的用意吗？

侯乃殊说，岳父大人误解了我。我是怕您惹了日本人，对我们忙字号不利，对我们边家人也不利。

边孝轩讥讽道，想不到乃殊你对边家这么忠心耿耿。

侯乃殊笑道，我毕竟是边家的女婿。

边孝轩问，洋机器已经安装完毕，阿部高善迟迟不派人来，让我们牤字号歇业，我不知道阿部高善是何用意。你虽说是边家的女婿，却和日本人是亲善的朋友，你应该知道为什么。

侯乃殊说，阿部高善先生担心的是阿部高善株式会社和咱们老边家合股经营，收购不来豆子，所以才到乡下去亲善抚恤，他也是为了牤字号的利益。岳父大人，我已经看出来了，您从骨子里不喜欢日本人，也不喜欢我侯乃殊，对我和栀子的婚姻好像也很勉强。我侯乃殊从来不求别人的施舍，自从和栀子订婚以后，我是一心一意为了边家，光口头说不行，我得拿出行动来让您老人家看。我和栀子的婚礼可以延后，您老人家认为什么时候合适，认可我侯乃殊是咱们边家的顶梁柱，到那时候，您再把栀子许配给我，举行婚礼。

边孝轩笑了，我也看出来了，你侯乃殊和我们边家是实心实意，那我就听你的。婚礼时间我不定，你认为什么时候该和我二闺女结婚，我就给你们操办，而且要操办得红红火火，保你满意。

侯乃殊说，岳父大人的话让我感激万分，我真想给您磕三个头。

侯乃殊要见栀子，想和她谈谈。边孝轩告诉他，栀子正在后院习武，你们谈去吧。

侯乃殊高兴地去了后院。栀子正在练飞刀，她把一根黄瓜吊起来，在远处向吊起的黄瓜抛着飞刀。黄瓜一片一片地落地，侯乃殊赞叹，栀子，想不到你的飞刀飞得神了。

栀子回头，见是侯乃殊，说道，习武之人要通十八般兵器。

侯乃殊把腰间的两把德国撸子掏了出来，在两个手指头上绕了两圈，然后向黄瓜开枪，吊着黄瓜的两根绳子被侯乃殊打断了。

栀子也赞叹，看来我的飞刀抵不过你的德国撸子。

侯乃殊问，你那两把德国撸子呢？

栀子说，让我藏起来了，我舍不得用那两把德国撸子，等需要的时候我再把那两把德国撸子拿出来。

侯乃殊说，你不能把撸子藏起来，你应该天天练枪法。这撸子很结实，也使不坏，如果不好使了，我再给你买两把。

栀子说，两把撸子，足够了。

侯乃殊说，栀子，我们出去走走吧。

栀子把飞刀捡起来，别到腰间说，走吧。

栀子和侯乃殊没从大门走出去，两个人翻越了边家四丈高的大墙跳了过去。

侯乃殊问，到哪儿去？

栀子说，往东走，我们去小树林子玩玩。这山上没有大物，但野兔子和山鸡到处都是。

侯乃殊说，那我们就打几只山鸡，回去给老爷子炖上。

两个人上了山，见山上很冷清，走出很远也没有见到野兔子和山鸡，他们就攀上了悬崖。栀子说，在山崖往下看，能看到树上的桦鼠子。这小东西灵活，我常到这山崖上练飞刀，抛出去十把飞刀能击中两只桦鼠子就不错了。

两个人分别掏出了飞刀和德国撸子。栀子先飞刀，十把飞刀都抛出去了，击中了一只桦鼠子，却没有击中这小物的要害，这只桦鼠子带着伤逃了。侯乃殊两手握着撸子，一气儿向桦树上打了十枪，也是一只没有打到。这时不知什么地方枪响，响了四下，从桦树上落下了四只桦鼠子。

栀子说，肯定又是段小麻子。

侯乃殊说，不，肯定不是段小麻子。习武堂习武的人不会用枪，会用枪的人肯定不是一般的人物。

栀子问，那会是谁？

侯乃殊说，"雁县日中亲善协会"的人。雁县的商人不是土财主，却都有枪，据我所知，协会的这些人大部分和哈尔滨的洋人都有来往。别看他们土里土气的，可也有神枪手。

栀子说，看来对日本开拓团构成威胁的不是这一带的村民，不是土财主，也不是山上的绺子，而是这些商人。

侯乃殊说，所以我们要在雁县成立"日中亲善协会"，让他们和日本人厮混在一起，便于日本人监视这些危险的家伙。

栀子说，现在雁县日本开拓团的人不足一千，将来即便是大批的开拓团开进来，也超不过五千人，而亲善协会能控制一万多人。我总认为我们友善的日本朋友会不知不觉地钻进棺材里。

侯乃殊说，你小看了日本人。

栀子笑道，你小看了中国人。

临近县城的程家屯，又开始击锣打鼓，鼓乐班子又响了起来。很远的地方都能听出刘大嘴领着鼓乐班子的人拼命地演奏《王二姐思夫》。

阿部高善帮助程家屯打的水井出水了。这口水井是在山脚下打出的，水井在清水的水脉上，水很清澈。村中的壮年一桶一桶地往上打水，村民们端着葫芦瓢，排着队喝着甜水。

程存德向阿部高善作揖，道，日中亲善真是造福于吾乡野子民，这井水能让我们程家屯的人喝上百年。村人定能肩宽体壮，脸上红润。往后吾乡野子民定为"日中亲善"效力，吾村之福气乃会源远流长。

这天，袁县长也前来祝贺。听了程存德道谢的话，也显得非常兴奋，就站在一棵又粗又壮的被锯断的树墩子上，挥着手，说道，"日中亲善"丰润吾乡，"日中亲善"源远流长，今日甜水洗涤肺腑，一杯饮下无限风光。阿部高善爱吾乡党，还有福音落我村庄，村民睁大眼睛挺起胸膛，下面有请阿部高善老爷说端详。

阿部高善深情地说道，各位乡亲，你们喝到了甜水，只是解决了渴的问题，饥的问题还没有解决。现在我有喜事通报各位相亲，往后我们就不在土里刨食了。我们从日本来，是开拓团，为啥叫开拓团，就是为了大东亚的共荣，对贫困的土地进行开拓，对穷人进行帮扶。在袁县长的帮扶名单里，我们雁县的程家屯，要首先开拓。告诉你们一个好消息，雁县最大的商号牤字号已经和日本开拓团合股了。程家屯有三十九户人家，一百九十一口人，我们牤字号今年要在程家屯招募工人，每户人家招一名，只要三十岁以下，无论男女，都可以到牤字号去做工。明年全村的一百九十一口人都可以成为我们牤字号的一员，每个人都可以帮助我们卖油，这样每户每年的收入都将在一百五十块大洋左右，可以兑换五石大米，两头猪，三十头羊。从此，我们程家屯就不再有穷人了！

程家屯的人围着水井欢呼跳跃，喊着，感谢阿部高善的大恩大德！

见大家欢呼结束，鼓乐班子又奏了一段曲子《傻子吊孝》。

阿部高善说，你们从农人变成了工人，土地已经没用了，你们程家屯的地就交给我们种吧，你们不用受累了！

村人又欢呼，但欢呼的人减少了。

程存德说，阿部高善老爷，土地是我们祖辈的积蓄，是农人就离不开土地。您老人家是不是别买我们的地，我们可以每年向牤字号交一半黄豆？

阿部高善变了脸色，说道，这可不行。如果不买你们的地，我们牤字号用什么养活你们？你以为是我们买地吗？我们是在为你们买地……程族长，今天我们大日本阿部高善株式会社就和你们签署土地购买契约，明天早晨，银子兑现。

程存德央求道，阿部高善老爷，能不能给我们一天的时间考虑？

阿部高善说，不能考虑了。我们大日本帝国用心血浇灌大东亚共荣，你们可不能让我们心寒啊。程族长，你今天就要向村民们宣布，只要喝过我们井里打的甜水，挣我们牤字号的钱，就必须和我们签订契约。

程存德被逼到了绝路，只好对村民们说，乡亲们，我们就和大日本帝国订契约吧。同意的，就喊一声。

阿部高善站到了稻草垛上，用阴毒的眼光看着村民，村民的声音很小，但都喊道，同意。

一夜之间，程家屯的土地成了日本人的。

晚上，程存德带着愧疚，推开了牤字号的大门。

第二天，程家屯的乡间发生了两件大事，惊动了雁县：被雁县乡间称作开明族长的程存德在村东的树林子里自杀了，自杀前他让程家屯的人把那口井填上了。与程家屯相邻的葛家屯在头天晚上响起一阵爆豆般的枪声，又响起了震耳的炮声，被雁县人称作雁县第一爷的葛瞎子被打死了，葛家大院也被炸平了，葛家人在清理葛家大院的时候发现一条白绸子，上面写道：雁县第一爷今天到阎王爷那儿报到，成了阴曹地府的第一孙子。落款是：为民除害的段祺坚即日。

乡间发生的两件大事让边孝轩感到很震动。他大清早就去了县城，敲开了普生药堂的后门。何三炼看样子也是一宿没合眼，一脸的疲惫，坐在院子的摇椅上。天上飘着雾，在雾里，何三炼的神态好像让人看不清面目的神仙。进了院子，边孝轩就开骂道，何三炼，我一直把你看成救苦救难的神仙，想不到你是一个王八犊子。前几天你还和我在一块儿骂日本人，转眼间你就成了"日中亲善协会"的会长，这叫啥，这叫日本人的奴才，是一条败家的狗。

何三炼还坐在摇椅上摇着，半天才说，孝轩兄，你还没识得你兄弟的真面目。日本人想控制雁县的商人，监视他们有没有反日的动向，雁县反日的力量都集中在商界。但这些个商界的人有的胆小怕事，有的容易屈服，没有一个人出来抵挡，行吗？以前我就跟你说过，该你糊涂的时候你明白，该你明白的时候你糊涂，你被日本人监视得死死的，你还没感觉到吗？雁县的天下是咱俩的，一伙儿人在监视你，一伙儿人在监视我……你这个笨蛋，天光大亮的你也敢到我这儿来，你就不怕被盯梢？

边孝轩说，我是坐着拉粮食的车来的，出门的时候我从后墙钻出去的，拉我的车夫是聂晓蒲的叔伯弟弟聂晓苇，他把我埋在了粮食堆里。聂晓苇既是我们边家的亲戚，又是我的亲信，我来，日本人不会知道。看着何三炼，边孝轩口气软了下来，说，那……那我是错怪你了。

何三炼这才从摇椅上站起来，说道，我知道你为什么这么早就来了。阿部高善把程家屯的地都买了，也暴露了他和你牤字号合作的真正目的。他不是奔你的油来的，他是来圈地的。

边孝轩说，这个段小麻子看来也投靠了日本人。葛瞎子没招他没惹他，他就把葛家屯给平了，这小子罪大恶极。

何三炼说，我一直在想，段小麻子和葛瞎子的仇恨究竟在哪里，不能排除他已经被日本人收买的可能，我们不该小看段祺坚的习武堂。他们的人不多，但瓦房店里藏龙卧虎，蒙古刀王额白巴尔思和他的蒙古刀队加入了段小麻子的习武堂，这伙儿人和佟家习武堂较量过，佟家习武堂甘拜下风。日本人惹不起，就收买他们。我的分析不一定对，也许是错怪了段小麻子。

边孝轩说，不会错，段家人几辈人都是恶人，得想办法消灭他们。他在我们墙外，我们也受到威胁。

何三炼说，先不能和段小麻子较量，我们再看看事态怎么发展。

35 天　敌

　　栀子和侯乃殊在山上打了小物，也在悄悄地寻找那个放暗枪的人。他们渐渐地走到了山的深处，再过一道壕沟，就该进大山了。栀子阻拦说，不能再走了。过了这条壕沟是山匪陈冠金的领地，陈冠金为人歹毒，只要生人进他的领地，一律砍头。

　　站在壕沟边上，侯乃殊犹豫不定。这时从山路上过来一个挑担子的农夫，担子两端是苇席子编的芙子，一头装着葵花子，一头装着粮食。农夫膀大腰圆，穿着一身蓝色的麻布衣裳在山路上走，就像在平道上走一样轻盈如飞，边走边哼着小调：

　　　　过了一道山
　　　　听到了狗在叫
　　　　知道山对过坐着我大嫂
　　　　听到了蛐蛐唱
　　　　知道了大嫂给我烧热了炕

侯乃殊和栀子悄悄地躲在了山路旁边的大树后面。农夫没有看见他们，颠儿颠儿地下山了。

侯乃殊对栀子说，薛子良有了下落，就在这壕沟的对面。看样子他是给山匪当了军师。

栀子问，此话怎讲？

侯乃殊说，薛子良可能发现了咱们两个，用这个法子向咱们露个脸，告诉咱们他的下落，不让我们找他。汉子挑的这个担子就是薛子良的谐音。

栀子说，你这大秀才猜得没错。这个发现得跟我爹说，也得让我大姐知道，别再找薛子良了。

侯乃殊和栀子在山上又兜了一圈，便下山了，没等到山根底下，就听见了从边家大院传出了清脆的枪声。

沉香领着伊凡，跳过了后墙，躲在墙根底下，商量对策。

伊凡说，是哈尔滨的日本人在追捕我。我杀了神谷太郎，日本人肯定不会放过我。我得离开这里，不然你们边家会受到牵连。

沉香说，那就躲到山上去吧。

沉香领着伊凡往山上跑，半路上遇到了赵寒梅。赵寒梅说，往山里跑也是死路一条，陈冠金就在大山里，伊凡就是不死在日本人的枪下，也得死在陈冠金的刀下。走，我们去教堂躲一躲，牧师瓦多哈会有办法的。

赵寒梅领着伊凡奔了教堂。走了几步，又停下来，对沉香说，你先回咱们边家大院，如果你不在，更会引起日本人的怀疑。

沉香又翻墙回到了边家大院。

一车日本人下了车，把边家大院围住了。这时侯乃殊和栀子也回来了，走到边家大院门口，被日本人拦住了。

日本人冲侯乃殊哇啦哇啦地说了一阵日语，侯乃殊也不理他，狠狠地抽了这个日本人一个嘴巴，然后说道，阿部高善，阿部高善！日本人中有翻译，就问侯乃殊，你是什么人？敢打日本人？

侯乃殊说，我是开拓团阿部高善株式会社的，知道这里是什么地方吗？是雁县有名的忙字号，是受阿部高善先生的保护的。

日本翻译向这个日本人哇啦了一阵子，转向侯乃殊问，这里有没有一个苏联人，叫伊凡的？

侯乃殊说，我们这里从来都没来过苏联人。什么伊凡不伊凡的，他到这儿来干什么？你们赶快离开，不然我会把阿部高善先生请过来。

日本翻译又跟这个日本人哇啦了一阵，这些日本人上了汽车，走了。

日本人走后，侯乃殊到了边孝轩的书房。刚才日本人围住了边家大院，边孝轩纹丝未动，在屋里看书，就像院外什么也没发生一样。他知道边家大院是一个危险的地方，却也是最安全的地方。侯乃殊坐在边孝轩的对面，说道，岳父大人，按说今天边家大院要有两个人落难，一个是沉香，一个是苏联人伊凡，是我把他们救了。我也是在替岳父大人排忧解难。

边孝轩说，咱们边家大院有你这个靠山，我就省心多了。

侯乃殊说，我得赶快回小河园，今天要好好招待阿部高善先生。他去程家屯抚恤，实心实意地和我们中国人搞亲善，我得好好犒劳犒劳他。

边孝轩说，你回小河园，表达一下我的意思。我想请阿部高善到我这儿来吃饭，不知道阿部高善会不会给我这个面子。

侯乃殊说，岳父大人的面子谁能不给，那我马上去接他来。

侯乃殊要走，边孝轩又叫住了他，雁县的"亲善协会"的会长已经选出来了，是咱们边家的老朋友何三炼。他被日本开拓团委以重任，我当前去祝贺。好在我们交情不浅，你就顺便到普生药堂把他也请来吧。

侯乃殊说，我请何老先生，他未必能来。

边孝轩说，那我就给他写个请柬。

侯乃殊走了。边孝轩让丫鬟去叫沉香。过了一会儿，丫鬟说，三小姐不在。边孝轩又让丫鬟叫赵寒梅，丫鬟说，二太太也不在。边孝轩就出了书房，去了高蕙兰那里。高蕙兰正跪在地上给关公关云长上香，边孝轩进了她的屋，她也没起来。边孝轩就坐到炕上。过了好一阵，高蕙兰才起身，她也坐到炕上，脸色不悦。

边孝轩说，沉香和她二姨到哪儿去啦？

高蕙兰说，沉香和她二姨整天混在一起，说话做事都背着我，不知道她们想干啥。寒梅这半年越来越野，把沉香也带坏了。

边孝轩说，沉香和她二姨只是去了两趟哈尔滨。她们干什么我知道，没像你想的那么坏。

高蕙兰说，这个苏联小伙儿伊凡我们不知根不知底，寒梅就给他们牵线做媒，我看她是想把沉香往火坑里领。刚才日本人围住了咱们边家大院，我一打听，这帮日本人是来抓伊凡的。伊凡在哈尔滨干了什么事咱们不知道，寒梅和沉香把他勾到咱们这儿来，也是引火烧身。

边孝轩说，我就是想要知道伊凡这个苏联人究竟在哈尔滨干了些啥。

高蕙兰说，忙字号已经是是非之地了，侯乃殊勾来的这伙儿日本人比伊凡还危险。这两个人是丧门星。你这当爹的掌不住舵，硬是把孩子们推到了火坑。原打算将半夏和栀子嫁给薛子良和聂晓蒲，薛子良为人歹毒，见边家有难，他先逃了。这聂晓蒲也是没心没肺的家伙，边家遭了难，他整天还喝酒，和半夏出去游山玩水……真是让我操心。还是我爹活着的时候说的话管用，惹不起，咱还能躲得起。这两天我想收拾收拾，把这仨闺女带走。虎杖和寒梅和你在一块儿，让寒梅照顾你。

边孝轩说，你不能领着孩子们走。你们一走就惊动了日本人，他们肯定认为我也要逃。现在日本人要靠我的名声圈地，我要走了，日本人就没了靠山。惹怒了他们，他们什么事都干得出来。

高蕙兰说，那我们就在这儿混吃等死？

边孝轩说，阿部高善不是奔咱们的油坊来的，这是好事。新盖的房子也干透了，把榨油器支起来，还能开榨。

不管日本人怎么折腾，我们牤字号不能倒牌子。

高蕙兰说，那就快点开榨吧。这些年我一听到作坊里榨油器吱吱的响动，心里就觉得很踏实。

边孝轩说，明天就把榨油器支起来，选个吉利的日子，重新开榨！

半夏和聂晓蒲从高楞回来，看着凌乱的边家大院，觉得很郁闷和无聊，半夏就整天和聂晓蒲在账房先生的屋里喝酒。

晚上要招待阿部高善和何三炼，边孝轩对晚上的宴席很看重。这并不是为了恭维阿部高善，而是让何三炼有机会真正了解阿部高善这个人，然后再请何三炼为他的牤字号和雁县的商人们出谋划策。边孝轩没让伙房去采购鸡鸭鱼肉，而是让半夏和聂晓蒲到江北的兴隆大集去采购。边孝轩推开了账房的门，见半夏和聂晓蒲一边喝酒一边划拳，他很生气，夺过酒坛子摔到了地上。他骂半夏道，边家大院这么乱，你身为长女，又是我指定的牤字号的掌柜，现在也不替你爹分忧解难，却有心思在这儿喝酒……

聂晓蒲扶着边孝轩坐下，说，岳父大人息怒，这几天大小姐心里很乱，吃不下也喝不下，其实这就是在替您老人家分忧解难。

半夏说道，爹，别怪闺女不争气，我也是在为牤字号想主意。现在牤字号有两个天敌，一个天敌还在，一个天敌逃了。这两个天敌都能置牤字号于死地，一个是侯乃殊，一个是我二姨。

听了半夏的话，边孝轩感到很吃惊，问道，你二姨怎

224

么会成为天敌？

半夏说，她跟苏联人打得火热，跟哈尔滨的镖头黄大蝎子交情不浅，将来日本人和咱们中国人打起来，苏联人和黄大蝎子都不是省油的灯，他们都会把火引到牤字号。侯乃殊这个天敌我们已经看出来了，我就不多说了。这两个天敌都不容易对付。

边孝轩说，你二姨不像你想的那么坏。让我对日本人和苏联人进行评价，我觉得日本人很险恶，而苏联人很耿直。

半夏说，这是您老人家的偏见。当年八国联军侵占中国，俄国人在咱们哈尔滨这一带也干了不少坏事。

边孝轩不再说话了。半夏问，爹，你找我有事？

边孝轩说，你和晓蒲去江北兴隆大集采些鲜货，晚上我要招待阿部高善和你三炼叔。

聂晓蒲说，大小姐有点喝多了，还是我去吧。

这时栀子也推门进来，说，我去采购，让他们歇着吧。

边孝轩说，快去快回，别给我惹祸。

沉香在屋子里歇了一会儿，有些坐卧不安。见日本人走了，她便走出边家大院，向山上走去。到了山下，她四处观望了一阵，就进了教堂。瓦多哈牧师正在看祷告，见沉香进来，问道，小姐，还没有到礼拜的时候，你到这儿来有什么事吗？

沉香说，看我的苏联朋友伊凡。

瓦多哈说，他已经走了。

沉香说，他没有跟我打招呼，是不会走的。

瓦多哈走到她跟前说道，姑娘，上帝怜悯那些无知的人。说完，瓦多哈就走了。

沉香离开教堂，在山根底下坐着。她不相信伊凡能走，因为她知道，只有在这里，他才是最安全的。于是她又返回教堂，瓦多哈又出来，说道，上帝不能饶恕那些固执的人。

沉香把一把大洋放在了桌子上，对瓦多哈说道，上帝应该知道，无知的人也有聪明的时候。

沉香又离开教堂，瓦多哈把她送到了门外，说道，请你放心，邪恶的一举一动，上帝都能看见。上帝不会饶恕他们。

沉香下山以后，见一棵大树后面出来两个人，他们打量沉香一阵，就离开了。沉香感到很不妙，这两个人肯定是日本人，他们没有离开牤字号附近。

沉香觉得自己惹了祸。伊凡可能要有危险，教堂可能也不会平静了。于是她急忙下山。

回到了牤字号，沉香就找到父亲，说道，我要去小河园。

边孝轩感到很惊讶，你想干啥？

沉香说，去接侯乃殊和阿部高善。

边孝轩厉色说道，老三，你惹祸了！

沉香说，边家现在不怕灾祸，因为有侯乃殊。

36　将士相油桶

日本人闯入了教堂，将瓦多哈抓了起来。正下山的时候，赵寒梅领着家丁迎了过来。赵寒梅不懂日语，却不断地和日本人说着阿部高善的名字。想不到这两个日本人当中有一个懂汉语，他用汉语对赵寒梅说，这个教堂里藏着苏联人，这个苏联人参与了谋杀大日本帝国武士神谷太郎。

赵寒梅对这日本人说，我是山下牤字号的，是边家大院的二太太。请到我们边家大院歇息，喝杯酒。

日本人说，我们公务在身，必须把这个叫伊凡的苏联人找到。正好，我们把这个牧师带到边家大院，要对他进行审讯。

瓦多哈说，你们随意到教堂抓人，我要抗议。

赵寒梅把日本人和瓦多哈都领到了边家大院，她安排两个日本人去用膳房吃饭，于是两个日本人把瓦多哈绑在了院子里的树上。

两个日本人正在吃饭的时候，赵寒梅去叫栀子，对栀子耳语了一阵。栀子说，放心吧，阿部高善两个嘴巴子就把他们扇走。

栀子进了后院的大餐厅。餐厅里，阿部高善正在举杯，说道，"日中亲善"已经得到了雁县子民的拥戴。这一带的村民把牤字号视为他们的靠山，我们大日本帝国自然也是他们的靠山。

这时栀子走了进来，对侯乃殊耳语了一阵，侯乃殊就对阿部高善说，哈尔滨来了几个日本人，下午围住了边家大院，说我们窝藏了一名苏联杀人犯。这对牤字号是一个威胁，以后这一带的村民如何看待我们牤字号？

阿部高善说，昨天我也听说了。有个苏联人杀了大日本帝国的武士神谷太郎，现在正在缉拿他。牤字号与外界素不往来，怎么可能窝藏这个苏联罪犯呢？

栀子说，哈尔滨来的日本人在我们边家大院搜索了一阵，觉得我们这儿不是窝藏苏联罪犯的地方，就走了。可他们却留下了两个人，把山下教堂的瓦多哈牧师抓了起来，现在正绑在边家大院的树上。

阿部高善说，这是驻哈尔滨的大日本帝国东亚先遣队的人，他们的队长赤田寅次郎是个笨蛋，在关东不搞亲善活动，却到处收受募捐。他还从日本调来了几名武士，在哈尔滨的日本人中声誉很坏。而且竟然还在哈尔滨香坊的日中合作木材株式会社收受募捐。中国有一句俗语，叫兔子不吃窝边草，可这寅次郎就吃窝边草。他们抓了牧师，必然会引起苏联、法国领事馆的注意，会把事情闹大……赶快让他们放人！

阿部高善起身去了院子，问栀子，我的两个同胞在哪里？

栀子说，正在用膳房吃饭。

阿部高善对他身边的随从说了几句日语，随从便从用膳房把两个日本人叫了出来。他们说了半天日语，阿部高善就给了精通汉语的日本人一个嘴巴。阿部高善让人把瓦多哈解开，又请这牧师到这屋子里就餐。

瓦多哈随阿部高善进了用膳房，坐在阿部高善的旁边。阿部高善给他倒了一杯酒，说道，在日本，信奉基督教的人不多，我们和许多中国人一样信奉佛教。佛教常说，苦海无边，回头是岸。那个杀了日本武士的苏联人就在你们教堂，你应该把他交给日本人……

瓦多哈说，我的教堂不会藏匿苏联人，不信你们可以去搜查。

阿部高善说，你的教堂是不会藏匿苏联人的，但你教堂的四周却可以藏人。你在这里布道已经三年多了，这山上的一草一木你都熟悉，藏一个人还不方便吗？

栀子说，这山上到处都是石碴子，大山里又是山匪陈冠金的领地，那个苏联人无处可藏。

侯乃殊说，我们不必管他。如果那个苏联人藏在了山上，早晚也会露面的。他躲不过我们边家大院人的眼睛。阿部高善先生，请您放心，如果我们发现了那个苏联人，就一定把他抓住送到哈尔滨去。

阿部高善说，那我就放心了。

边孝轩宴请阿部高善和何三炼，场面很大，吃得却很冷清。喝了一坛子酒，阿部高善就要回小河园，侯乃殊就把他送走了。

边孝轩亲自送何三炼。一路上，边孝轩不断地问何三炼，这阿部高善除了圈地，还有更大的阴谋吗？

何三炼说，当然有。丰裕米栈的黄倍强从哈尔滨回来，带来了一个坏消息：日本开拓团先开进"满洲国"，然后他们会出兵先占领"满洲国"。咱们这一带是三省交界，距哈尔滨不算太远，水陆交通也很便利。日本人很可能要在此地建立日本军事基地，在我们这儿储藏军士供给和枪支弹药。这个军事基地很有可能就建在程家屯，你们边家大院是雁县最大的宅院，日本军人占领"满洲"以后，最先落脚的地方恐怕就是边家大院。

边孝轩说，如此的话，我牝字号面临的是更大的灾难。

何三炼说，树大招风，这也是没办法的事。国家都要亡了，一个小小的牝字号又算得了什么。你我都是雁县有头面的人物，一举一动日本人都会盯着。现在咱们跟日本人还不能硬碰硬。但日本人开过来以后，最棘手的事情之一就是要对付山上的绺子。有日本人在，绺子们也不会得安生。依我看……

边孝轩压低了声音，我们暗中要帮助这些绺子。

何三炼拍着边孝轩的大腿，孝轩兄，你渐渐地看清了时局。

边孝轩从县城赶回来，已经是半夜了。他刚要躺下，栀子敲他的门。边孝轩开门让栀子进来。

边孝轩问，这么晚了，还不睡？

栀子说，我有大事要跟您说。

边孝轩问，啥大事？

栀子说，今天我和大姐夫去江北兴隆大集，知道了薛子良的下落。

边孝轩说，你详细跟我说说。

栀子和聂晓蒲是晌午过的江北。江北的鱼市大集人已经走光了，栀子和聂晓蒲就去山货大集，买了两只熊掌，又割了几斤鹿肉。无鱼不成席，他们过江南不能不拎几条鱼回去，就去了兴隆堡子的满家鱼栈，买了两条马哈鱼。在兴隆堡子逛了一阵，栀子有些饿了，就和聂晓蒲在兴隆堡子的酒店一条街吃饭。兴隆堡子的油炸糕很有名，叫翟罗锅子炸糕，炸糕有十几种馅，青丝玫瑰、杏仁、桃仁、黑芝麻、白芝麻、山楂泥等。翟罗锅子炸糕的山楂泥馅炸出来白里透红，咬一口，甜酸香。栀子和聂晓蒲进了翟罗锅子的炸糕店，栀子要了十个山楂泥馅炸糕，聂晓蒲要了十个桃仁炸糕，又要了两碗红小豆粥。两个人吃着，便听到翟罗锅子和一个油匠说话。

油匠说，这油炸出来的炸糕是金黄色的，油质透亮，炸糕里是什么馅都看得出来。

翟罗锅子说，江北的许家油坊是小作坊，油质也很透亮，可去年就不榨油了。我们店用的油都是江南牤字号的。

油匠说，牤字号完了。日本人把牤字号给吞了，换了洋机器，已经十多天没榨油了。还是我这薛字号油坊的油敢和牤字号一比。

翟罗锅子问，薛字号油坊在哪儿？

油匠说，在佳木斯的西南角。掌柜的叫薛子良，原来是牤字号的头榨。这些年牤字号的油，江南江北都认，还不是因为牤字号有了那头一榨薛子良？

翟罗锅子问，你这油就是薛字号的？

油匠说，真的假不了。说着，他把空油桶翻过来，油桶的桶底上刻着仨字：将士相。

翟罗锅子问，这是啥意思？

油匠说，薛掌柜的油坊叫薛字号，可他的油的标识却是将士相，掌柜的不光是油匠，还是棋圣。江南江北的人下棋没有比得过薛掌柜的。

翟罗锅子说，今儿个炸出的油炸糕比往日好，还是你这将士相的油质透亮，往后我们炸糕店就用你挑来的油了。

边孝轩惊叹，果然如此。

栀子说，爹，你说咋办。我该不该去找这薛子良算账？

边孝轩说，不，让他榨吧。

栀子说，薛子良把我们忙字号的绝技带走了，我们就这么轻易地放过他吗？

边孝轩笑了，我们不吃亏。

栀子有些疑惑，为什么？

边孝轩说，我有预感，将来你会嫁给薛子良。

栀子说，薛子良是个小人，也很阴险，我不会嫁给他。

边孝轩说，薛子良不阴险，他有智慧。你大姐说得对，整个忙字号的男人没有一个能比得了薛子良的，我倒希望薛子良能够成为我们边家的人。

栀子说，爹，我不明白你的意思。

边孝轩说，老二，早晚你就会知道你爹的用意。

栀子走了。边孝轩刚要躺下，又有人敲门。边孝轩问，是谁？

高蕙兰在门外说，老爷，有个人要见你。

边孝轩问，是什么人？

高蕙兰说，我不认识。

高蕙兰进屋，帮边孝轩穿戴好衣服，就去了边家大院的偏房。这间偏房是边家装豆饼的，很宽大，也很隐蔽。由于要见生人，高蕙兰叫栀子和一个家丁陪老爷进了偏房。

来见边孝轩的是一位七十多岁的老头，眼睛很小，只能看见两条缝儿。边孝轩问，请问您是……

来人说，我是葛家屯的。我叫葛俊才，也叫葛瞎子。前几天段小麻子平了我们葛家屯，死了十六个葛家人，炸塌了四十多间房子。他以为我死了，可我葛瞎子命大，没死。

边孝轩说，葛老爷子您来我这里是……

葛瞎子说，段小麻子是我们葛家、边家共同的仇人，我找你是想和你合计，咱们要联手除掉段小麻子这个祸害。

边孝轩说，葛老爷子，您能认定毁了你们葛家的就是段小麻子吗？

葛瞎子说，段小麻子和他爹段麻子是一样的脾气秉性，为人歹毒，做事却不藏着掖着。段小麻子毁了我们葛家屯，也留下了字迹。说着，他就拿出了那块写着字的白绸子。

边孝轩接过绸子，对着灯影看了看，说道，这绸子上的字迹潦草，还有两个错字，不像是段小麻子写的。段小麻子做过私塾先生，教的是国文，怎么能写出这么劣等的字来？葛老爷子，我们要查清楚究竟是谁毁了葛家屯，再去想报仇。

葛瞎子说，我的眼睛虽然小，但这些年没把事情看偏。

小时候我爹让我跟一个大仙学算卦，我没有学到精处，可也能够看破红尘……这祸害我们葛家的人，就是段小麻子。我们和段小麻子有仇，当年我的两个当绺子的儿子绑过他们家的肉票，所以段小麻子始终在找机会报仇。

边孝轩说，葛老爷子，我现在还不能和你合伙儿去找段小麻子报仇。我们和段家的仇已经化解了，段麻子是我们家的家丁佟小斧子给杀的，我出了不少银子，段小麻子在我家的墙外开习武堂，我也没找他的麻烦，所以我不想再和段小麻子结下新仇。

葛瞎子说，边掌柜，咱们就看着，段小麻子早晚也得毁了你们牤字号。

边孝轩说，现在牤字号不是我一个人的了，日本人也占了股份。段小麻子要是惹了我，其实也是在找日本人的麻烦，不用我插手，日本人就会灭了他。

葛瞎子揉了揉眼睛说，看来我是白来一趟。

边孝轩说，葛老爷子没有白来。您老人家能够在落难的时候找到我，也是看得起我边孝轩。今后用得着我的时候，您尽管说话。

葛瞎子双手抱拳，那就多谢了。

37　牤字号的绝技

　　1937年7月7日下午，日本华北驻屯军第一联队第三大队第八中队由大队长清水节郎率领，荷枪实弹地开往紧靠卢沟桥中国守军驻地的回龙庙到大瓦窑之间的地区。晚7时30分，日军开始演习。22时40分，日军声称演习地带传来枪声，并有一士兵（志村菊次郎）"失踪"，立即强行要求进入中国守军驻地宛平城搜查，中国第二十九军第三十七师第一一〇旅第二一九团严词拒绝。日军一面部署战斗，一面借口"枪声"和士兵"失踪"，假意与中国方面交涉。24时左右，冀察当局接到日本驻北平特务机关长松井太久郎的电话。松井称日军昨晚在卢沟桥郊外演习，突闻枪声，当即收队点名，发现缺少一兵，疑放枪者系中国驻卢沟桥的军队，并认为该放枪之兵已经入城，要求立即入城搜查。中方以时值深夜日兵入城恐引起地方不安，且中方官兵正在熟睡，枪声非中方所发，予以拒绝。不久，松井又打电话给冀察当局称，若中方不允许，日军将以武力强行进城搜查。同时，冀察当局接到卢沟桥中国守军的报告，说日军已对宛平城形成了包围进攻态势。冀察当局为了防止事态扩大，经与日方商议，双方同意协同派员前往卢沟桥调查。此时，日方声称"失踪"的士兵已归队，但隐而不报。7月8日晨5时左右，日军突然发动炮击，中国第二十九军司令部立即命令前线官兵"确保卢沟桥和宛平城"，"卢沟桥即尔等之坟墓，应与桥共存亡，不得后退"。守卫卢沟桥和宛平城的第二一九团第三营在团长吉星文和营长金振中的指挥下奋起抗战。

果然像何三炼判断的那样，牤字号已经不再以榨油为主了，两台洋机器也不经常使用。程家屯的人已经被赶到大山林里，他们无家可归，许多青壮年被山上的胡子陈冠金收留了。其余程家屯人就零散地生活在大山里，他们没有地，以打猎和挖山参为生。阿部高善最初确实将他们大部分人安排到了牤字号，让他们挑着油桶去卖油，但只一年的时间，这些卖油郎便都被日本人赶出了牤字号。

雁县已经不再是过去的雁县，伪满洲国政府的大院里，竖起了两面旗，一面是日本"太阳旗"，一面是伪满洲国的五色旗。袁县长已经离开了雁县，听说去了长春伪满洲国国府，侯乃殊当上了雁县伪县长。牤字号的边家人已经搬出了边家大院，在边家大院的后面盖起了五间房子，边家人都住在那里。

牤字号已经名存实亡了，但边家人的出出进进还是受到日本人的监视。边家大院成了日本关东军松南纵队的司令部，阿部高善既是阿部高善株式会社的社长，也是日本关东军松南纵队的司令长官。

边孝轩是不能走出雁县的，他唯一的自由就是可以去雁县的街上购物。这天，他又去了普生药堂。雁县的"亲善协会"已经有了三个名头："雁县商会""日中亲善维持会"和"日中亲善协会"。

边孝轩一进普生药堂，何三炼就显得有些紧张。

边孝轩问，三炼兄弟，你在忙啥？见我来，你们都畏畏缩缩的。

何三炼笑道，我还以为是外人呢，我和潘九玺正在做一笔生意。

边孝轩说，我知道你们做啥生意。不过，你们得多加小心。日本关东军为了加强松南地区的防御，又从哈尔滨调来一千多人。

何三炼小声说，大青顶子上的岳载风已经金盆洗手了，高楞让日本人占了，其实也断了岳载风的财路。现在他这伙儿绺子叫大青顶子抗日独立大队，归了共产党的领导，前些日子和高楞的日本人激战，把日本人进山小火车的铁轨给炸了。岳载风派匪眼捎信儿来，让我们给他们提供一些药品和入冬的棉衣。棉衣在哈尔滨东的宾州镇做出了七百套，已经绕道送到了大青顶子，这些药品也得三天内送到。我正在犯愁，这药该怎么送。

边孝轩说，我让侯乃殊去高楞拉皮货时给你捎去。侯乃殊是不会亲自去的，我们家栀子押车。

何三炼说，这我就放心了。

边孝轩和何三炼进了后院的大堂坐下。边孝轩说，我们边家人生活在日本人的眼皮底下，行动没有自由。我已经受够了，一家子都想离开这儿，你看有没有什么好办法？

何三炼想了想，说，还没有什么好办法，你在日本人眼皮底下，日本人干什么你都看得一清二楚，让你离开忙字号，就等于泄露了日军的许多军事秘密。只要你一离开雁县，就别想活了。

边孝轩手有些发抖，说道，我们在日本人眼皮底下，早晚还不是个死？

何三炼说，办法也不是没有。让山上的胡子把你们拉走，就算是山上的胡子绑了忙字号的肉票。

边孝轩说，山上的那些绺子我都不认得，谁能帮我？岳载风和我们边家这么多年都没有来往，有一年，他派人向我索要五千块大洋，我没给，这笔账恐怕岳载风还记着，他怎么能帮我？

何三炼说，山上的绺子也不止他这一股。

边孝轩说，陈冠金跟我们忙字号素不往来，之前他是惧怕我们忙字号的势力。现在忙字号已经败落下来，陈冠金更不能帮我。

何三炼说，山上还有一股绺子，听说教头是佟小斧子。如果能找到他们，你们也算是有救了。

边孝轩说，半夏跟我说过，这佟小斧子还活着。如果佟小斧子能帮我们一把，我们边家人也算是有救了。

何三炼说，山上几股绺子的匪眼都和黄倍强有往来，我让黄倍强帮你打听打听。

边孝轩说，现在也只能靠这条路，边家人才能逃走了。

赵寒梅这几天手脚有些麻木，就跟边孝轩说，我想去哈尔滨看看病，日本人怕是不准许我去。你能不能跟阿部高善说，让沉香陪我去哈尔滨？

边孝轩警惕地说，寒梅，这半年我无事可干，咱们边家人的一举一动我都看在眼里。你大姐是个守本分的人，她不惹是非，也不让我操心。牤字号让半夏和栀子打理得没出啥差错，虽然牤字号名存实亡了，可每天的进项不能没有，每天出四桶油，咱们边家人才能够吃喝。这不用我操心，我操心的是你和沉香。你和沉香去哈尔滨，恐怕不是去看病，而是去找伊凡。伊凡从教堂逃出去以后，已经回到了哈尔滨，现在是不是还在哈尔滨很难说，说不定他已经回苏联了。

赵寒梅说，虎杖他爹，也算让你猜对了。我和沉香必须找到伊凡，他和我们还有交易。

边孝轩问，什么交易？

赵寒梅说，伊凡没有回苏联，他的姐姐、姐夫已经回国了，现在他想要出境很困难。我到哈尔滨是想求镖局的黄大蝎子帮忙，把伊凡送出去。伊凡答应把他的娜塔莎西餐厅给我，还把他在高加索大街的一栋楼给我。我们可以搬到哈尔滨去住，让半夏和栀子在这儿守护牤字号。

边孝轩说，我们能离开牤字号吗？侯乃殊已经跟我把话挑明了，只要我们离开雁县，就有危险。

赵寒梅说，请阿部高善帮助。哈尔滨也有日军，他们要是对我们边家不放心的话，可以在哈尔滨监视我们。

边孝轩不说话了。他知道赵寒梅的心已经野了，当初她嫁到边家的时候也没把牤字号放在眼里，现在牤字号败落了，儿子虎杖也不可能成为忙字号的继承人了，她早晚也得走。她要走就走吧，她脑子里装的都是西方的东西，让她跟丈夫安居田园，守住家财，是办不到的。边孝轩心里有数，将来靠绺子离开雁县，不带赵寒梅，倒也省心了。不过虎杖不能让她带走，要是将来忙字号有东山再起的时候，虎杖在他三个姐姐的扶持下，仍然可以成为忙字号的继承人。

赵寒梅有些等不及了，说，如果你觉得和阿部高善说不上话去，那我就找侯乃殊，他总该给我个面子。

边孝轩说，我可以和阿部高善说，但你这次去哈尔滨不能把虎杖带走。现在兵荒马乱，虎杖还小，经不起折腾。

赵寒梅笑道，我上哈尔滨办事，带虎杖干啥？

边孝轩没有跟阿部高善打招呼。他去找侯乃殊，侯乃殊把门关严，对边孝轩说，岳父大人，赵寒梅是咱们边家的祸害。这话我不该说，好歹我也叫她二姨。现在边家有我这个姑爷保护，日本人不会碰我们一根手指头，而且待我们像客人一样恭维。这一年多您也看见了，程家屯的人都妻离子散，在雁县，反满抗日的人每月都要杀几个。这日本人是翻脸不认人的。二姨和沉香救了伊凡，阿部高善先生心里有数，只是他看我的面子，也看您老的面子，没对她们怎么样。现在二姨和沉香又要去哈尔滨，肯定是去找伊凡了。伊凡一直被日本关东军通缉，一旦他被关东军抓住，咱老边家就会受到牵连。您要知道，哈尔滨的关东军是不归阿部高善先生管的。真到了那一步，我也救不了她们。既然二姨想去送死，我也就不拦着了，不过您不能让沉香也跟着去送死。

边孝轩觉得侯乃殊说得有道理，就说道，那就听你的。赵寒梅和沉香，我都不让她们离开雁县。

边孝轩回去跟赵寒梅说，阿部高善不同意你和沉香去哈尔滨。如果有病的话，阿部高善可以请日本医生给你看病。寒梅，你就老老实实地在边家待着吧。反正我们冬天冻不死，平时也饿不死，咱们牤字号会有出头之日。

赵寒梅点点头，说道，那我就听老爷的。

牤字号的两台洋机器和手工榨油器又起榨了，这也是阿部高善的策略。牤字号虽然不能天天榨油，可也不能让外人看出这里是军营而不是榨油作坊。关东军松北纵队没有作战的任务，他们只负责关东军的给养，他们不穿军服，外人看了好像牤字号的榨油工，在人群里只要他们不说话，就没人知道他们是日本人。程家屯的民宅已经修复，里面装的都是粮食和药品。牤字号三天两天地榨油，也是为了掩人耳目。榨出的油一半归关东军，另一半归牤字号。牤字号榨油机出了油就得找销路，半夏和聂晓蒲负责过江北销售，每次半夏和聂晓蒲过江，都有日本人尾随护送。说是护送，其实也是监视。

这天，半夏和聂晓蒲要去江北送油，要走时，边孝轩让半夏到他的房里，他有话跟大闺女说。半夏不知道父亲有何叮嘱。

边孝轩找出了三个棋子，是车马炮。一面有字，一面是平的。边孝轩在这三个棋子的背面写了几个字，交给半夏，说道，你这次过江，争取能跟薛子良接上头，把这三个棋子交给他。

半夏接过棋子，见三个棋子的背面分别写着：温水、盐、胡椒。半夏问，爹，能告诉我这是啥意思吗？

边孝轩说，这是牤字号榨油的秘方。温水在起榨的时候浇上，这样油质就是透明的；盐在二榨的时候放进去，能让豆子里的油脂渗干；胡椒能去豆腥味。

半夏说，这是咱们牤字号的秘密，怎么能让他知道？

边孝轩说，我不知道牤字号会不会东山再起，比起这个，我更担心牤字号榨油的这门手艺会不会有人袭承。薛子良是个悟性很好的小伙子，也许他早就知道这个秘密，我把秘密交给他，是为了告诉他，不管牤字号将来会不会换成别的商号，可是边家榨油的精髓在这里。我的举动实际是让薛子良看出我的诚心，如果他还有良心，可以让他的油坊也叫牤字号……这是我的意图，你最好能当着薛子良的面说出来。

半夏点点头，我知道了。

38 哈尔滨的意外收获

　　赵寒梅和沉香还是逃出了雁县。哈尔滨基督教堂的一位牧师到雁县接瓦多哈回哈尔滨，赵寒梅和沉香就搭乘他们的轿车去了哈尔滨。

　　哈尔滨是鱼龙混杂的城市。这里涌入了许多犹太难民，还有法国人和苏联人，但日本人数量远远地大于这些人。哈尔滨是关东军占领的重地，把守严密，来往的人们只要进哈尔滨，都会对其进行认真搜查，就是教会的车也不放过。接瓦多哈的轿车一进哈尔滨的东门，就被关东军给拦截住了，赵寒梅和沉香没有进哈尔滨的通行证，搜查者便把她们从车里拉了下来，将她们送到了哈尔滨东荒山嘴子的日军收容站。在无奈的情况下，赵寒梅不得不说出了自己的身份，说她们是牤字号的人，也是阿部高善的朋友。第二天，阿部高善打来电话，说赵寒梅和沉香确实是他的朋友，请准予放行并补发通行证。赵寒梅聪明过度便是愚蠢，她向阿部高善求援，实际就等于向日本人说出了自己去哈尔滨的真正目的。阿部高善当然知道赵寒梅和沉香并没有和伊凡脱离关系，所以，赵寒梅和沉香走出日军收容站就被日本人死死地盯住了。赵寒梅和沉香没有去娜塔莎西餐厅，更没有去高加索大街伊凡的住处，而是投奔了她的同学小骨朵儿。小骨朵儿住的高加索大街十六号，距伊凡的住处不太远。

赵寒梅敲开了小骨朵儿家的门，小骨朵儿正和一帮人打牌，见赵寒梅来了，就将牌局散了，请赵寒梅和沉香到楼上去坐。

赵寒梅和沉香上了楼。刚坐下，小骨朵儿就拉开窗帘，向外望了望，说道，寒梅，你被日本人盯了梢。在离这儿不远的地方，有一家糖炒栗子的铺子。你看见没有，两个日本人就在那糖炒栗子的铺子门口。他们为啥盯你的梢？

赵寒梅说，我们家的牤字号被日本人占了，我们的出出进进都受到了日本人的监视。我们牤字号现在既是油坊，也是关东军松南纵队的司令部。

小骨朵儿说，你到我这儿来，有事找我吗？

赵寒梅说，娜塔莎西餐厅也被日本人查封了，安德烈和娜塔莎回国了，伊凡的下落不明，我们想找到伊凡。

小骨朵儿说，伊凡谋杀日本武士神谷太郎的事已经惊动了哈尔滨，现在正在通缉他。他现在是个危险人物，你们怎么能找到他？

赵寒梅笑了，在哈尔滨，越是危险的人物，你干爹黄大蝎子越知道他的下落，黄大蝎子的镖局干的都是大生意。

小骨朵儿问，你为啥要找伊凡呢？

赵寒梅指着沉香，伊凡是我外甥女沉香的未婚夫，当然得找到他。

小骨朵儿在屋子里走着，半天不说话。

赵寒梅说，我猜得没错，你干爹肯定知道伊凡的下落。

小骨朵儿说，你想把伊凡接到哪里去？现在哈尔滨怕是容不下他。

赵寒梅说，请你干爹把伊凡和沉香送到苏联边境，对面有人接应。如果做不到，就把他送到奉天，我们家老爷的堂弟边孝和原来是护国军三师的副师长。护国军解散之后，他投奔了张学良，现在张学良的手下还做副师长。

小骨朵儿说，我干爹干这种事要价很高。当然，我会帮你说话，可你现在手头有多少钱？

赵寒梅说，娜塔莎西餐厅被日本人查封了，很难把它讨回来。但离你这儿不远就是伊凡过去住的地方，那里有一座洋楼，少说也值三根金条。事成之后，我会给你干爹一根金条，给你的钱另算。

小骨朵儿说，在哈尔滨被注销户籍的不动产，"满洲国"每年要进行一次清理，伊凡的这座小楼恐怕也到不了你的手里。

赵寒梅说，你小骨朵儿在哈尔滨也是手眼通天的人，自会有办法。

小骨朵儿说，如果是别人的房产，我可以帮助你更名。不过这个伊凡是被日本人和"满洲国"通缉的要犯，我们也不好插手。

沉香说，既然这么费劲儿，那就算了，请你干爹帮助我们见伊凡一面也行。

小骨朵儿说，这可以办到。

当天晚上，小骨朵儿领着赵寒梅和沉香从楼的后窗跳了下去，坐上一辆法国人开的轿车，直奔香坊。赵寒梅问，伊凡在香坊，他还没出哈尔滨？

小骨朵儿说，我们先到香坊和我干爹见一面，然后再去见伊凡。伊凡早不在哈尔滨了。很可能在哈尔滨东南的一面坡的采石场，有很多苏联人在那儿采石。

轿车一会儿就到了香坊。小骨朵儿先下车四处看了看，说道，我们已经把日本的盯梢甩掉了。说着就让赵寒梅和沉香下车。小骨朵儿领着赵寒梅和沉香走进了一个屯子，村东有四间草房，院子很大，有五六个汉子在院子里杀猪。院门上钉着一个桦木板子，上面写着歪歪扭扭的几个黑字：老黄家宰猪场。院子里的人都认识小骨朵儿，笑着跟她点头。小骨朵儿问一个汉子道，我干爹呢？

汉子说，在后院。

小骨朵儿就把赵寒梅和沉香领到了后院，黄大蝎子在一间昏暗的屋子里。屋子里点着一盏松油灯，黄大蝎子歪躺在炕上，正在抽大烟。见到小骨朵儿，笑着说，有半个多月没见着你了，干爹这两天正想你，想你你就来了。他又看见了小骨朵儿身后的两个女人，问，这两位是……

小骨朵儿指着赵寒梅说，我的同学赵寒梅。又指着沉香，她是赵寒梅的外甥女。

黄大蝎子说，干闺女找我干啥，又没钱花了吧？缺多少，我让管家给你拿。

小骨朵儿说，干爹，你是把我看扁了。我认你这个干爹又不是为了找棵摇钱树，怎么好总到您这儿来要钱。我是来求您办件事的。

黄大蝎子问，啥事，说吧。

小骨朵儿说，前些日子送来的苏联人伊凡，是寒梅外甥女的未婚夫，她想见见她的未婚夫。

黄大蝎子把最后一口烟抽完，要坐起来，小骨朵儿就搀扶他坐了起来。黄大蝎子对沉香说，你这丫头怎么能看好这个小子呢？这小子一根筋，做事鲁莽。他杀日本武士神谷太郎的时候，也不讲究个计谋，要不是哈尔滨牧师里扬诺夫搭救，他早就成了日本人的刀下鬼。另外这个小子也不是个正经货，他说是来中国做贸易的，实际是在做大烟生意。他在珠河的大山里有一片大烟地，还有一套做大烟膏子的机器。他杀神谷太郎并不是因为什么苏联商会的会长，神谷太郎在哈尔滨也做大烟生意，他们两个是在硬碰硬。这两个洋人能在哈尔滨混下去，也是靠了我，是我给他们两个人分了地盘，我抽的大烟就是他们孝敬我的。丫头，你找他做丈夫，倒霉的事还在后头，我知道你这丫头被伊凡给唬了，他要和你成为夫妻，不是真正目的，他是想在牤字号东的山地里种大烟。倘若能用边家的旗号，连土匪陈冠金都得给他行方便。伊凡在苏联有媳妇，能散就散吧。这小子我也挺烦他的，要不是他每个月孝敬我大烟，我早把他卖给日本人了。

赵寒梅说，干爹的话说得对，咱们中国人做事情讲究有始有终。我外甥女沉香不跟他谈婚论嫁，也得跟他交代几句，所以……

黄大蝎子说，那好，一会儿我就让人把你们送到采石场。不过，话得跟你们说清楚，伊凡的下落你们得替我保密。要不是我干闺女替你们引见，我是不会让你们见面的。现在日本人和我也有仇，我杀过一个日本人。

坐了一会儿，黄大蝎子就让两个汉子进屋，向他们交代，把赵寒梅和沉香送到采石场。小骨朵儿也要跟着去，黄大蝎子却把她拦住了，说，你好容易来一趟，我怎么能让你上采石场呢？

大车跑了一个多时辰，就到了采石场。下了车，两个汉子对赵寒梅和沉香交代，我们大哥有嘱咐，你们和这个小子见面不能超过半小时，半小时以后还得把你们拉回去。

伊凡没在采石场采石，正在采石场后的砖房里歇着。他在采石场过得很滋润，屋子里有一张木床，还有一张八仙桌子。靠墙还有一条很长的龙案，上面摆满了酒、香肠和俄罗斯列巴。八仙桌子上还放着一台老式摇把子唱机，他正在放俄罗斯乐曲。

赵寒梅和沉香一进屋，他一愣，问，你们怎么找到这儿来啦？

沉香说，我们能把你救出来，就能打听到你的下落。

伊凡说，我在这儿很危险，往后你们就不要再来了。

沉香说，我们这次来是为了帮你。我们不想让你过这种做贼一样的生活。

伊凡说，我在这儿过得很好，采石场有我的股份。我的护照已经变更了，是黄大哥帮我办的。我不再是苏联人，也不叫伊凡了。过一段时间，我的大胡子蓄起来，就可以自由地在哈尔滨干事情了。我现在的国籍是法国，我叫伯纳德，意思是像熊一样勇敢。

沉香说，不论你变成哪个国的国籍，或者改了什么名字，我相信日本人还是能认出你。为了你的安全，我们特意来救你。你有两条活路，是真的。一是你回苏联。二是我们把你护送到奉天。到了那儿，日本人就不会找你的麻烦了。

伊凡说，我喜欢哈尔滨。我想在哈尔滨闯出一片天地，我还要娶你。

赵寒梅说，如果你听我们的，会万无一失。另外，上回你跟我说过，你在哈尔滨的洋楼要送给沉香，现在知道你已经变了国籍，成了法国人，那么你的洋楼是不是也做了更名？

伊凡说，没有更名。但是我已经把它送人了，送给了黄大蝎子。在哈尔滨，除了日本人，就是黄大蝎子的天下，有了他，我就什么都不怕了。

赵寒梅笑道，既然如此，那我们就放心了。

沉香说，按照你们这儿的规矩办事，现在已经到半小时了，我们该走了。请你多保重。从此我们就不会有来往了，我也不可能成为你的妻子。

伊凡说，那好，到处都讲究婚姻自由。

从黄大蝎子那儿回来，赵寒梅和沉香在哈尔滨住下了。不过他们没有住在小骨朵儿那里，而是住进了一家叫三棵树的宾馆。

两个人躺在床上，都不说话。

快到半夜的时候，沉香说，我有点饿了，我们应该去酒馆吃点什么。

赵寒梅说，不能离开宾馆，让宾馆的伙计出去给我们买点什么。

宾馆的伙计买回了麻花、酱牛肉和一瓶红酒。两个人吃着喝着，沉香说，我们这次来，一无所获，还进了日本的收容站，真是不划算。

赵寒梅说，不，这次来的收获超出我的预料。也许我们这次来哈尔滨，能改变我们边家的命运。

沉香说，我不懂二姨的意思。

赵寒梅说，我们回去以后，在江北重新创建忙字号，规模比原来还要大，生意会更红火……我们把现在忙字号的边家大院卖给阿部高善。

沉香问，你想在江北重建忙字号，阿部高善会同意吗？

赵寒梅说，也许他同意，也许他不同意。如果同意更好，如果他不同意，我就要找日本关东军哈尔滨司令部，让哈尔滨的关东军长官为我们说话。

沉香说，二姨，你没喝多吧。

赵寒梅说，我比任何时候都清醒，关东军会支持我的，我要用东西跟他换。

沉香问，什么东西能给你换来这么大的福气？

赵寒梅说，伊凡。

沉香说，我们这么做，是不是有点太恶毒啦？

赵寒梅说，我们的恶毒比起黄大蝎子和伊凡来，算是小毒，他们才是真正的大毒。原来伊凡给我的印象，是一个斯文、有才华、讲道德的苏联小伙子，想不到他在中国也在干丧尽天良的事。我在报纸上看到，在关东，至少有七万人在吸食鸦片，这七万人是被洋人毒害的。像伊凡这样贩卖鸦片的人，杀了都不可惜。黄大蝎子虽然没有伤害过我们，甚至还帮助了我们，但他手上也沾满了同胞的血。江北女子师范学校的校长就是他杀的，因为他相中了一个女学生，而校长把这个女学生送回了老家奉天。黄大蝎子这十几年绑了十多个肉票，其中有六七个肉票被他撕了，他杀的都是哈尔滨市有名的商人。哈尔滨人将黄大蝎子视为魔鬼，日本人也希望除掉他，因为他不投靠日本人，还杀过日本人。我们不是在出卖他，而是为民除害。

沉香说，我们利用日本人为民除害，也怕是好说不好听，再说我们这么做也对不住小骨朵儿。

赵寒梅说，小骨朵儿虽然认黄大蝎子为干爹，其实是黄大蝎子的姘头。如果小骨朵儿和黄大蝎子厮混下去，早晚也会毁在黄大蝎子手里。我们也是在救小骨朵儿。

沉香说，二姨真是有大智慧，你不仅救了牤字号，也救了边家人。

赵寒梅说，不，我没有能力救边家人，我的根本目的是为了让牤字号东山再起。现在我们两个在你爹和你娘眼里已经是祸害了。半夏看着精明，一遇到大事情，她其实并没有智慧。栀子除了砍砍杀杀，也是一个有勇无谋的人。边家也就你做事沉稳，重要的是，你跟你二姨不分心。江北的牤字号油坊建起来以后，我让你当掌柜，将来让虎杖接你的班，二姨再帮你找一个好丈夫。

沉香给赵寒梅斟满了酒，两个人碰杯，干。

39 油桶底下的一块铜板

早晨，边孝轩刚穿好衣服，见后窗户欠开了缝儿，一
张字条落在炕上。边孝轩捡起字条，见上面写道：

边老爷：

　　你的处境很危险，不过你不必害怕，我们会保护
你的。我们是山上的人。眼见得天气凉了，山上的兄
弟还没有棉衣服，粮食也不多了，请求您的资助。我
们不是山上的土匪，我们是反满抗日的军队。如果边
老爷有爱国反满抗日之心，就将您的资助送来，我们
在松花江的渔船上交接。我们渔船上的渔夫头上都扎
着白手巾，腰上扎着蓝麻布腰带……

边孝轩不知道向他请求资助的是岳载风还是陈冠金，
还是别的什么绺子。看来边孝轩要离开忙字号，何三炼已
经给山上的绺子们过了话。边孝轩就找侯乃殊，让他把何
三炼请来，说这几天他腰疼。

侯乃殊没有去请何三炼，而是打发两个人护送边孝轩去了雁县的普生药堂。

一进屋，边孝轩就把那字条递给了何三炼。

何三炼看了看，说道，不是岳载风，也不是陈冠金，能是谁呢？

边孝轩说，我总觉得这里边有诈。

何三炼说，我也认为这里面有诈。会不会是日本关东军在验证你是否要离开牤字号，或者说验证你是不是跟山上的绺子有来往呢？依我看，暂时不要去江北。日本人在牤字号，这股绺子也不会绑你的肉票。

边孝轩说，那我心里就有底了。

何三炼说，我们给山上备的药品已经备齐了，不知道栀子什么时候去高楞？

边孝轩说，我回去就安排。

半夏和聂晓蒲去了江北，在翟罗锅子的炸糕店等到了油匠。油匠是一个很狡猾的农人，他说不认得薛子良。

半夏问，你一年卖油能挣多少钱？

油匠说，一百五十大洋。

半夏说，我给你二百大洋，你把薛子良的油坊地址告诉我就行，我们也不会把你露出去。

油匠说，那就掏钱吧。

油匠接过二百大洋，告诉半夏，油坊就在佳木斯西南角的汤原县九间房。

佳木斯距这里很远，又有日本人尾随，他们很难出这兴隆大集。

半夏和聂晓蒲商量了一阵，说，把日本人甩掉。骑快马三个小时就能到佳木斯，然后我们再连夜赶回来。

半夏和聂晓蒲在呈祥客栈租了两匹好马，甩掉了两个日本人，直奔佳木斯。下午，他们就在汤原找到了九间房。半夏和聂晓蒲下马，走进了九间房，他们问一位伙计，薛掌柜在吗？

伙计告诉他们，他在房里歇着。

半夏和聂晓蒲走进了薛子良住的房子。薛子良好像知道他们要来，他坐在炕上，炕上铺着棋盘，他正在自己下棋。见他们进来，薛子良说，你们先坐，我还有两步棋就下完了。

半夏和聂晓蒲坐下，等着薛子良下完。薛子良半天也没下完，他看着聂晓蒲，说道，晓蒲，你来帮我把这盘棋下完，不然我和你们说话，心里头不踏实。

聂晓蒲和薛子良下着残棋。聂晓蒲下了几步，没赢薛子良，也没见薛子良输。薛子良就把棋盘掀了，说道，今天的手怎么这么臭！

半夏说，九间房这地方真不错。院子也大，房子也高，像个作坊。

薛子良说，比牤字号是大多了。

半夏问，啥时候办的油坊，有店号没有？

薛子良说，油坊开榨四个月了，店号当然有，叫薛字号。

半夏说，你不是跟我说过，你不是自杀就是上山当绺子的军师吗？怎么干起了油坊？你可是食言了。

薛子良说，没食言。我在这儿办了油坊，也给山上的绺子当军师。土匪叫陈冠武，是咱们老家土匪陈冠金的弟弟，今年才十九岁，他叫我大哥。陈冠武这伙儿人实际上是英雄，小门小户的他不抢，也不劫道。他是黑吃黑，专门跟别的山头的土匪对着干，干一次就把对方的老窝抄了，既扩大了他的人马，又把山上的金银财宝据为己有。陈冠武和我也是有缘分，他盼望我这样的人给他做军师，盼了三年多。前些日子我给他出谋划策，一百二十个人下山，把伪满洲国的桦川县府衙门给平了，打开了县衙的银库，装了四袋子钱。我们下一个目标是想占领汤原县北关东军驻佳木斯军火库……

聂晓蒲笑了，子良不愧是英雄里的大英雄。

半夏问，你在九间房这儿过得还好吗？

薛子良说，过得很好，这也多亏了这些年边老爷对我的提携，让我学会了榨油这门手艺。边老爷应该是我的恩人，我一辈子都不会忘。我离开边家也是无奈，不是因为女人，而是因为我预测到牤字号会遭不幸。我信奉一句老话：行到极处便是衰。这些年牤字号太顺了……半夏大小姐这么远来找我，想必是有什么大事吧。

半夏说，是我爹让我来看你，让我给你捎来三个棋子。说着，就把怀中的三个棋子掏出来，交给了薛子良。

薛子良看着三个棋子，看到了棋子背后的几个字笑了，说，我知道了，这是牤字号油坊榨油的绝技。老爷能把这绝技告诉我，不亚于给我一座金山。其实我在五年以前就已经知道了牤字号榨油的绝技，这不是跟老爷偷艺的结果，而是我暗暗悟出的。榨油的绝技除了这几个字之外，还有一个字，桶。薛家的油桶都是木头的，木桶的桶底也有奥秘，那就是镶进去了一寸长的铜板。油桶里如果有了铜板，油易储存，可以五年不变味。这个绝技，老爷恐怕不知道。

半夏苦笑道，看来我们到你这儿来算是白来了一趟。我爹的绝技对你说来也一文不值了。

薛子良说，不，刚才我已经说了，边老爷送给我的东西比金子还贵重。他把榨油的绝技告诉了我，实际是向我表达他对我的真诚和宽容。如果我没猜错的话，边老爷是想让我袭承牤字号，成为牤字号的传人。这份情我领了，也请你转告边老爷，从下个月开始，我的薛字号正式更名为牤字号。为了证明我九间房牤字号的正宗，我希望老爷能为我写一块匾，加上他的题款，这样就更名正言顺了。

半夏说，这件事，我爹能办到。

薛子良说，边家有你们三位大小姐，你们哪一位愿意做牤字号的事，我都会请你们过来，把我掌柜的位置让给她，我继续做我的头一榨。眼见得虎杖越来越大，几年的光景，他也就成人了。等他有能力做大事情的时候，我会把我的油坊白送给他，我说到做到。如果你们认为我薛子良说的是甜言蜜语，那我就和你们签一份契约，签字画押。

聂晓蒲说，子良大哥有义气，我是服了你了。

半夏感激地说，我的眼力没错，我跟我爹娘说过，边家大院最精明细致的是晓蒲，而最聪明过人的是你薛子良。这些年牤字号里多亏了你。

聂晓蒲问，子良大哥，你做油坊的掌柜能做得很好，每年也能把银子挣足，何必还要给山上的绺子当军师呢?

薛子良说，我这个人就好像一盘棋，做油坊掌柜的只动用了我靠河边的五个卒子，而车马炮、将士相也得有用处。

半夏说，给山上的绺子做事，也是脑袋别在腰上，你得多加小心。

薛子良说，在山上当绺子，做二瓢把子和三瓢把子的，早晚都会死在大瓢把子的刀下，而军师不会遭此厄运。清朝大和尚空寂就说过，帝王的宰相能活十年，而幕僚即使改朝换代，也有幸存者。

半夏说，那就请子良多多保重。现在天已经不早了，我们还得上路。

薛子良说，我听说忙字号已经被日本人占了，你们老边家人出不得雁县县城，过着被囚禁的生活，需要人搭救。如果需要我，我会想方设法救你们出雁县。

半夏说，子良真是长了千里眼，我们边家真的就在这危难之中。不过我们暂时还不能离开雁县，因为……

薛子良说，因为还有一块大的绊脚石，侯乃殊。侯乃殊是个汉奸，但这个汉奸也有人情味。他把日本人招来了，却又保护边家人。这不仅是因为栀子，还因为他既在边家人里动智谋，也在日本人里动智谋。现在不能伤害侯乃殊，只要日本人在，你们就不能伤着他，将来他会有大用处……请将我的话转告给边老爷，让他三思。

半夏说，我会如实地跟我爹说。

见半夏和聂晓蒲没有时间在这里吃饭，薛子良就给他们拿了两包点心、一块咸鹿肉和两瓶酒。见他们骑的两匹马有些疲惫，薛子良就让伙计到后院的马厩挑了两匹好马，把他们骑的马换下来。半夏和聂晓蒲飞身上马，急匆匆地往回赶。

栀子到县衙去找侯乃殊。侯乃殊一直不回家吃饭，栀子装作很生气的样子对他说，我们已经结婚半年多了，却不见你回家去住，也不回家吃饭。你的眼里还有没有我？

侯乃殊说，事务缠身，也是没办法。我本以为当了"满洲国"的县长会比当戏班子的班主要有意思，谁知道我当了县长就过上了不是人的日子。我要替"满洲国"收苛捐杂税，还要给日本人当奴役，我是真受够了。

栀子说，依我看，咱就别干这县长了，还是回小河园管戏园子去吧。现在戏园子让刘大嘴管得乱糟糟的，男戏子到戏园子外找女人，女戏子有的夜不归宿，我的话他们谁也不听。这戏园子眼看就毁了。

侯乃殊说，让这些戏子们折腾去吧。戏园子有人闹腾，总比没人强。雁县的人还知道小河园不是菜市场，而是戏园子。

栀子说，你干爹宋甲奎半身不遂快半年了，他在天津的洋行也交给了日本人。眼见得咱们也要没了财路，边家一大家子人还得指望你管他们的吃喝和零花。你当县长只是个虚名，靠的是日本人的点滴施舍，将来怎么办……

侯乃殊说，我还得在日本人身上捞油水。如果他们不给，我侯乃殊就祸害他们。

栀子说，你说的是假话，给你十个胆儿你也不敢祸害日本人。

侯乃殊说，阿部高善很欣赏我，我必须把赌注押在他的身上。不过，日本人进驻雁县以来，我侯乃殊还没为他们做出什么大事来。占程家屯的地，我没插上手，"清剿"山上的绺子，我也没插上手，怎么能开口向阿部高善要好处？当务之急就是为阿部高善做出大事……

栀子说，什么事算是为阿部高善做大事，杀中国人？替阿部高善打击抗日联军？

侯乃殊说，我不会碰中国百姓一个手指头，但抓反满抗日分子，我得干。这也是阿部高善认为最大的事。

侯乃殊说的是真话。牤字号成了关东军的司令部以后，阿部高善觉得侯乃殊用处不大了，就把那位酸秀才袁县长赶走了，让侯乃殊坐上了这把交椅。侯乃殊知道，阿部高善喜欢他向日本人献媚，却不喜欢他这一介文人。一个写戏的文人，既不能领兵打仗，又不能去抓捕反满抗日的头。雁县有人的地方就有日本的奸细，就连他这个县长也没有多少自由。雁县老百姓在地头唱过小调，也传到了侯乃殊的耳里：

　　日本人是头虎

　　侯乃殊是头猪

　　老虎吃人肉

　　猪跟在老虎屁股后

　　…………

　　戏台上他是一只活蹦乱跳的猴

县衙里他是日本人的狗

侯乃殊不恨这些唱他的老百姓，因为他侯乃殊确实不是个正经玩意儿。他担心的是有一天日本人把他赶出县衙，怕是连戏园子也回不去，只能滚到田间地头唱小调的那些百姓当中。

栀子说，你咋愣在那儿了，想啥呢？

侯乃殊说，想我自己不是个正经货。

栀子说，咱们谁也别靠，就靠自己。别看日本人把牤字号占了，边家的钱财也空了，可我们还有赚钱的办法。

侯乃殊问，啥办法？

栀子说，我们家有一张白虎皮，也叫银虎皮。这白色的老虎在大山里很难碰到，据老人说百年之内才能出一只白虎。当年我和我参在南边的龙骨沟用一百桶油换来了一张白虎皮，这张白虎皮能值十万块大洋。现在高楞有个皮货商，专门收老虎皮，他用老虎皮和外国人兑换黄金，我参想把这块虎皮换了，我想让你跟我一块儿押车把这虎皮押送到高楞。我们两个人有四把德国撸子，能保证畅通无阻，加上你我都有日本人给的通行证，这笔买卖肯定能做成。

侯乃殊说，行，我跟你一块儿去。

40　搭救商会的人

　　赵寒梅和沉香从哈尔滨回来，遭到了边孝轩的痛骂，他指着赵寒梅说，你是边家的二太太，应当守妇道，照料我的生活起居。可这半年你从来没稳稳当当地过过日子，净给我惹祸，还把沉香带出去了。早晚有一天沉香会被你带坏。

　　沉香说道，爹，你可不能冤枉好人，我二姨这次上哈尔滨是干正事去了。咱们边家的日子一天不如一天，娜塔莎西餐厅还欠我们二十桶油钱，我是和我二姨要账去了。

　　边孝轩说，净胡扯！上回给娜塔莎拉去的一百桶油，账不是结清了吗？怎么还管人家要账？

　　赵寒梅说，油钱是给了，可一百只木桶还没给我们。一只木桶的造价那可是十块大洋，一百只木桶就是一千块大洋。这一千块大洋够我们半年的吃喝钱。

　　边孝轩问，钱要回来了吗？

　　赵寒梅说，娜塔莎西餐厅出事了，安德烈和夫人离开哈尔滨回了国。伊凡也出事了。上次我和沉香救了伊凡，伊凡告诉我们他在高加索大街还有一座房子，油桶就放在那儿。他委托一位哈尔滨朋友帮他看护好他的房子，还有那些油桶。我和沉香这次去，没能见到伊凡，知道他回哈尔滨以后，又被抓起来了。给他看房子的哈尔滨朋友把房子给卖了，那些油桶也不见了……

边孝轩说，你们去要账是正事，可你们不能不跟我打招呼，擅自就去了哈尔滨。阿部高善跟我说，你们在哈尔滨还被送到收容站待了一天，你这个娘儿们胆子也太大了。

赵寒梅不甘示弱，我为边家做事，你不说我的好，还说我的不是。我不出去，边家有出头露面的人吗？你让我大姐去，她去得了吗？让你去，你去得了吗！牤字号彻底垮了，咱们的日子马上就抵不上庄稼人了，庄稼人还有土地，而你的土地和房子都成了日本人的了。你是边家的老爷，边家这只大船是你没掌好舵。

边孝轩说，你真是出言不逊。你嫁到我们老边家，吃香的喝辣的，现在又来数落我，你像一个好娘儿们吗？

赵寒梅说，千不好万不好，我毕竟给你生了个儿子，要不是我给你生了虎杖，你们边家就要断子绝孙了。再说，这半年我为牤字号的生意出了不少力，你说这话亏心不亏心？

边孝轩气得浑身发抖，指着赵寒梅，你这个不要脸的娘儿们，给我滚！

沉香说，您现在让二姨走，二姨走得了吗？二姨一年做的事我们两年都做不来。爹，您还有什么不知足的？

边孝轩上去就给沉香一个嘴巴，说，你……你也不知道谁亲谁近谁薄谁厚。原来我以为你是最本分的闺女，想不到也一天比一天野。我恨不得现在就把你嫁出去，省得你让我看着生气。

沉香说，别着急，我很快就自个儿找婆家嫁出去，离开边家大院，离开老边家。老边家多我一个不算多，少我一个也不算少。有我两个姐姐伺候您，我就是一个多余的人。

边孝轩被气得说不出话来。赵寒梅对沉香说，别这么对你爹说话。你爹在气头上，加上他被日本人看得这么紧，够憋屈的了。向我向你发发脾气，你且忍着，也算是尽了孝道。

何三炼钉了一只大箱子，把药品装得满满的，铺了很厚的一层谷草。其实栀子并没有什么白虎皮，有的是山里的野山羊皮。在大山的深处有一种身上带斑纹的山羊，大山里的人管这种山羊叫花牛，长得很大，羊绒也很短，很齐整，熟好了，摸着手感也很松软，有钱人家的财主用这花牛皮做大氅，比旱獭的皮子还保暖。为了遮侯乃殊的耳目，栀子就把这张野山羊皮盖在了药品上，又从箱子的缝隙拽出一撮白毛来，山羊的皮上又压了一层厚厚的谷草，才把箱子盖封严。

栀子到县衙去借马车，县衙的马车都是用洋帆布做的布篷，布篷的两侧写着很大的"衙"字，车后的帆布上写着：满洲帝国政府衙门。县衙的衙役都认得栀子，知道她是县长的夫人，看管马车的衙役把栀子领到了后院的马车棚子，让她挑一挂大车，栀子就挑了最小的一挂三马大车，把车赶到县衙门前，她进屋去找侯乃殊。一进屋，见侯乃殊的脸色很不好，额头上不断地沁出汗水。

栀子说，车和东西我都备好了，咱们走吧。

侯乃殊说，走不了了，出事了。我刚从阿部高善那儿回来，阿部高善气得像一头发怒的狮子，就差没一枪打死我……雁县的商会出了事，商会的十几个业主向反满抗日联军捐了两万多块大洋，在江边上交接，刚接上头，就被日本关东军抓起来了。在江边，日军和反满抗日分子火并起来，反满抗日分子打死了九个关东军的士兵，而他们却一个人也没被打死或被抓获。向反满抗日分子交大洋的是一个羊倌儿，这个羊倌儿在被押往司令部的路上夺了日本人的枪把自己打死了。阿部高善让我和县衙的人协助关东军，尽快查清是雁县的哪些业主干的。阿部高善知道，这是雁县商会干的，现在我们还没有惊动他们，我们要一个一个地排查。

栀子说，那我们高楞就去不成啦？

侯乃殊说，我就不去了，让县衙的两个侍卫兵护送你去高楞。

栀子说，看来事不宜迟，我们得赶快走。

侯乃殊从腰上又掏出了一把撸子和一盒子子弹交给了栀子，说道，一定要加小心，日军我们不必防，防的是绺子。如果有了危险，宁舍虎皮，不能舍人命。

侯乃殊的这几句话说得栀子很感动。她看侯乃殊已经不像过去那样不顺眼了，就点点头，说，我知道了。

边孝轩正在吃饭，普生药堂的伙计急匆匆地到了边家大院的后屋，一进屋就给边孝轩跪下了，说，边老爷，药堂出事了，何老爷被日本人抓起来了。

何三炼要出事，早在边孝轩的意料之中。他问，咋回事？

伙计说，雁县商会给反满抗日分子捐款的事暴露了。何老爷还有丰裕米栈的黄老爷、苏杭布庄的潘老爷都被抓了起来，据说是泰和楼的老板告的密。老爷您得出面，下午他们都要被押到哈尔滨关东军监狱。如果老爷您不出面，何老爷就要没命了！

边孝轩问，你咋来的？

伙计说，我从后院来的。

边孝轩问，有盯梢的吗？

伙计说，没有。

边孝轩对丫鬟说，看半夏醒了没有。要是醒了，叫她上我这屋里来。

丫鬟说，大小姐早就醒了，正在和姑爷安装榨油器。

边孝轩说，你赶快让她来一趟。

一会儿，半夏来了。

边孝轩说，你赶快到县衙，把侯乃殊叫来。

半夏说，我这就去。

边孝轩对普生药堂的伙计说，你赶快回去，在我这儿容易招惹是非，我会想办法的。

伙计走了。边孝轩在屋里来回走动，急得不知道干啥好。高蕙兰说，你饭还没吃完，咋的也得把饭吃了。

边孝轩等了好几个时辰，也没见半夏回来，便出门，要亲自去衙门。刚推开门，半夏回来了。半夏进屋就对边孝轩说，爹，事不小，我三炼叔和黄大伯、潘大伯都被关在丰裕米栈，阿部高善正在亲自审问他们。侯乃殊也陪着阿部高善一块儿审他们，看来他是叫不出来了。您说咋整？

边孝轩问，听没听说什么时候把他们押到哈尔滨？

半夏说，可能是晚上。

边孝轩说，那只能半路抢人了。一会儿你揣上金条，到山上去，去找陈冠金，请他们半路打劫。

半夏说，陈冠金不可靠。看来我得去找薛子良，让他请陈冠武下山帮助劫人。

边孝轩说，来不及了，路太远，陈冠武要是赶来的话也得半夜。

半夏说，那就找岳载风。商会集资是不是就是给岳载风？雁县商会出事，他理应帮忙。我们何必舍近求远呢？

边孝轩说，岳载风藏匿得很隐蔽，这一带的反满抗日活动，他们是主力，不能让他们暴露……

边孝轩又想了想，说，还有一个人，他要是帮忙，你三炼叔也许有救。是葛家屯的葛瞎子，葛瞎子手下还有一百多人隐藏在山里……我亲自去葛家屯找葛瞎子。葛家屯虽然在关东军的眼皮底下，但他们还不知道葛瞎子还活着，手下还有一伙儿家丁。

边孝轩从后院的壕沟直奔了大山里，然后又从大山里迂回到葛家屯后的庄稼棵子里。葛家屯已经没有葛家的人了，有十几个关东军在那儿把守。他又顺着庄稼棵子奔了山里，刚进山，就看见了一个瓜窝棚。他打听葛老爷子在哪儿，看瓜人问他，你是谁？边孝轩说，我是他的兄弟，我有急事找他。

看瓜的人就把边孝轩领到了一个山洞里。一进山洞，边孝轩就被几个汉子用绳子捆绑起来，推到山洞的里面。

葛瞎子认出了边孝轩，就说，你不是投靠了日本人吗？你找到我，是不是日本人派你来的？

边孝轩说，在咱们这一带，我被日本人害得最惨。边家经营二十多年的牤字号都被日本人毁了，我怎么可能投靠这些王八蛋！

葛瞎子问，那你是来干啥的？

边孝轩说，雁县商会募捐钱款给反满抗日队伍的事暴露了，雁县的三个大掌柜何三炼、黄倍强和潘九玺被日本人逮捕了，今晚要送到哈尔滨日本关东军监狱，我们不能不救。现在你也该知道了，平了你们葛家屯的就是日本人。

葛瞎子说，我知道了。我算是错怪了段小麻子，好悬没把县城段麻子的馃子铺给烧了。和日本人干，我葛瞎子得算一个。不过，我们老葛家的人不多了，钱财也快花光了。我的三个儿子想来资助我，也有困难。

边孝轩说，我送给你一根金条。等你们把商会的三个人救了，你可以用这金条购买枪支弹药，还可以招兵买马。我把金条带来了。

葛瞎子让人给边孝轩松绑，边孝轩就从怀里掏出了一根金条给了葛瞎子。葛瞎子把金条揣起来，说道，今儿晚上我们四十个家丁全都出动，在雁县西的柳河大桥下手。

边孝轩拍着葛瞎子的肩说，葛大哥，雁县商会的人全靠你了。

41　我是一条狗

半夜时分，雁县西的柳河旁响起了爆竹似的枪声。搭救商会的人和日本关东军激战起来。押送商会的人去哈尔滨的只有十几个关东军，而搭救商会的人将近一百人。很快，日本关东军就被消灭了，何三炼、黄倍强、潘九玺等八位商会的人被搭救的人拉到了松花江边上。他们上了船，向着下游驶去……

边孝轩也悄悄地赶来，他在这伙儿搭救何三炼等人的人群里没有看到葛瞎子，却看到了侯乃殊。边孝轩问，乃殊，是你救的人？

侯乃殊说，不是我救的。是谁救的，我也不清楚。

边孝轩自言自语，是谁做的好事？

侯乃殊拉着边孝轩说，我知道是谁，是薛子良和佟小斧子。一会儿阿部高善的人肯定会来，我们赶快回去。

侯乃殊和边孝轩急匆匆地赶回边孝轩的住处。一进屋，侯乃殊就问，栀子去高楞回来没有？

边孝轩说，还没回来。

侯乃殊说，栀子怕是也出事了，明天我得派人去高楞接她。

边孝轩说，你这么惦记栀子，看来对她是实心实意的。

侯乃殊说，难得听到岳父大人说这样的话。有您这句话，我在老边家也算是踏实了。

侯乃殊走了，临走时又拿出许多大洋给了边孝轩。

赵寒梅和沉香趁边孝轩不注意，又去了哈尔滨。她临走时亲自跟阿部高善请了假，并说有最重要的事向哈尔滨关东军司令部报告。阿部高善问她什么事，赵寒梅说，这是秘密。哈尔滨关东军司令会告诉您的。

赵寒梅如此神秘，让阿部高善有所警觉。他派了汽车，又派了一个大佐和十几个关东军护送她们去了哈尔滨。

到了哈尔滨，大佐问赵寒梅，关东军司令部的司令长官同意见你了吗？

赵寒梅说，到了司令部，我说明情况，关东军司令会见我的。

到了关东军司令部门前，赵寒梅说要亲自见关东军驻哈尔滨司令部司令长官，有重要的事情向他禀报。哈尔滨关东军司令部司令长官佐佐木同意见她。

见到佐佐木，赵寒梅说，我想向您提供一个重要的情报，不过是有条件的。

佐佐木的面目显得很亲善，他自命是一个"中国通"，他说道，你只管说，大日本帝国既讲亲善又讲友情。说说，你知道什么？想要提什么条件作为回报？

赵寒梅说，我是雁县牤字号油坊边老爷的二太太，我

269

不喜欢他，我喜欢洋人，尤其喜欢日本人。现在牤字号被关东军松南纵队占了，边家大院也成了松南纵队的司令部。边老爷敌视日本人，他早晚会从牤字号逃走。而我不想走。别看我是个女人，可我也是一个商人。这几年牤字号的一切事情都是我操持的，这份家业也是我和他的三个闺女积累起来的。现在我还想保留牤字号，但我不想给松北关东军添麻烦，想另开一个作坊，在江北重建牤字号，占地五十垧。就这个条件。

佐佐木说，这个条件不过分，我答应你。现在你就说说你的重要情报，看值不值钱。

赵寒梅说，杀害日本武士神谷太郎的凶手伊凡，我知道他藏在什么地方。我还知道哈尔滨最大的黑道头目黄大蝎子的住处……

佐佐木站了起来，好！这个情报对我们很重要。我们追缉伊凡已经一年多了，神谷太郎不是一般的武士，他曾经做过日本天皇的御前侍卫。把伊凡缉拿归案，会受到天皇的嘉奖。黄大蝎子是一个在哈尔滨兴风作浪的人物，听说他是做鸦片生意的。反满抗日分子也正在拉拢他，想借助他的力量反满抗日……

赵寒梅说，我们知道这个情报对司令长官很重要，所以我们亲自来向您禀报。

沉香说，司令长官最好能够下令，让我们在江北重建牤字号。

佐佐木说，等我们把伊凡和黄大蝎子抓到以后，就护送你到江北，你们愿意在什么地方建工厂就在什么地方建，

"皇军"一定会支持你们。

栀子刚进高楞，就被土匪围困住了，两个押车的县衙役吓得跑了。栀子说，你们是哪一股绺子？

一个土匪说，山上有树，树上还有树。这是什么树？

栀子知道这是土匪的黑话。她不知道该如何应答，就说，我是从雁县来的，雁县普生药堂的何三炼让我找山上的英雄岳载风。你别跟我说这些黑话，我听不懂，我是给岳载风送药来的。

另一个土匪说，不懂我们山头的规矩，怎么能让你见我们的大瓢把子！

栀子说，你别耽误了我的大事，我还得赶快回去。你们这些混蛋怎么不知好歹？我费了这么大劲儿来给你们送药，你们就这么对待我？

土匪说，先把她绑上，送到山上去，看大瓢把子认不认识她。说着土匪就动手要绑栀子，栀子顺手从腰间掏出两把德国撸子，朝两棵树上打去，树上登时落下了两只鸟。土匪手里拿的都是土家伙，没见过这么灵巧的德国撸子，吓得直后退。

栀子说，赶快带路，我要去见岳载风！

土匪乖乖地在前面带路。大车上了山，山路石头多，栀子就让土匪在车的后面帮着推。过了两道沟，一座坡，才进入岳载风的领地。岳载风的领地已经不像土匪窝了，山坡的高处竖了一面旗，上面写着朱红大字：抗日联军。栀子见不到人，一个土匪吹了一下哨子，从四个山洞里出来许多人，密林丛中也一下子蹿出了许多人。他们都穿着浅黄色的服装，戴着帽子，胸前还有标牌：抗日联军。

岳载风是一个瘦子，但很精干。他看见大车进了山，就恭敬地对栀子说，小姐，你是干什么的？

栀子说，我是雁县牤字号的，是普生药堂何三炼派我来给你们送药的。

岳载风对栀子说，失敬，失敬。

栀子说，这些药品不光是普生药堂的，还有从哈尔滨搞到的盘尼西林和磺胺，都是雁县商会帮着搞到的。

岳载风长叹一口气。

栀子问，岳大哥为何叹气？

岳载风说，你是昨天出来的，还不知道雁县发生了什么。日本关东军把何三炼还有雁县商会的其他七个人一起抓起来了，本来我们想去搭救他们，可已经来不及了。听说他们被押送到了哈尔滨的关东军司令部监狱，看来也是凶多吉少。我们已经派人去阿城，哈尔滨关东军司令部在哈尔滨和阿城之间，阿城有抗日联军第二独立大队，我们想请他们帮助把人救出来。

栀子也叹息道，想不到昨天晚上发生了这么大的事。

岳载风说，你一路辛苦，还没有吃饭，赶快到我们大队指挥部吃点什么吧。吃完以后，你也赶快回去，我们把你送到通河。到了通河，距雁县就不太远了。

栀子匆匆忙忙地在山上吃完了饭，抗日联军就护送她回了雁县。栀子很着急，她担心家里会出事。父亲跟何三炼好得像一个人一样，阿部高善也知道。但她也有一丝安慰，即便是家里出了事，侯乃殊不会不管。

押车的两个抗日联军见马车走得慢，知道这马走了一天已经够疲惫的了，就在一个客栈停下来。客栈的掌柜原来是岳载风的匪眼，现在也是抗日联军的战士，他们把马换了下来。马车重新上路，越跑越快。高楞离雁县将近一百里，到雁县至少得明天上午的八九点钟。天亮的时候，大车就到了通河。

雁县商会的人被劫持，哈尔滨警备司令部给阿部高善打电话，让他无论如何要把这些商会的人抓起来。

边家大院一片慌乱。阿部高善把司令部的人都派出去搜查雁县商会的人。

趁日本人慌乱的时候，边孝轩也出了家门。他又顺着屋后的壕沟钻进庄稼棵子，然后上山。他想去找葛瞎子，葛瞎子昨儿晚上没有救人，却拿走了金条。这金条是边孝轩仅有的财产，如果把它用在抗日上还值，但是让葛瞎子骗走，就得要回来。

边孝轩找到了葛瞎子窝藏的山洞，却不见山洞里有一个人。他沮丧地从山上下来，又回到家里。

边孝轩刚进屋，高蕙兰就说，赵寒梅和沉香又不见了，说不定又去了哈尔滨。这个赵寒梅越来越不是个东西，我把她嫁给你算是倒透了霉。她哪是边家的媳妇？整个儿是一个灾星。

边孝轩挥了挥手，别说了，让我静一静。现在我已经顾不了这个娘儿们了，要死要活都是她自己找的。

高蕙兰说，哪能不管，沉香让她给带走了，我不能让老闺女跟她一块儿去找死。

边孝轩说，这个丫头撞了南墙也不回头，是死是活那是她该着。

高蕙兰就呜呜地哭了起来。见高蕙兰哭了，虎杖也跟着哭，边哭边说，我要我妈。高蕙兰就狠狠地抽了他一嘴巴，你妈死了！

边孝轩踹了高蕙兰一脚，虎杖也惹着你了！

这时半夏和聂晓蒲急匆匆地推门进来，半夏说，爹，事闹大了，妹夫侯乃殊也被抓起来了。

边孝轩一怔，谁抓的？乃殊可是"满洲国"的县长，不是谁想抓就抓的。

聂晓蒲说，昨天晚上商会的人被劫持，有人看见侯乃殊也在人堆里，就向阿部高善报告了。阿部高善今天早上就把侯乃殊抓了起来，他可能认为这次劫持商会的事情是侯乃殊一手策划的。

边孝轩说，他是一县之长，听见县城西有枪声，他能不去看看吗？我这就找阿部高善，和他说理去。

半夏说，您别引火烧身了。您要替侯乃殊说情，阿部高善说不准把您也牵扯进来，那咱们老边家可就彻底完了。

高蕙兰不哭了，擦着眼泪，问，当家的，这可咋办？

边孝轩说，想想办法，说啥也不能让关东军给乃殊定罪。这一年多，家里出了这么多事，还不都是乃殊给顶着？

半夏说，侯乃殊的干爹宋甲奎半身不遂了，可侯乃殊的弟弟侯乃寻还在长春的洋行做事，应该让侯乃寻想办法把他哥哥救出来。

边孝轩说，日本人看我们看得这么紧，我们怎么出得了雁县？

半夏说，那就只好等栀子回来再说了。

侯乃殊没有被押到哈尔滨，而是在雁县就被阿部高善的关东军司令部做出了处决的决定。

　　原满洲帝国县长侯乃殊与雁县商会合谋资助东北反满抗日分子，罪大恶极，定于昭和十二年（康德四年）9月2日午时在雁县北枪决。

栀子从高楞回来，就找阿部高善，为侯乃殊说情。阿部高善对栀子客气地说，边家二小姐，我和乃殊也是老朋友，我救他的心情比你还迫切。想不到乃殊做了这么愚蠢的事，他辜负了"满洲帝国"对他的信任，也辜负了我阿部高善对他的一片真诚。将他枪决，是"满洲帝国"政府和大日本帝国关东军共同做出的决定，无法更改。我能做到的就是在他离开之前给他一坛子清酒，让他豪饮。如果你想见他一面，我也满足你。

午时，雁县的街上冷冷清清，但雁县的北郊却聚满了人。雁县的人都说侯秀才要被砍头了，侯秀才多余当这个县长，如果不当县长的话还死不了，以后也看不到侯秀才的新戏了。

关东军持枪将侯乃殊围住。阿部高善果然拎来了一坛清酒，他给侯乃殊满上一碗，又送到他嘴边，让他一饮而尽。侯乃殊说，阿部高善先生，这个酒我有点喝不惯，能不能给我换一坛子雁县的土烧酒？

阿部高善就对身边的日本人说，去雁县的泰和楼，给侯乃殊先生端来一坛子酒。一会儿，那个日本人把一坛子土烧酒捧来，阿部高善给他倒了一碗，又送到了他的嘴边，侯乃殊一饮而尽，说道，好酒，真是好酒，再来一碗。

阿部高善就又给他倒了一碗，他又一口喝干了。这时他对着围观的人群说道，雁县的子民们，我直隶第一支笔写过许多好戏，今天临刑我再给大家唱一段：

我在乡间上摇头摆尾地走

我是一条狗

本来我应该看家护院

却到山上找我的二舅

我二舅是一匹狼

长得很丑

…………

我在乡间上摇头摆尾地走

我是一条狗

本来我不吃屎的时候长得很俊

想不到我会长得这么丑

…………

我在乡间上摇头摆尾地走

我是一条狗

我被狼咬了一口

我死了

不知道能不能永垂不朽……

有人在喊，能永垂不朽！你长得不丑！

关东军士兵举起了枪，阿部高善摆摆手说，等等，他的夫人栀子还没有看他一眼。

栀子这时已经在人群中往前挤，大家给她让开一条路。她走到侯乃殊跟前，没有显出多少悲伤来，但眼里却盈满了泪水。她问，当家的，有啥嘱咐没有？

侯乃殊说，刘大嘴不着调，小河园已经不像个戏园子了，你得把戏园子撑起来。我最惦记的就是我的这个戏园子。

栀子说，到你的百天祭日，小河园的鼓乐肯定能响起来，往后小河园都唱你的戏！

侯乃殊笑着点点头说，栀子，你走吧。

栀子扭头走了。走出人群，就听见身后一阵枪响……

42　牤字号没有消失

　　侯乃殊被处决以后，阿部高善请边孝轩到他的指挥部，阿部高善现在住在边孝轩原来的书房里，这里的一切都没有改变，只是墙上多了一面日本军旗。边孝轩知道凶多吉少，但他还是去了。

　　边孝轩进屋以后，阿部高善请他坐下，然后对他说，我也看出来了，我们大日本帝国皇军和你为邻，你有很多不便，现在你们可以离开这里了。雁县的几家商号都被关闭了，你可以选择一家商号作为和牤字号以及边家大院交换的地方。

　　边孝轩说，既然阿部高善长官这么照顾我，那我就请阿部高善长官放我们出雁县。我岳父岳母在汤原，他们都年近百岁，也需要人照料。我想举家东迁到汤原……

　　阿部高善说，汤原是佳木斯的邻县，离林区很近，也是反满抗日分子经常出没的地方。你们全家迁到汤原，恐怕不太安全，还是不要离开雁县。

　　边孝轩说，那我们全家就住在小河园吧。小河园是我二女婿的遗产，我理应接纳管理。

阿部高善说，这个主意不错。

边孝轩说，这里是大日本帝国皇军的军事重地，我这普通百姓住在你们后院，确实不便。这几天我们就搬到小河园去。

这天半夜的时候，有两个汉子悄悄地进了小河园。他们蒙着面，手里握着枪，进了小河园就摸到了边孝轩住的寝房，边孝轩警惕地坐了起来。栀子闻声也从枕头底下掏出了德国撸子，赶到了父母的寝房。边孝轩问，你们是干啥的？

来人说，我们是从山上下来的，是抗日联军，受普生药堂何三炼老先生的委托来接你们的。

边孝轩问，何三炼现在在哪里？怎么样啦？

来人说，雁县商会的几个掌柜都被我们安全地接到了大山里，他们是抗日的功臣，他们为我们募捐的物资，足够我们一年的吃穿。边掌柜你对抗日也是一片真心，让你的闺女为我们送去了药品……何三炼老先生认为你们全家不便在雁县待下去，商会的人会牵连你，所以我们想把你们全家都送到山上去。

高蕙兰说，眼前要命要紧，我们还是跟抗日联军的人走吧。

栀子说，我不走。我还得看着小河园。

边孝轩说，傻闺女，我们悄没声地走了，阿部高善能放过你吗？

栀子说，我们走了，就等于放弃了小河园，往后小河园就归伪满洲国管了。

边孝轩说，我和栀子在这里，让我夫人、儿子和大闺女跟你们走。过几天我把小河园卖了，再去找你们。

来人说，那好吧。不过关东军问你们干啥去了，你们该怎么说？

边孝轩说，就说我大闺女和她娘串亲戚去了。

来人匆匆地将高蕙兰、虎杖、半夏和聂晓蒲带走了。

接他们的是一辆日产汽车，很快他们就出了雁县。半夏对蒙面人说，我听你的声音这么耳熟，你是……

蒙面人将脸上蒙着的黑布撕下去，半夏吓了一跳，脱口而出道，你……你是段……段小麻子。

段小麻子笑了，大小姐还真认出我了。

另一个蒙面人也将脸上的黑布撕下，说道，他是我们东北抗日联军第四独立大队的大队长段祺坚同志。

半夏问，那天救商会的人也是你们吗？

段小麻子说，救他们的是小斧子和薛子良，不过我们两支队伍已经合并为一了。

汽车在路上平稳地开着。

半夏问，你们段家和我们边家有仇，现在怎么还救我们？

段小麻子说，国仇家仇是两码事。再说我们已经没有什么家仇了，我从来不拿我爹的死来仇恨你们边家。等有一天我们把日本人打回老家去，我还会和你们老边家做邻居。

聂晓蒲说，到那时，老边家的人也不会亏待你。

前面不远处有日军的路卡，段小麻子说，如果他们要拦截，就把他们干掉。

汽车过路卡的时候，日军没有拦截他们，还恭敬地向他们敬礼。半夏笑道，人不可貌相，海水不可斗量。汽车又驶出几十公里，前面出现了骑兵，段小麻子说，自己人，是蒙古刀王额白巴尔思来接我们了。

就在侯乃殊被处决的一周以后，哈尔滨也传来消息：谋杀日本武士神谷太郎的苏联人伊凡和哈尔滨黑龙镖局的黄振雄（黄大蝎子）在哈尔滨东郊的荒山嘴子被枪决。

伪满洲国的《哈尔滨晚报》用醒目的文字报道了他们被处决的经过，但没有提到赵寒梅和沉香。

几天以后，赵寒梅和沉香到了江北的兰县，她们选中了临江的一块地，共有七十多晌。伪满洲国哈尔滨政府给了赵寒梅占地的准件，允许她在这里建油坊。

半年以后，这里出现了两排青砖瓦房。院墙是用鹅卵石砌成的，大门的上方悬着很大一块牌匾：牤字号油坊。

距离雁县一百多里的地方也盖起了十六间青砖瓦房。院墙是用厚厚的方石砌成的，青色的铁皮包着的大门半掩着。门的两边是两尊巨大的石狮子，门的上方也悬着一块牌匾，只三个大字：牤字号，并有边孝轩的题款和朱红色的方章。

这座油坊是薛子良的油坊。

沉香发现薛子良也建了油坊，并有父亲赐的横匾，她感到心里很不平，就到处找她的父亲。她的父亲已经不在雁县了，小河园已经卖给了泰和楼。父亲的下落不明，但沉香在《哈尔滨晚报》上看见了一条消息：反满抗日分子边栀子双枪打死松江日军纵队司令长官阿部高善，现正在通缉。

赵寒梅和沉香建起了油坊，悲凉的心绪始终没有被温暖过来。赵寒梅担心黄大蝎子的后人会找她们的麻烦，更悲凉的是她的儿子虎杖被边孝轩带走了，至今没有音信。

1940年后，为积蓄力量，东北抗日联军继续实行分区作战，逐步转到中苏边境地区活动，坚持到抗日战争最后胜利。1945年8月，东北抗日联军配合苏联红军向中国东北进军，与日军作战。

抗日战争胜利以后，边孝轩携家人从山上下来。他们没有回到雁县，而是去了薛子良的牛字号。这一年秋天，栀子和薛子良结婚了，薛子良成了牛字号真正的袭承人。

赵寒梅和沉香建立的牛字号没有持续多长时间。她们没有榨油的匠人，尤其是没有头一榨，仅半年，她们的牛字号就办不下去了。赵寒梅和沉香将这牛字号卖给了兰县的地主樊克俭，然后把钱分了。沉香拿着分到的钱去找她的父亲边孝轩，边孝轩没要她的钱，不到两个月的时间，就把沉香嫁给了雁县普生药堂何三炼的徒弟杨喜贵。赵寒梅没有回到边家，她在哈尔滨混了一年多，后来嫁给了牧师瓦多哈的哥哥乔尼。

虎杖二十岁的时候去哈尔滨找他的母亲，找了整整半年多也不知道他母亲的下落。解放战争胜利以后，虎杖仍然没有放弃寻找他的母亲，可仍然杳无音信。

牛字号幸存下来了。到了1954年，中央人民政府施行公私合营的政策，经过社会主义改造，牤字号被收为国有，改叫哈尔滨市红星豆制品厂，牤字号的牌匾被做副厂长的虎杖收藏起来。牤字号的牌匾是柞木雕刻的，牌匾用辣椒油浸过，不生虫子。一晃几十年过去了，在东北民族工业展览馆里，牤字号的牌匾安然地横在那里。牤字号消失了，但在虎杖的心里，牤字号永远不会消失……